세상의 모든 리뷰

이 책은 김리뷰 작가의 재치있는 글과 일러스트 김옥현 작가의 유머러스한 그림을 바탕으로 엮었습니다. 맞춤법에 맞추기보다는 비속어 등을 그대로 살려 글맛을 더했습니다.

세상의 모─든 리뷰

글 **김리뷰** | 그림 **김옥현**

RHK
알에이치코리아

김리뷰의 말

내가 책을 한 번 더 쓰면 사람이 아니라고 얘기하고 다녔었는데, 어차피 사람이길 포기한 자식이라 상관없을 것 같다. 〈미제사건 갤러리〉를 운영하면서 《완전범죄》라는 책을, 〈리뷰왕 김리뷰〉를 운영하면서 이 책을 내게 됐으니 역시나 기회의 땅 페이스북이다. 사실 이전에 썼던 책이 사실을 기반으로 한 책이고, 어마어마한 자료조사 기간과 진중한 분위기를 유지하는 게 굉장히 힘들었던 반면 이 책을 작업할 때는 한결 마음이 편안했던 것 같다. 내가 생각하는 리뷰라는 것 자체가 그냥 내 얘기, 내 생각을 쓰면 되는 거였으니까.

솔직히 말해 좀 우려도 된다. '이 새끼 하라는 반성은 안 하고 책이나 냈네', '자숙하던 시간이 아니라 책 준비하는 시간이었네'라는 반응도 있을 것 같고. 근데 이 책의 작업은 3월 말에 시작해 4월에 끝났다(지옥이었다). 복귀 후에 쓴 거라는 얘기다. 예전보다 게을러졌네 초심을 잃었네 하는 소리를 들었는데 사실은 책 작업하느라 그랬다. 미안하긴 한데 어쩌겠는가, 앞으로 먹고살 길은 찾아야 되지 않겠나. 이게 다 먹고살자고 하는 짓인데. 그동안 왜 얘기를 안 했냐 하면 그냥 '나 책 낸다!! 책 낸다고!!'라고 해놓고 꾸역꾸역 내는 것보다 그냥 생각지도 못하고 불쑥 출판한 다음 '야, 나 책 냈음'이라고 하는 게 더 멋질 것 같아서였다. 굳이 내가 출판 계약이 되어 있다는 사실을 동네방네 알릴 상황도 아니었기도 했다.

솔직히 말하면 내 나이에 책을 두 권씩이나 내는 게 주제넘고 건방진 짓거리라는 생각도 든다. 나도 내가 이럴 줄 몰랐다. 나는 그냥 평범한 인생을 살고 싶었는데. 근데 분명한 건 이 모든 게 누구든 쉽게 할 수 있는 경험이 아니라는 것이고, 그만큼 가치가 있는 일일 거라는 것. 얼마 살지도 않았지만 역시나 세상살이라는 게 그냥 흘러가는 대로 사는 것 같다. 특히 나처럼 어디 하나에 진득하게 집중하지 못하거나 끈기 있게 붙어 있지 못하는 인생은 더더욱.

이쯤 되면 할 말도 딱히 더 없고(책 안에 할 말 엄청 많이 적어놨으니까) 그냥 고마운 사람들 호명해줄 타이밍인 것 같은데 난 딱히 고마운 사람이 없다. 나 혼자 다 썼기 때문이다. 그래도 군이 말하자면 출판을 제의하고 전폭적인 도움을 준 출판사와 그림 작업을 도와준 옥작가님, 그리고 아들이 또 뻘짓 하는 걸 가만히 지켜봐주신 어머니와 재연이 정도다. 다들 수고 많았고 앞으로도 잘 부탁한다는 말을 전하고 싶다. 물론 내가 제일 많이 수고했지만 ㅋ

작툰의 말

어느 한 사람에 대해 제대로 알고 싶을 때는, 같이 일을 해보면 된다. 그렇다. 김리뷰는 망할 놈이다. 김리뷰는 정말 사람을 잘 굴린다. 난 정말 김리뷰의 열성팬이었는데 한 달간 김리뷰에게 들들 볶여졌더니 이젠 카톡에 김리뷰 석자만 보여도 경기를 일으킨다. 근데 문제는 오목조목 똑 부러지게 잘 말해서 반박을 못한다는 것이다. 그리고 가끔씩 칭찬해주면 그새 풀려가지고 또 까먹는다. 부들부들…

그렇게 밤낮 구분 없이 리뷰에게 시달리다 결국 마감을 했고, 나는 그에게서 무사히 탈출하는 데 성공했다. 하지만 출판은 가까이서 보면 비극이고, 멀리서 보면 희극이라 했던가. 막상 끝내고 돌이켜보니 '내 만화가 책으로 나오다니…'라는 생각에 뿌듯하긴 했다. 사실 나 스스로는 책까지 낼 정도의 클라스는 안 되지만 운이 좋게도 김리뷰가 나를 꽂아준 것이다. 그렇다. 사실 김리뷰가 그 사건(…)으로 고꾸라졌을 때, 내가 변함없는 팬심을 보여줬기에 이렇게까지 연이 닿은 것은 아니었을까. 그야말로 전화위복이 아닐 수 없다. 물론 화는 김리뷰의 화고 복은 내 복이지만. 한국은 역시 인맥이 짱인 것 같다. 앞으로도 리뷰에게서 최대한 꿀을 빨고 싶다. 아니지. 내가 꿀 빨리는 건가?

그리고 기회가 된다면 김리뷰와 같이 작업을 더 해보고 싶다. 스토리 작가 김리뷰. 그림 작가 김옥현. 물론 이때는 낙하산이 아니라 리얼 동등한 위치에서 만났으면 좋겠다. 그러려면 내가 좀 더 커져야겠지. (잠깐, 김리뷰가 망해도 되잖아?) 그리고 요즘 웹툰 보니까 가로로 넘겨서 보는 것도 있던데…. 그 포맷은 저희 전문분야입니다. 웹툰 관계자 여러분. 연락 주세요. 열심히 하겠습니다. 휴학할게요. 사랑합니다.

마지막으로 내 홍보를 좀 하자면 페북이나 네이버에 OK툰을 치면 내 페이지가 하나 나온다. 와서 둘러보고 개그코드가 맞는다면 구독해보는 걸 추천한다. 그리고 카카오톡에 OK툰으로 나온 이모티콘도 벌써 2개나 있다. 사실 이 책이 베스트셀러가 되든 수만 권이 팔리든 내 수익과는 전혀 관계가 없으니 책을 다 읽고 나면 카톡에서 OK툰 이모티콘 좀 사주길 바란다. 솔직히 쓸 만함. 주위 사람 빡치게 하는 데 안성맞춤이다. 난 김리뷰한테 써야지.

목차

#1 리뷰란 무엇인가? ———————— 11

#2 아들아, 너는 이렇게만 살지 말아라 ——— 99

#3 늙은 사람이 아프지 청춘이 왜 아프냐 – *217*

#4 인생은 실전이야 ——————— *317*

#1

리뷰란 ——

무엇인가

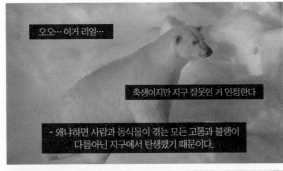

오오··· 이거 리얼···

축생이지만 지구 잘못인 거 인정한다

- 왜냐하면 사람과 동식물이 겪는 모든 고통과 불행이
다름아닌 지구에서 탄생했기 때문이다.

그러니까 부동산을 사야 된다

부동산이 최고

- 일단, 세계의 70% 이상이 바다다. 인간이 발을 딛고
서 있을 수 있는 육지는 고작해야 30%에 불과···

2015년 현재 대한민국의 인심.jpg

- 그나마도 존나 더운 사막이나 존나 추운 극지방 등을 빼면
사람이 살 만한 공간은 정말 몇 안 된다는 것이다.

- 수성, 화성, 금성이 물 한방울 없이 100% 대륙으로만 이루어진
걸 감안한다면 지구는 정말 사람이 살기 불리한 행성인 것이다.

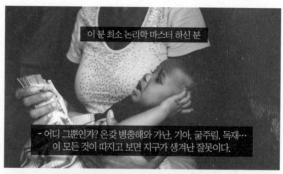

이 분 최소 논리학 마스터 하신 분

- 어디 그뿐인가? 온갖 병충해와 가난, 기아, 굶주림, 독재…
이 모든 것이 따지고 보면 지구가 생겨난 잘못이다.

고등학교 경제 시간에 배웠다

간단히 말하면 허니버터칩이 비싼 이유가 이것 때문이다…

- 또 나처럼 경제학에 조예가 있는 사람이라면
'자원의 희소성'이라는 개념을 알고 있을 텐데

니네만 나눠 먹지 말고 우리도 좀 줘라

- 절대적인 자원의 양이 부족하기 때문에 경쟁이 생기고,
곧 인간의 삶을 불우하게 만든다는 것이다. 사우디 시발새끼들…

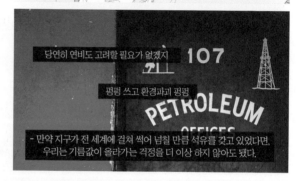

당연히 연비도 고려할 필요가 없겠지 107
평평 쓰고 환경파괴 평평

- 만약 지구가 전 세계에 걸쳐 썩어 넘칠 만큼 석유를 갖고 있었다면,
우리는 기름값이 올라가는 걱정을 더 이상 하지 않아도 됐다.

- 아마도 모두가 멋진 스포츠카를 끌고 다닐 수 있었을지도 모른다.
그런데도 우리가 지하철과 버스를 쫓아다니는 이유는 무엇일까?

뭐래냐 ㅡㅡ;;

여러분 이거 다 거짓말 인거 아시죠?

- 그렇다… 이게 다 지구 때문이다.

??????????????

대한민국 국군 장병들이 이 글을 싫어합니다

- 자전거기도 솔직히 마음에 안 든다. 하루 24시간은 너무 짧다.
하루가 30시간이면 7시간은 일하고 20시간은 잘 수 있을 텐데

이 놈… 낳아주고 키워줬더니…

- 결국 많은 사람들이 월요병 때문에 고생하는 것도 지구 때문인 것이다.
여하튼 지구가 잘못한 걸 나열하려면 밑도 끝도 없는 시간이 될 텐데

우구구구구구구구구구구

구구국국구구구국

- 결론은 우리 모두가 우주 개척에 더 힘을 쏟아서 더 살기 좋은 행성으로 가야 한다는 것이다.

- 예컨대 귀엽고 둥근 반점이 있는 목성이나

- 멋지고 아름다운 고리를 가진 토성으로 가면 좋을 것 같다.

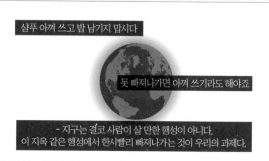

샴푸 아껴 쓰고 밥 남기지 맙시다

못 빠져나가면 아껴 쓰기라도 해야죠

- 지구는 결코 사람이 살 만한 행성이 아니다.
이 지옥 같은 행성에서 한시빨리 빠져나가는 것이 우리의 과제다.

와이파이(WI-FI)

- 1970년, 미국의 심리학자인 에이브러햄 매슬로는 인간의 욕구가 5단계로 이루어진다는 주장을 했는데

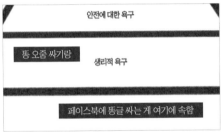

- 가장 기본적인 욕구인 생리적 욕구부터

- 자신의 완성을 도모하는 자아실현까지 총 5단계에 걸쳐 욕구가 충족된다는 이론

- 그러나 매슬로가 이 '욕구 단계 이론'을 주창하던 시기는 약 45년 전인 1970년…
이 이론은 꽤 고리타분한 것이 됐다.

- 가장 기본적인 욕구로 되어 있는 생리적 욕구 아래에

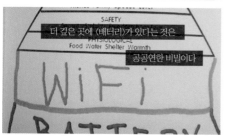

더 깊은 곳에 〈배터리〉가 있다는 것은

공공연한 비밀이다

- 바로 와이파이(Wi-fi)가 있기 때문이다.

말이 그렇다는 거지 밥 없으면 죽습니다

밥 잘 챙겨드세요

- 오늘날 세계는 스마트폰의 핵폭풍이 몰아치고 있다.
밥 없이는 살아도 스마트폰 없이는 살 수 없는 세상.

솔직히 인터넷이 존재 의의이기도 하고

- 스마트폰은 정말 존나 수많은 기능을 갖고 있지만,
그중에 가장 핵심이 되는 기능은 바로 무선 인터넷이다.

- 몇 년 전까지만 해도 생각조차 못했던 일. 시도 때도 없이 무선인터넷이 터지다 보니

- 이제 언제 어디서든 인터넷을 할 수
있다는 건
사람들의 당연한 권리이자 욕구가 되어
버렸는데

겁나 마음이 편안해지는 사진.jpg

- 3G든 LTE든 무제한 요금제가 아니라
면 데이터 사용량에 한계가 있는 법.
인터넷을 자주 사용하는 요즘 세대라면

아무 생각 없이 야구 중계를 데이터로 보다가

충전 이틀 만에 다 써버린 적이 있었다…

- 어쩔 수 없이 와이파이의 힘을 빌릴
수밖에 없는 것이다.
고화질의 영상이나 야구 중계를 보려면
필수적인 선택.

요즘은 레스토랑이나 식당에도 있더라

노트북 사용자가 많은 카페야 뭐…

- 그래서 요즘은 화장실 없는 카페는 용
서가 돼도 와이파이 없는 카페는
용서가 되지 않으며

나 때는 스마트폰 세대가 아니어서 다행이었다

난 와이파이 말고 알 셔틀이었는데…

- 학교에서는 빵 셔틀이 아닌 와이파이
셔틀이라는 것도 생겨났다고 하는데
참 안타까운 일이 아닐 수 없다.

바지에 싸든 어딜 싸든 싸면 된다

싸고 나면 편해지니까 …

- 한 번 상상해 보길 바란다.
오줌이 너무 마려운데,
화장실이 없어서 쌀 수가 없는 상황과

사형선고.jpg

- 데이터도 다 떨어지고 와이파이도 없
는 곳에 덩그러니 있는 것 중
뭐가 더 불안할까?

근데 웬만하면 사서 써야 한다

사서 써도 잘 터지지도 않더만 …

- 다행히 요즘은 통신사 차원에서도
전국에 와이파이 망을 쫙 깔아놓은
데다

- 이름이 와이브로였나
어쨌든 들고 다니는 공유기도 있어서
날이 갈수록 와이파이를 쓰기에는
더 쉬워지는 세상이긴 하지만

- 옆에 있어도 인터넷 때문에 얼굴조차
보기 힘든 걸 보고 있노라면…
의외로 와이파이는 세상을 보는 창문이
아니라 창문이 달린 벽일지도?

카카오톡

'카카오는 말을 못해!'

당연하지 이미 죽었으니까…

※ 설명충 : 다음 커뮤니케이션즈의 메신저 〈마이피플〉의 카카오톡 도발 광고. 근데 최근 두 회사는…

전서구, 손편지, 모스부호, 펜팔, 쪽지, 이메일, 문자 메시지. 텍스트로 대화하는 방식은 끊임없이 발전과 퇴화를 거듭해왔는데, 어느새 웬 카카오톡이라는 게 갑툭튀(설명충 : '갑자기 툭 튀어나오다'의 준말)해선 이 시장의 끝판대장이 되어버렸다. 이메일이야 어떻게 간신히 명맥을 유지하고 있지만 문자 메시지는 스팸이나 체크카드 승인 문자 받는 것 빼면 거의 안 쓰게 되는 추세고, 대부분은 카톡으로 대화를 한다. 인터넷만 터지면 그야말로 무제한 대화할 수 있는 무서운 메신저… 무슨 마약을 했길래 이런 생각을 했지?

기쁨만 아니다. 요즘은 말로 하는 것 중에 카톡으로 안 되는 것이 없다 할 정도다. 문자만 보내는 게 아니고, 사진도 보내고 웹사이트 링크도 보내고 파일도 보내고 다 보낼 수 있다 보니 대학 조별과제도 카톡으로 하고, 고등학교 반 알림도 카톡으로 하고, 회사 공지도 전체 사원 카톡방에다 때리는 게 개념공지다. 거기에 인간관계도 카톡으로 맺고, 썸도 카톡으로 타고, 사랑고백도 카톡으로 하며(하지마…), 차이는 것도 이별하는 것도 카톡으로 한다고 하니 이미 카톡은 우리 생활에서 없으면 안 될 그런 존재가 된 것 같다. 그러니 오는 카톡도 없는데 괜히 휴대폰만 만지작댈 수밖에.

음… 어떻게 끝을 내야 할지 모르겠다. 잘못 깠다간 고소미를 면할 수 없을 것이고, '카톡 짱짱맨 여러분 많이많이 쓰세요!'라고 하면 돈 받아먹었다는 의혹을 피할 수 없을 것이다(내가 말 안 해도 이미 많이 쓰고 있다). 별로 쓸 것도 없는데 괜히 리뷰했나 싶다. 그냥 지금 생각나는 결론은 그거다. 가끔씩 기억이나 해줬으면 좋겠다는 것. 문자 메시지가 다 떨어질까 한 글자 한 글자 아껴서 빽빽하게 써 보내던 시절이 있었다는 것과, 얼굴도 모르는 상대방을 위해 정성스럽게 꾹꾹 눌러 편지를 교환하던 시절이 있었다는 것 정도라도. 우리가 거쳐 왔던 과정들은 아주 가끔 상기하는 것만으로도 충분한 의미가 있을 테니까.

- 누군가 말했다.
자동차 산업이 컴퓨터 산업이
발전하는 속도만큼 발전을 해왔다면

근데 벤츠도 그쯤 되면 하늘을 나는 자동차나
스페이스 셔틀 같은 걸 만들고 있지 않을까…

몇 달러는 좀

- 지금쯤 벤츠를 단돈 몇 달러에 살 수
있을 거라고…

특히 게임은 말할 것도 없다

요즘은 실사랑 구분조차 힘든 게임도 많음

- 어쨌든 컴퓨터와 휴대폰을 위시한 전
자기기 산업이
인류 역사상 유례없는 발전을 겪고 있는
것은 사실인데

- 인간에게는 이렇게 급격하게 발전하
는 기술이 있는가 하면

- 아주 오랜 시간이 지났는데도 불구하고 발전이 거의 없는 기술도 있다.
그 대표적인 것 중 하나가 바로 우산이다.

- 비라는 자연현상이 시작된 것은 아마 수십억 년쯤 됐을 거고,
인간이 도구를 사용하기 시작한 것은 역시 만 년이 넘었다.

- 인류의 역사는 자연현상 극복의 역사.
비 역시 사람에게는 극복해야 할 자연현상 중 하나였는데

- 그 극복 과정 중 가장 먼저 탄생한 것이 우산일 것이다.
아마 비를 막는 비슷한 도구는 수천 년 전에도 있지 않았을까

- 그런데 수천 년이 지나 21세기를 사는 지금에도
우산은 기능적으로 뭔가 발전한 것이 거의 없는 것 같다.

- 재질이 비닐로 바뀌고 좀 더 튼튼해진
데다 대량생산이 가능했다는 점에서는
발전을 하긴 했지만

- 정작 비가 대각선으로 오거나 바람이
많이 불거나 하면
수시로 뒤집히고 꺾이고 무용지물이 되
는 것이 우산…

- 거기에 백팩이라도 매고 우산을 쓰
면…
가방은 이미 빗물로 범벅이 되어 있다.

- 사실 여러 가지 시도를 하긴 했었던
것 같다.
우산 아래에 비닐을 내장해 빗물을 원
천봉쇄한다든가

- 그러나 언제나 문제는 휴대성!
우산은 들고 다니기
편해야 하는 것인데 기능이 많아지면
그게 안 된다는 것

내가 만날 이런다

돈도 없는 인간이 주의력도 없음

- 그마저도 놓고 오고 잃어버리느라
매번 편의점에서 가장 저렴한
투명 비닐우산을 사서 쓰는 것이다.

야 니만 쓰나??

ㅇㅇㅋ

- 고작 비! 비 하나 때문에 인간이 고통
받아야 한다는 것은 정말이지
아이러니한 일이 아닐 수 없다.

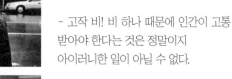

- 만물의 영장이라는 인간도 대자연 앞
에서는 물뿌리개 하나 막지 못하는
무력한 존재인 것일까.

음… 생각해 보니 하나는 막을 수 있을 것 같아

말이 그렇다는 거지 뭐

- 아무리 날고 기어도 길가에 떨어지는
물방울 하나조차
어떻게 막아볼 도리가 없는 인간.

써놓고 보니 개소리류 갑.jpg

비 좀 작작 내려라

- 우산의 원시성은 자연 앞에서 한없이
겸손해지라는, 교만해지지 말라는
역사의 가르침은 아닐까 생각해 본다.

⌗ 감기

　　나는 기본적으로 몸 관리와 거리가 먼 인간이다. 애초부터 엄청나게 아프지 않는 이상 신체변화에 둔감하다. 춥거나 덥거나 습하거나 건조하거나 하는 인식이 거의 없다. 특히 습도변화는 아예 자각조차 못하는 경우가 많고… 덕분에 매번 잔병치레에 시달린다. 상한 비빔밥을 함부로 먹었다가 장염에 걸려서 죽을 뻔한 적도 있었고, 맵고 짠 음식을 밤에 우걱우걱 먹다가 자다 일어나서 설사하는 경우 역시 비일비재하다. 고시원에 살던 시절 불규칙적인 식사습관 때문에 변비로 몇 달간 고생하기도 했다. 어째 죄다 화장실 관련 질병이냐…

　　그러나 무엇보다도 나를 가장 오랫동안, 많이 괴롭혀온 것은 감기다. 참고로 나는 비염도 있고 알레르기 증상도 있는 사람인데, 내 몸의 온도조절을 내가 못해서 거의 일 년 내내 감기를 달고 사는 것이다. 겨울은 추우니까 감기, 봄은 환절기라 감기, 여름은 냉방병으로 감기, 가을은 또다시 환절기라 감기… 본격 무한 루프물! 영원히 고통받는 코와 목 때문에 숨 쉬는 것 자체가 지옥 같다. 빌어먹을…

　　보통은 그런 말이 있다. 감기가 걸렸을 때, 그냥 버티면 7일 만에 낫고 병원에 가면 일주일 만에 낫는다는 거. 사실상 감기라는 게 완벽한 치료가 가능한 질병이 아니다. 듣는 얘기로는 감기를 일으키는 바이러스가 워낙 많아서, 한 번 치료를 해도 다른 바이러스를 통해 또 다시 감기가 걸린다는 것. 나는 사실상 감기치료를 포기한 케이스다. 나아봤자 곧 새로 걸리는데 뭐. 기침이나 가래, 콧물이 너무 심하면 가끔 병원에 가서 약을 처방받기는 하는데, 웬만하면 안 간다. 귀찮기도 하고.

그냥 이젠 이것도 있는 그대로 받아들이는 게 낫다고 느낀다. 감기란 세금과 같다. 아무리 벗어나려고 해봤자 벗어날 수 없는 것. 포기하고 원천 징수당하는 편이 속이 시원할 수 있는 것이다. 암세포와는 친구가 될 수 없어도 감기와는 잘하면 친구가 될 수 있을런지도 모르는 일이다. 평생 함께해왔는데 이제 와서 훌쩍 떠나버리면 좀 서운할 것 같기도 하고… 이왕 내 몸에 있는 거 봐줄 테니까 나 너무 괴롭히지만 마라. 나 숨 못 쉬면 너네도 죽어…

고양이

- 고양이…

- 고양이에 대한 사람들의 인식은 그야
말로 극과 극이다.
조금은 까칠하지만 사랑스러운 반려동
물에서

- 원한과 복수의 아이콘, 왠지 재수 없
고 불결할 것 같은 동물까지.

- 사실 고양이에 대해 안 좋은 인식을
갖고 있는 사람들은
기본적으로 여러 가지 오해를 하고 있기
때문으로 보인다.

- 일단 고양이가 정이 없다, 사람을 좋아하지 않는다는 인식.
이건 개와의 비교에서 더더욱 도드라지는 부분인데

- 웬만한 개가 사람을 가리지 않고 쉽게 친해지는 반면
고양이의 경우 사람을 보면 가장 먼저 경계부터 하기 때문이다.

- 하지만 고양이가 정이 없고 사람을 싫어한다는 건 잘못된 인식이다.
친해지기까지 필요로 하는 시간이 꽤 오래 걸릴 뿐이지 결코 사람을 싫어하는 게 아니다.

- 솔직히 이건 고양이의 인식 자체도 개와는 다르기 때문인데,
개의 경우 보통 인간과 수직적인 관계를 맺는 반면

- 고양이는 어떤 동물이든 간에 자신과 수평적인 관계로 보기 때문이다.
사람을 얕보거나 하는 게 아니다. 굳이 말하자면 같은 고양이로 취급할 뿐.

- 게다가 고양이는 개체 차가 상당히 큰 동물이다. 주인 말을 잘 듣고 애교도 많은 고양이도 있다. 소위 '개냥이'라고 불리우는 고양이들.

이걸 그루밍(grooming) 이라고 한다

덕분에 항상 털이 깨끗하게 유지됨

- 그리고 굉장히 깨끗한 동물이다.
가만히 놔둬도 알아서
털관리를 하기 때문에 잦은 목욕이 필요 없으며

너나 잘 씻어라 인간아…

나는 알아서 잘 하니까

- 화장실도 적절한 장소에 모래만 놔두면 배변훈련을 따로 하지 않아도 될 정도로 똑똑하고 엄청 깔끔을 떠는 동물이다.

흔들리는 건 지구 자전도 용서할 수 없다.

혼돈!! 파괴!!

- 처음 보는 것에 호기심이 많고, 높은 곳을 좋아한다.
흔들리는 것을 공격하는 경향이 있는데 이건 야생의 습성인 것 같다.

따뜻해서 그런지 노트북 위에 자주 올라간다

(씨익)

가만 보면 일부러 방해하려는 것 같기도 함

- 뭔가 주위상황에 크게 아랑곳하지 않는 것 같디. 언제나 마이 페이스
나는 이런 고양이의 라이프스타일이 너무 좋다.

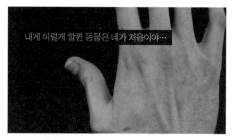

내게 이렇게 할퀸 동물은 네가 처음이야…

- 내가 생각할 땐 이미지 마케팅을 잘 한 케이스 같기도 하다.
만물의 영장 인간조차 함부로 할 수 없 는 그런 동물이라니

모든 동물이 인간의 말을 들어야 한다는 것도

사실 좀 오만이다

인간도 동물이잖아

- 혹자는 고양이더러 '인간이 모든 동물 을 마음대로 할 수 없다는 걸
보여주기 위해 태어난 동물'이라고도 말 했다.

뭐야 어떤 자식이야

상철이 너냐?

- 도도하고 새침한 이미지면서도 가끔 바보 같은 짓을 하는 걸 보면
정말이지 '도도한 병신'이라는 말이 잘 어울리는 듯하다.

승엽아… 그곳에서도 잘 지내지…?

- 이유 없는 따돌림과 미움은 나쁘다.
여태껏 잘못된 인식으로
고양이를 미워하고 싫어했다면 이젠 좀 다르게 봐줘도 괜찮지 않을까.

- 이곳은 김유정역이다.

나도 좀 당황했다

경춘선 타고 서울가다 급하게 똥 싸려고 내렸는데

역 이름이 김유정이라서…

- 절대로 함성이나 구라가 아니다. 리얼이다.
대한민국 수도권 전철에 실제로 존재하는 역 이름이다.

?????????

- 나는 몇 초 동안 여러 가지 생각을 했다. 극악의 확률이지만
여기 지명이 진짜 김유정읍 김유정리 같은 것일 수도 있지 않은가

대표작으로 '봄봄(Bomb Bomb)'이 있다

히로시마 나가사키에 원폭 투하하는 내용의 소설임 (※ 아닙니다)

- 근데 그런 거 아니고 진짜 문학 교과서에 나오는 그 소설가
김유정의 이름을 딴 역사였다. 해품달에 나왔던 아역배우 말고…

33

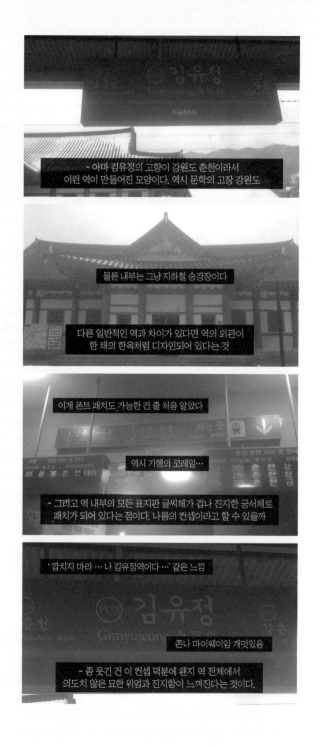

- 아마 김유정의 고향이 강원도 춘천이라서 이런 역이 만들어진 모양이다. 역시 문학의 고장 강원도

물론 내부는 그냥 지하철 승강장이다

다른 일반적인 역과 차이가 있다면 역의 외관이 한 채의 한옥처럼 디자인되어 있다는 것

이게 폰트 패치도 가능한 건 줄 처음 알았다

역시 기행의 코레일…

- 그리고 역 내부의 모든 표지판 글씨체가 겁나 진지한 궁서체로 패치가 되어 있다는 점이다. 나름의 컨셉이라고 할 수 있을까

'깝치지 마라 … 나 김유정역이다 …' 같은 느낌

존나 마이웨이임 개멋있음

- 좀 웃긴 건 이 컨셉 덕분에 왠지 역 전체에서 의도치 않은 묘한 위엄과 진지함이 느껴진다는 것이다.

네

- '좋은 말할 때 나가라 … 빡치니까 …'

네

- '계단 조심해라 … 죽기 싫으면…'

네

- '우린 자동 발매다… 잘 보고 끊어라…'

네

※ 완전 깨끗함

- '마려우면 참지 말고 볼 일 봐라… 후회하기 전에 …'

35

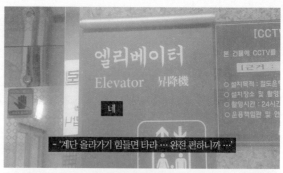

네

- '계단 올라가기 힘들면 타라 … 완전 편하니까 …'

네…?

- '수유해라 … 두 번 해라 …'

- 여튼 볼 게 아주 많거나 화려한 역은 아니지만,
멀리 보이는 산과 소복이 쌓인 눈이 운치를 만드는 느낌

애초에 똥싸러 내린 역이었다

- 뭐 그렇다고 볼 게 아예 없는 건 아니고,
주위에 문학촌이랑 레일바이크가 있다. 물론 난 안 가봤지만

인간… 인간인가?

- 역 안에 있는 헛간 뒷마당에는 개가 한 마리 있다.
아마 역 차원에서 역무원들이 키우고 있는 것 같았는데

날 풀어라 닝겐…

힘을 주겠다!!

- 인적이 드문 곳이라서 그런지 사람을 보면
매우 격하게 반가워한다. 그래도 물지도 않고 꽤 귀엽다.

- 다른 역사처럼 도시적이고 세련되지는 않았어도
나름 고요하고 기품이 있는 그런 역

똥 싸러 온 역인데 왠지 구경까지 해버렸다

빨리 집 가서 빨래해야 하는데…

17시 22분

- 서울에서 경춘선 타고 1시간 30분이면 올 수 있는 역이니
시간 나면 한 번쯤 들렀다 가는 것도 좋을 거다.

﹟ 국산과자

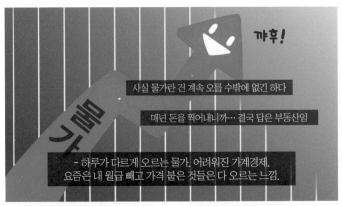

까후!

물가

사실 물가란 건 계속 오를 수밖에 없긴 하다

매년 돈을 찍어내니까… 결국 답은 부동산임

- 하루가 다르게 오르는 물가, 어려워진 가계경제.
요즘은 내 월급 빼고 가격 붙은 것들은 다 오르는 느낌.

그래… 비싸게 주고 사주지…

얼마나 물건이 좋은가 보자구… 크크크…!

- 덕분에 우리 소비자들은 예전보다도 제품의 질에
더더욱 신경이 날카롭게 변하고 있는 추세인데

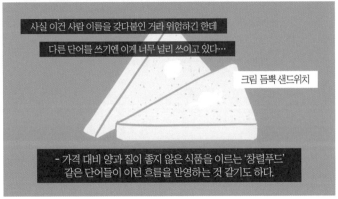

사실 이건 사람 이름을 갖다붙인 거라 위험하긴 한데

다른 단어를 쓰기엔 이게 너무 널리 쓰이고 있다…

크림 듬뿍 샌드위치

- 가격 대비 양과 질이 좋지 않은 식품을 이르는 '창렬푸드'
같은 단어들이 이런 흐름을 반영하는 것 같기도 하다.

38

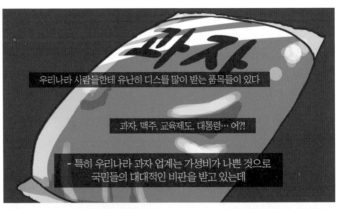

우리나라 사람들한테 유난히 디스를 많이 받는 품목들이 있다

과자, 맥주, 교육제도, 대통령… 어?!

- 특히 우리나라 과자 업계는 가성비가 나쁜 것으로
국민들의 대대적인 비판을 받고 있는데

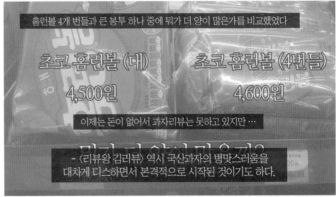

홈런볼 4개 번들과 큰 봉투 하나 중에 뭐가 더 양이 많은가를 비교했었다

초코 홈런볼 (대)
4,500원

초코 홈런볼 (4번들)
4,600원

이제는 돈이 없어서 과자리뷰는 못하고 있지만…

- 〈리뷰왕 김리뷰〉 역시 국산과자의 병맛스러움을
대차게 디스하면서 본격적으로 시작된 것이기도 하다.

- 사실, 한 상품의 가격을 올리는 데에는
크게 두 가지의 방법이 있다.

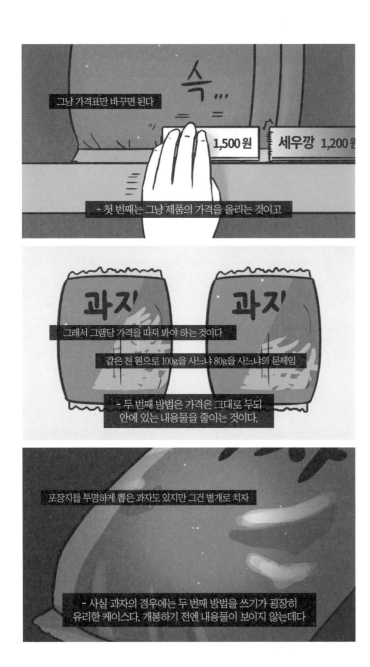

그냥 가격표만 바꾸면 된다

1,500 원   세우깡 1,200 원

- 첫 번째는 그냥 제품의 가격을 올리는 것이고

과자   과자

그래서 그램당 가격을 따져 봐야 하는 것이다

같은 천 원으로 100g을 사느냐 80g을 사느냐의 문제임

- 두 번째 방법은 가격은 그대로 두되
안에 있는 내용물을 줄이는 것이다.

포장지를 투명하게 뽑은 과자도 있지만 그건 별개로 치자

- 사실 과자의 경우에는 두 번째 방법을 쓰기가 굉장히
유리한 케이스다. 개봉하기 전엔 내용물이 보이지 않는데다

가끔 그걸 일일이 세는 병신들이 있긴 하다

내가 그랬음ㅋ

- 아주 작게 쓴 그램 수를 체크하거나, 일일이 세어보지 않는 이상 과자 몇 개가 덜 들어간 걸 눈치채기가 어렵기 때문이다.

(가격이) 두배가 돼 두 두배 두배두

- 근데 우리나라 과자의 문제는 이 두 가지 방법을 함께 쓴다는 것이다. 이게 대체 무슨…

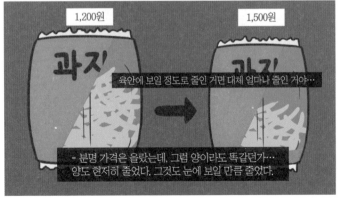

1,200원

1,500원

육안에 보일 정도로 줄인 거면 대체 얼마나 줄인 거야…

- 분명 가격은 올랐는데, 그럼 양이라도 똑같던가… 양도 현저히 줄었다. 그것도 눈에 보일 만큼 줄었다.

41

우리 엄마가 먹을 것 갖고 장난치지 말랬는데

- 왠지 맛도 없어졌다. 예전보다 저렴한 재료를 쓴다든가, 속에 들어가는 크림이나 초코를 줄인다든가 하는 모양새다.

특히 접두로 붙으면 가격이 1.5배 상승하는 마법의 단어들

마켓 오, 닥터 유… 이 새끼들이?

$$\bigcirc \quad + \quad \text{Market 5} \quad = \quad \bigcirc \quad +1,000\ ₩$$
$$\text{Dr. 油}$$

- 솔직히 소비자 입장에서 보면 그렇다. 요즘 우리나라 과자 업계는 '맛있는' 과자보단 '비싸게 팔 수 있는' 과자를 만드는 데 몰두하는 것 같다.

당연한 일이다

사람은 맛있는 걸 먹으면 행복해지니까

- 과자를 사는 사람들이 원하는 건 모두 똑같다. 바로 맛있는 과자를 먹으며 행복함을 느끼는 것이다.

·제발 과자에 몸에 좋은 거 좀 넣지 마라… 걍 맛있는 거 넣으라고

애초에 몸 챙기는 사람이 과자를 왜 먹어

- 그런데 우리나라 과자는 방향을 잡아도 한참 잘못 잡았다.
웰빙 과자니, 프리미엄 과자니… 소비자가 원하는 건 그게 아닌데.

당장 퀄리티가 엄청 높으면 비싸도 사 먹는 사람이 생긴다

문제는 대부분이 비싸기만 하고 퀄리티는 별로라는 거

- 단지 적절한 가격에 적절한 양. 거기에 맛있는 과자면 된다.
그리 많은 걸 원하는 게 아니다. 비싸게 팔거면 비싸게 만들어라.

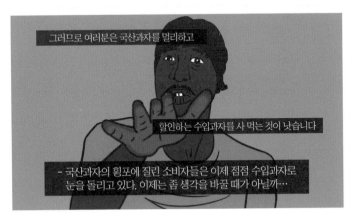

그러므로 여러분은 국산과자를 멀리하고

할인하는 수입과자를 사 먹는 것이 낫습니다

- 국산과자의 횡포에 질린 소비자들은 이제 점점 수입과자로
눈을 돌리고 있다. 이제는 좀 생각을 바꿀 때가 아닐까…

허니버터

요즘 존나 힘든 곤충.jpg

사실 나는 이게 뭔지도 잘 모르겠다. 뭔지 모르겠는데 대유행이다. 허니는 꿀이고 버터는 마가린 비슷한 건데, 이게 합쳐져서 허니버터라고 하는 모양이다. 듣기만 해도 달달하고 미끌미끌한 기름이 느껴지는 네이밍이다. 이게 유행하게 된 결정적인 계기는 아무래도 이게 들어간 감자칩이 한국 과자업계에 전무후무한 바이럴 마케팅에 성공했기 때문인데, 나는 나온 지 얼마 안 돼서 우연한 계기로 먹어 봤는데 그렇게 맛있지는 않았다. 나는 근본적으로 감자는 짭짤해야 한다는 입장이라서… 의외로 나 말고 입맛에 맞지 않는다는 사람이 꽤 있었다.

여하튼 이 과자는 공전의 히트를 치면서 SNS 타임라인을 뒤덮었는데, 나중에는 맛 자체보다는 '없어서 못 사 먹는 과자'로 더 멀티히트를 치게 된 것 같다. 내 생각에는 감자칩 자체가 너무너무 뽕가 죽을 정도로 맛있어서라기보단, '많은 사람들이 못 구하는 걸 나는 구했다'라는 일종의 성취욕구 같은 게 작용하지 않았나 싶다. 일단 타임라인에 올리면 사람들의 눈길을 끌 수가 있고, 뭔가 별 거 아닌데 자랑하기 좋은 아이템이랄까? 실제로 SNS에 인증하는 걸 보면 다 안 뜯은 채로 사진을 찍어서 먼저 인증하는 경우가 태반이다. 너무너무 먹고 싶어서 구한 거면 사자마자 그 자리에서 바로 쫙쫙 뜯어서 먹어 봐야 맞는 거 아닌가. 나로선 이해가 어렵긴 했다.

문제는 그 이후로 '허니버터'가 완전히 한국 과자업계에 유행이 되어버렸다는 것이다. 감자칩에서 먼저 후발주자가 몇몇 나서더니, 이젠 온갖 과자와 간식류에 '허니버터'를 넣고 있다. 뭐 하나 성공하면 그걸 따라하기 바쁜 행태도 행태지만, 근본적으로 방향을 잘못 짚었다고나 할까? '허니버터'가 들어가서 성공했다고 하기보단 '구하기 어려워서' 성공한 건데… 괜히 트렌드 따라간답시고 부랴부랴 만들었다가 실패하는 걸 우리는 얼마나 많이 보아왔는가.

이 책을 쓰고 있는 현재까지도 중고거래 사이트에서는 웃돈을 얹은 허니버터 감자칩이 거래되고 있고, 심지어 다 먹고 남은 공기나 부스러기 등을 파는 사람들도 있다. 아예 과자 생산 업체에서 중간에 빼돌린 후 소비자 권장가보다 훨씬 비싸게 판다고 하니, 바야흐로 바이럴 마케팅이 얼마나 무시무시한 것인가를 몸소 느끼게 된다. 덕분에 소금맛 감자칩은 할인 행진, 나 같은 나트륨 성애자는 더욱 살기 좋은 세상이 되긴 했지만. 결국 벌들만 불쌍하게 됐다. 뜬금없이 감자 때문에 일을 더 열심히 해야 할 줄은 꿈에도 몰랐겠지. 힘내 꿀벌들아, 인간이 미안해…

개복치

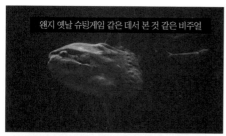

왠지 옛날 슈팅게임 같은 데서 본 것 같은 비주얼

- 개복치다. 아닐 것 같이 생겼지만 물고기다. 개복치는 경골어류 복어목 개복치과에 속하는 척삭동물의 일종이라는 것인데

※참고 : 척삭동물 [chordates, 脊索動物]
(좌우대칭, 열체강성 내지 장체강성의 진체강이 있는 후구동물. 척삭과 그 등쪽을 달리는 관모양의 신경관 및 새열을 갖는다는 데 이게 뭔 개소리인가 싶다.)

얼굴… 봤다…

잊지 않겠다 인간…

- 개복치의 가장 큰 특징이라고 한다면 작은 눈과 입, 아가미
그리고 양 옆에서 누른 듯 납작한 2D형 신체조건.

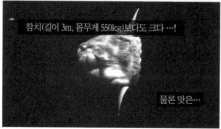

참치(길이 3m, 몸무게 550kg)보다도 크다 …!

물론 맞은…

- 평균 몸길이가 약 4m, 몸무게는 1톤 정도이며
특히 거대한 개체는 2톤이 넘는 경우도 간혹 있다고 한다.

- 학명은 'molamola'인데, 복어과에 속하며 성격이 급하다는 '복치'와
그 앞에 접두사 '개'가 붙어서
한국말로는 개복치라고 한다.

- 그런데 정작 몸집도 큰 데다 생김새도 이 모양이라 겁나 느리다.
방향전환도 어려워서 기동성과는 아주 거리가 먼 물고기인데

정작 본인도 빠르고 싶어하지 않는 눈치다

- 덕분에 빠르게 움직이는 먹이는 잡아 먹기 힘들어서
바다 표층에 있는 플랑크톤이나 해파리를 먹고 산다.

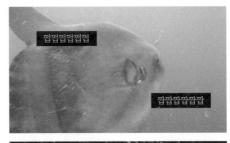

쩝쩝쩝쩝쩝쩝

쩝쩝쩝쩝쩝쩝

- 다른 물고기와는 달리 뻑뻑하고 까칠한 피부를 가졌기 때문에
지나가던 물고기들이 개복치에게 몸을 비벼 기생충을 떼내기도 한다.

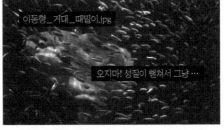

이동형_거대_때밀이.jpg

오지마! 성질이 뻗쳐서 그냥 …

- 개복치의 수명은 약 20년, 일생 동안 낳는 알의 개수는 지그미치 3억 개인데,
거의 숨을 쉬듯이 알을 낳아대는 셈이다.

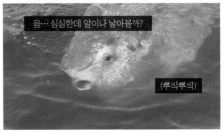

음… 심심한데 알이나 낳아볼까?

(뿌직뿌직)

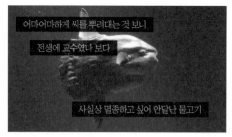

- 엄청나게 많이 낳아대는 대신에 알이
부화하도록 관리하지 않는다.
그냥 낳아놓고는 '태어나든가 말든가'식
의 씨뿌리기…

- 그렇게 해서 3억 개의 알 중 성체가
되는 개체는 기껏해야 두 마리.
사실 이건 개복치가 무책임한 부모인 탓
이다. 낳아놓고 도망가다니…

- 한편 그렇게 완전체가 된 개복치는 대
체로 천수를 누리는데,
애초부터 덩치가 엄청나서 웬만한 포식
자들은 덤빌 엄두도 못내며

- 피부가 딱딱하고 거칠어서 먹기도 힘
든데 맛도 없다.
그러나 이런 개복치를 굳이 힘을 들여
잡아먹는 종족이 있었으니

- 바로 인간이다.
인간. 인간은 못 먹는 게 없다.

- 달면 달아서 먹고, 쓰면 써서 먹고, 맛이 없으면 맛이 없는 대로 처먹는 무지막지한 동물…

겁나 쓰기만 해서 안 잡아먹힐 줄 알았는데

뜬금없이 존나 잘못 걸린 식물.jpg

- 태산이 높다 하되 하늘아래 뫼이듯이, 개복치가 잘 커봐야
인간의 별미, 한끼 식사로 전락할 뿐…

비주얼은 그럴 듯한데

듣는 말로는 그냥 묵 같은 맛이라고

- 가끔은 한가롭게 일광욕을 즐기는 개복치가 부럽기도 하지만
역시 인간이 존나 짱인 것 같다.
난 인간으로 태어나서 다행이다.

이러다 여객선에 들이받고

동반침몰하는 경우가 있다고 한다

돌연사는 아니고 사고사구나

＃ 택시

　　모 사채업 광고는 말했다. '사람이 버스만 타고 다닐 수 있나? 급할
땐 택시도 타는 거지ㅎ' 존나 병신 같은 광고. 누가 택시 타듯 사채를 빌
리냐… 근데 맞는 말이긴 하다. 나 같은 뚜벅이에게 택시란 정말 필수적인
교통수단이니까. 버스나 지하철이 가지 않는 곳에 갈 때나, 버스도 가긴 하
는데 좀 편하게 가고 싶을 때나, 월급날 직후라서 뭔가 자신감이 충만할
때는 어쩔 수 없이 택시를 타지 않을 수 없는 것이다.

　　그런데 인간이라는 것은 근본적으로 욕심은 끝이 없고 같은 실수
를 반복하는 동물… 지하철 역에서 내려 집까지 거리가 좀 있는데 그걸 걷
기 귀찮다고 택시를 타고, 버스에 사람이 너무 많으니까 택시를 타고, 지하
철 타러 지하까지 내려가기 귀찮아서 택시를 타다 보니 통장잔고가 어느
새 바닥을 쳤다. 분명 삼각 김밥 먹고 컵라면 먹으면서 아끼고 아껴 쓴 월
급인데도!

　　어쩌면 택시와 사채는 묘하게 닮은 부분이 있을지도 모르겠다. 급
하다고 함부로 남발하다간 거지꼴을 면할 수 없다는 것… 하긴 뭐든 함부
로 쓰면 안 되는 부분이긴 하지만. 택시아즈쓰… 저 뒤쪽에서 좌회전이라
고 말씀을 드렸을튼드…

로마 가보고 싶다

해외여행 한 번도 못 가봤는데

- 태초부터 인류는 끊임없이 발전의 발전을 거듭해왔다.

- 비효율과 비능률을 버리고, 불공평함과 부당함은 해소하고,
합리적이고 이성적인 방향으로 변화해온 인간…

대학생 한정 극혐짤.jpg

- 그러나 분명한 건 이 빌어먹을 책상은 이와 같은
인류의 발전과정을 완전히 역행하는 쓰레기라는 것이다.

세간에서는 '일체형 책걸상'이라고 부르는 모양이다

- 이 책상… 아니 이 엿 같은 물건을 책상이라 불러야 할지
의자라고 불러야 할지 모르겠다. 리뷰하는데도 존나 화가 치민다.

- 어째서 정체도 불분명한 이따위 물건이 발명되었는지, 어떤 미친 인간이 이런 똥 같은 생각을 했는지 모르겠지만

음 … 아마 … 싸니까?

- 왜 대학에서 이딴 책상을 쓰는지가 더 의문이다. 피 같은 내 등록금 가져가선 이런 개 같은 책상 사는 데 썼다는 게

진심 다 때려부수고 싶다

그런데 부수기에도 불편한 구조다

- 정말이지 피가 거꾸로 솟는 일이 아닐 수 없다. 내가 봤을 때 교수 바꾸고 건물 짓고 하는 것보다 이 책상 바꾸는 게 더 시급하다.

남자든 여자든 신입생이든 복학생이든 상관없다.

알아서 앉든가 말든가

- 일단 이 책상은 기본 발상자체가 틀려먹었다. 모든 학생의 몸집과 체형이 다 똑같다고 생각한 것 같다.

책상 밑에 거치대는 대체 왜 해놓은 거냐

딱히 올릴 것도 없구만 좁아터져서

- 책상과 의자가 붙어있어서, 체형에 맞게 거리를 조절할 수가 없다. 밀면 민 대로, 좁으면 좁은 대로 쳐 앉아야 한다. 완전히 미쳤다.

결정적으로 피곤할 때 엎드리기도 힘들다

일단 여기 앉으면 모든 행동이 불편해짐

- 다리 뻗기도 불편하고 상체는 고정이 되어버려서 움직이는 것 자체가 힘들다. 허리도 존나 아프다.

공부를 돕기는커녕

필기를 존나 필사적으로 방해하는 책상이다

- 책상 자체도 좁아터져서 교재를 놓기에도 불편하다. 안 그래도 들고 다니기조차 힘든 대학교재인데 책상이 이 모양이라니

떨어지면 또 줍기도 힘들다

모든 움직임이 봉쇄당하기 때문이다

완전히 책상계의 라모스 풀옵이다

- 묘하게 책상에 경사가 있어서 둥근 필기구(연필 등)의 경우 가만히 놔뒀는데도 굴러떨어지기도 한다. 이런 씨X…

해일, 폭풍, 토네이도도 마찬가지다

여기 앉은 순간 그냥 죽는 수밖에 없음

- 이 책상에는 재난에도 취약하다. 강의 듣다가 지진이라도 일어나면 이 개 같은 책상 때문에 빠르게 대피하지 못하고 목숨을 잃을 것이다.

합체까지 했어?!

- 사실상 책상으로서도 의자로서도 존나 글러먹은 물건이라는 것… 이걸 책걸상이라고 부르는 건 전 세계의 책상과 의자에게 큰 모욕이다.

'엿 같으면 대학 자퇴하든가ㅋㅋㅋ' 라고 말하는 것 같다

존나 책상 주제에 …

- 강의실은 민주주의인데 정작 강의실 책상은 전체주의다. 학생에 대한 배려라는 걸 찾아볼 수 없다. 이 책상은 미쳤다.

인정ㅋㅋ

다이너마이트 필요해?

- 이 책상을 발명한 인간을 여기 앉혀놓고 버드나무로 존나 패고 싶다. 인류의 발전을 저해하는 사탄의 자식 같으니…

54

많은 걸 원하는 게 아니야…

그냥 좀 평범한 책상과 의자를 사달라고

- 제발 등록금 내는 걸로 이상한 구조물 같은 거 만들지 말고
책상부터 바꿔줬으면 좋겠다. 이 책상 때문에 대한민국이 망하고 있다.

닭고기

- 인도의 힌두교에서는 소를 신성한 동물로 여긴다.
그래서 웬만하면 쇠고기를 먹지 않는다.

- 또 이슬람교는 율법에 따라 돼지고기 먹는 것을 종교적 수치로 여기는데

- 단 하나, 인종과 종교의 벽을 뛰어넘은, 범지구적 아가페를 실천하는 육류가 있다.

- 바로 닭고기 되시겠다!

닭 앞에서는 모두가 평등해

- 지구상 그 어느 종교도 종파도 이만큼 많은 사람들을 하나로 묶지 못했다.

야

걍 먹어

- 지구상 그 어느 정부나 정책, 지도자도 이만큼 많은 멋진 방법으로 사람들을 다스리지 못했다.

나를 원하니 (HEY)

가지고 싶니 (HEY)

- 인간은 끊임없이 솟구치는 욕심을 가진 동물…
매번 뭔가를 할 때마다 인간의 욕심이 일을 그르치지만

왜 싸우고 그래 병신들아

그냥 날 먹어

- 그러나 닭은 아니다. 닭은 인간처럼 명청하지 않다.
닭은 자신을 원하는 자에게 모든 것을 내어준다.

그런데 계란도 육류인가…?

- 계란맘이아 스크램블에그, 간장계란밥을 먹고 싶어 하는 자에게는 계란을 낳아주고

- 핫윙과 매그넘 닭다리, 닭가슴살을 원하는 자에게는
기꺼이 날개와 다리와 가슴을 내주는 것이다.

- 오늘날 우리가 사는 사회에는 아주아주 많은, 해결하기 어려운 문제들이 뒤엉켜 있다.

- 근본적으로 해결이 안 될 것만 같은 일들… 어떻게든 명확히 결론이 나지 않을 것 같은 사건들…

- 인종차별과 빈부격차, 환경오염과 지구온난화.

이쯤 되면 나도 내가 뭐라고 지껄이는지 모르겠다

아까부터 이해를 포기했음

- 정치적 혼란과 경제침체, 서브프라임 모기지 사태…

- 분명한 것은, 닭고기는 이 모든 걱정을 씻어줄 가장 강력한 옥시크린, 이지오프뱅이라는 것!

- 실제로 옛날옛적, 프랑스의 대왕 앙리 4세는 국민들에게 큰 약속 하나를 했다.

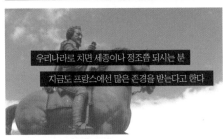

우리나라로 치면 세종이나 정조쯤 되시는 분

지금도 프랑스에선 많은 존경을 받는다고 한다

- '프랑스를 일요일에는 꼭 닭고기를 먹을 수 있는 그런 나라로 만들어주겠다!!'라고…

지금의 우리나라였으면 큰일났을 발언

'뭐 임마? 일주일에 1닭이라고? 굶어죽으라고?'

……

- 닭고기로 하나 된 프랑스는 결국 유럽의 중심국이 됐고, 지금은 세계에서 손꼽히는 선진국 중 하나가 됐다.

이 모든 것이 위대한 닭고기의 위업이다

- 나는 우리나라도 할 수 있다고 생각한다. 딴건 몰라도 닭 하나만큼은 세계에서 제일 좋아하는 나라이니까

뭐…?

내일이 한일전이라고!…?

- 지금 우리나라에 필요한 건 딴 게 아니라 닭고기 같은 화합과 행복이다. 닭심으로 대동단결. 우리도 할 수 있다.

- 닭고기를 먹어라.
닭고기를 먹는 건 우리의 생각보다 훨씬 더 좋은 해결책이다.

＃ 소나기

존나 경우 없는 놈. 개짜증 나는 놈, 사람 열 뻗치게 만들고 튀는 놈. 진짜 엿같다. 방금 바깥에서 볼일 보다가 갑자기 내린 소나기에 온몸이 다 젖어버렸다. 겨우 집에 들어와서 씻고 자리에 앉았는데 겁나 화가 치밀어서 뜬금없는 소나기 리뷰를 한다. 이렇게라도 하지 않으면 어제 세탁소에서 찾은 티셔츠가 난데없이 흠뻑 젖은 이 더러운 기분을 해소할 수 없을 것 같기 때문이다.

본격적으로 우리나라에서 체계적인 기상관측이 시작된 지 고작 몇 세기 지나지도 않았지만, 인류의 발전과정은 기상현상과의 투쟁과정이라고 말해도 실로 큰 무리가 없을 것이다. 기상관측 위성과 레이더망 등등 자세히는 모르지만 여튼 어마어마한 기술발전으로 기상 현상을 대부분 예측할 수 있는 경지에 이르렀지만, 여전히 소나기는 그중에서도 예외적인 케이스인 모양이다. 예나 지금이나 뜬금없고, 그래서 개 같은 존재다.

사실 우리들 대부분은 '예측할 수 없음'에 대해 굉장히 불안해하며, 스트레스를 받는다. 주식이 오를지 떨어질지, 시험에 합격할지 불합격할지, 내가 좋아하는 걔도 날 좋아할지 아닐지 같은 것들. 솔직히 말하면 인생 전체가 불규칙적이고 예측하기 어려운 일들의 연속이라서, 우리는 점점 나이를 먹고 인생을 살아감과 동시에 스트레스로 늙어가는 건지도 모른다. 어쩌면 우리가 사는 인생이란 쭉 이어지는 장마가 아니라, 끊임없는 소나기이 반복은 아닐까. 그래서 곧 그친 비에 매번 우산을 사며 고통스러워하는 게 아닐까. 빌어먹을! 난 이번 달에 새로 산 우산만 해도 3개라고…

61

빨래건조대

그렇다. 그것이다. 대개 스테인리스(stainless)로 만들어진 그 물건. 평소엔 접힌 채로 있다가 때가 되면 펼쳐서 빨래를 널 수 있는 그 물건이다. 진짜 해도해도 빨래건조대 리뷰가 뭐냐, 완전 미친 거 아니냐고 할지도 모르겠지만 나는 지금 진지하다. 책으로 내는 거라 실제로는 그냥 평범한 글씨체로 전달이 되겠지만, 지금 나는 궁서체다.

서울에 갓 상경했던 시절, 대학에 갑작스럽게 붙어서 급하게 서울로 올라온 나는 서울 안에 있는 방을 구하지 못해서 인천의 한 동네에서 하숙을 하게 되었다. 왜 하필 인천이었냐 하면 별다른 이유는 없었고 그냥 방 값이 쌌다. 보증금 30에 월세가 15만원이었으니까. 거기에 냉장고든 세탁기든 공유하면서 필요한 기구들도 이용할 수 있었기 때문에 지금 생각해보면 나름 편안했던 시절이었다.

그런데

※설명충 : 작업단계의 원고 캡쳐 사진, 진짜로 궁서체로 작성되었음을 알 수 있다.

그렇다. 그것이다. 대개 스테인리스(stainless)로 만들어진 그 물건. 평소엔 접힌 채로 있다가 때가 되면 펼쳐서 빨래를 널 수 있는 그 물건이다. 진짜 해도해도 빨래건조대 리뷰가 뭐냐, 완전 미친 거 아니냐고 할지도 모르겠지만 나는 지금 진지하다. 책으로 내는 거라 실제로는 그냥 평범한 글씨체로 전달이 되겠지만, 지금 나는 궁서체다.

서울에 갓 상경했던 시절, 대학에 갑작스럽게 붙어서 급하게 서울로 올라온 나는 서울 안에 있는 방을 구하지 못해 인천의 한 동네에서 하숙을 했다. 왜 하필 인천이었냐 하면 별다른 이유는 없었고 그냥 방값이 쌌다. 보증금

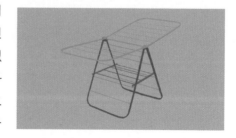

30에 월세가 15만 원이었으니까. 거기에 냉장고든 세탁기든 공유하면서 필요한 기구들도 이용할 수 있었기 때문에 지금 생각해 보면 나름 편했던 시절이었다.

그런데 문제는 빨래를 해도 빨래건조대가 없었다는 것. 집주인이 쓰고 있는 건조대가 있긴 했지만, 나는 최소한의 염치는 있는 놈이었다. 남의 물건을 함부로 빌려 쓰고 들키기 전에 제자리에 갖다놓는 배짱이 그때는 없었다. 그래서 나는 내 방 책상과 의자와 옷장 귀퉁이와 방문 손잡이 등등을 모두 이용해서 빨래를 널어야만 했는데, 방 자체가 채광이 잘 안 되는 방이기도 한 데다 널어놓은 장소까지 다르니 빨래마다 마르는 속도가 제각각 달랐다. 또 실내에 널어놓다 보니 좀 흐리거나 비가 오기라도 하면 며칠이 지나도록 마르지 않는 경우도 있었고…

그런데 나는 두 달 후 인천을 떠나기 전까지도 빨래건조대를 사지 않았다. 매번 옷을 입고 벗고 그걸 세탁기에 돌릴 때마다 그 짓거리를 했던 것이다. 그쯤 되면 그냥 하나 살 법도 한데, 그냥 안 샀다. 안 사고 버틴 나날들을 생각하니 왠지 억울하고 지는 기분이 들었기 때문이다. 겨우 만오천 원 밖에 안하는 물건인데.

결국 내가 빨래건조대를 산 것은 그로부터 약 1년이 지난 후. 내가 서울 안에 그나마 그럴듯한 자취방을 잡고 나서였다. 매번 미루다가 정작 사고 나니까 엄청 편했다. '빨래라는 것이 이렇게 편안한 작업이었나?', '만오천 원짜리 스테인리스 도구 하나로 인간은 이토록 행복해질 수 있는 존재인 것인가?', '빨래건조대를 발명한 사람은 신이라도 된단 말인가?' 결국 난 내 개 같은 고집 때문에 1년간을 빨래 때문에 고생하며 온갖 스트레스를 받아야 했던 것이다. 그냥 필요하면 사는 게 낫다. 그리고 이왕 살 거 일이천 원 더 주고 튼튼한 걸 사자. 왜냐면 내가 산 빨래건조대는 지금 두 번째니 다리가 찢어져서 새로 사야 하기 때문이다. 빌어먹을…

안경

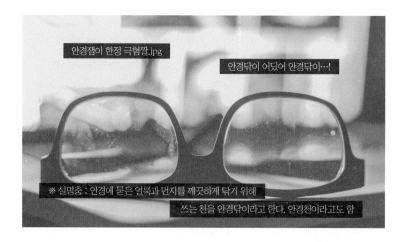

안경잡이 한정 극혐짤.jpg

안경닦이 어딨어 안경닦이…!

※ 설명충 : 안경에 묻은 얼룩과 먼지를 깨끗하게 닦기 위해 쓰는 천을 안경닦이라고 한다. 안경천이라고도 함

태어날 땐 눈이 좀 괜찮았다. 아니, 아주 출중했던 것 같다. 비록 사륜안 같은 건 아니라서 원격 공간왜곡이나 초시공 환술은 쓸 수 없었지만, 진짜 시력 하나만큼은 좋았다. 유치원 시절 양쪽 눈 모두 1.5를 훨씬 넘었다고 하니까. 아마 태어난 직후가 나에겐 인생 최고의 리즈시절이 아니었나 싶다.

그러나 아무리 타고난 재주가 탁월하더라도, 그걸 잘못된 곳에 활용하다간 병신꼴을 면하지 못하는 것. 드래곤볼의 셀이 그랬고, 나치당의 괴벨스가 그랬으며, 내가 그랬다. 나는 애초부터 타고난 재주가 그리 많지 않은 사람인데(감자튀김 빨리 먹기, 편의점 포스기 조작, 고양이 골골이 소리 따라하기 정도가 있다) 그중에서 가장 쓸모 있었던 게 지금은 맛이 갔다. 좋은 눈을 타고났지만 어렸을 때부터 허구한 날 컴퓨터 게임하고 TV만

64

보다 보니 어느 날 정신 차리니까 시력이 마이너스가 되어 있었던 것이다. 좋은 시력은 타고났지만 눈을 아끼고 사랑하는 마음은 타고나지 못했다.

그래서 난 초등학교 고학년부터 안경을 쓰기 시작했다. 처음 안경을 맞출 때는 왠지 멋있을 것 같고 그래서 기대도 됐는데, 실상은 언제나 시궁창… 안경은 겁나 불편하고 짜증나는 물건이었다. 일단 온도차에 매우 취약하다. 겨울철 추운 바깥에 있다가 갑자기 따뜻한 곳에 들어가면 성에 때문에 앞을 볼 수가 없다. 라면이나 우동처럼 뜨거운 걸 먹을 때 역시 마찬가지다. 게다가 렌즈 부분에는 시도 때도 없이 먼지와 얼룩이 묻어대기 때문에 정기적으로 닦아주어야 하며, 무엇보다도 안경 자체가 인상에 지대한 영향을 미친다. 근본적으로 안경은 눈이 작아 보이기 때문이다. 나처럼 눈이 너무 나빠서 도수가 높은 안경을 쓰는 사람은 더더욱.

그런데 안경을 쓰는 사람들은 대체로 '본인이 안경을 벗은 모습'에 대한 환상 같은 게 좀 있는데, 안경을 벗고 거울을 보면 왠지 스스로가 잘생겨 보이는 효과가 있기 때문이다. '후후, 내가 안경을 껴서 이렇지, 벗기만 하면…' 진짜 눈에 뵈는 게 없어서 생기는 일이다. 안경을 벗고 환골탈

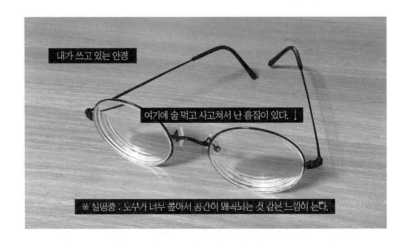

내가 쓰고 있는 안경

여기에 술 먹고 사고쳐서 난 흠집이 있다. ↓

※ 실명충 : 도수가 너무 높아서 공간이 뻐꾹뒤는 것 같은 느낌이 든다.

태하는 경우가 많기는 하지만, 나는 아니었다. 언제 한 번 콘택트렌즈를 끼고 나서 거울을 봤는데 웬 해산물이 그곳에 있었다. 이런 언더더씨… 그나마 안경을 쓴 게 낫다. 왜냐면 얼굴을 어느 정도 가려주는 효과가 있기 때문이다(같은 원리로 복면이나 마스크를 쓰면 더더욱 나아 보인다).

뭐 안경을 쓴 지 10년이 넘다 보니 나는 안경에 꽤 익숙해져서 이젠 잘 쓰고 다닌다. 그래도 가끔 안경 쓴 거 까먹고 세수하려다 낭패를 보긴 하지만. 그 와중에 어머니는 아직도 나에게 라식수술을 권하는데, 난 그냥 어머니니까 하는 소리려니 한다. 엄마, 저는 이미 오징어인데 어째서 안경 벗은 오징어가 되라 권하십니까. 그냥 그 돈 저 주세요. 현질이나 하게.

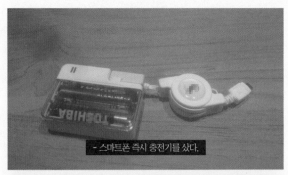

- 스마트폰 즉시 충전기를 샀다.

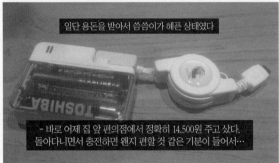

일단 용돈을 받아서 씀씀이가 헤픈 상태였다

- 바로 어제 집 앞 편의점에서 정확히 14,500원 주고 샀다.
돌아다니면서 충전하면 왠지 편할 것 같은 기분이 들어서…

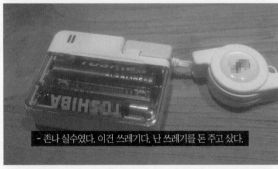

- 존나 실수였다. 이건 쓰레기다. 난 쓰레기를 돈 주고 샀다.

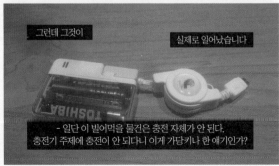

그런데 그것이   실제로 일어났습니다

- 일단 이 빌어먹을 물건은 충전 자체가 안 된다.
충전기 주제에 충전이 안 되다니 이게 가당키나 한 얘기인가?

왠지 충전기가 배터리를 더 깎아 먹고 있다는 생각도 들었다

사실은 스마트폰을 이용한 건전지 충전기였을지도

- 물론 연결을 하면 휴대폰에 충전표시가 나오긴 하는데,
그뿐이다. 전혀 배터리 잔여량이 오르지 않는다. 뭐야 시발

내가 정전기 일으켜서 충전해도

얘보단 충전 잘할 것 같다는 생각이 들었다

그래도 혹시 몰라서 3시간 동안 꽂아놨는데 2% 충전되어 있었다.
아마 태양광으로 충전해도 이것보단 많이 올랐을 것이다.

'이 물건은 쓰레기니까 빨리 버리고 그냥 다른 걸 사세요'라는

제조사 측의 따뜻한 배려였을지도 모르겠다

- 더욱 충격인 것은 내구성마저 쓰레기라는 것이다
한 번. 딱 한 번 충전하고 단자를 뺐더니 이렇게 되어 있었다.

건전지가 또시바인 거에서부터 눈치를 챘어야 했는데…

- 단자가 휘어버려서 이젠 연결조차 안 된다. 영락 없는 전자 쓰레기다.
이딴 걸 충전기랍시고 내놓아 팔다니 종말이 다가온 게 틀림없다.

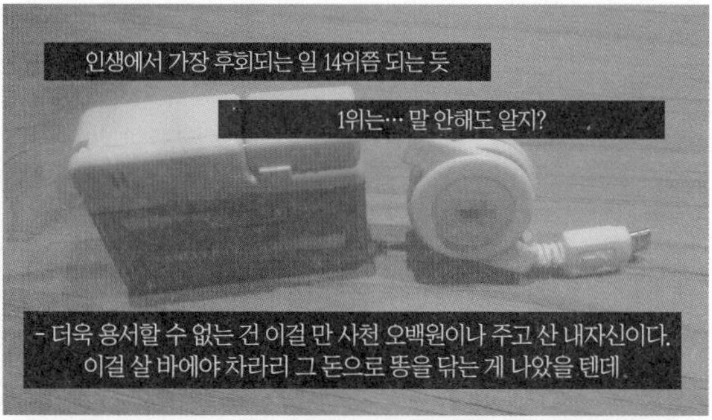

인생에서 가장 후회되는 일 14위쯤 되는 듯

1위는… 말 안해도 알지?

- 더욱 용서할 수 없는 건 이걸 만 사천 오백원이나 주고 산 내자신이다.
이걸 살 바에야 차라리 그 돈으로 똥을 닦는 게 나았을 텐데.

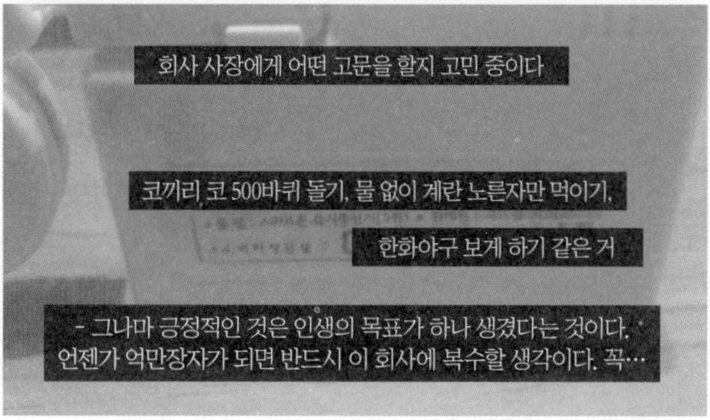

회사 사장에게 어떤 고문을 할지 고민 중이다

코끼리 코 500바퀴 돌기, 물 없이 계란 노른자만 먹이기,

한화야구 보게 하기 같은 거

- 그나마 긍정적인 것은 인생의 목표가 하나 생겼다는 것이다.
언젠가 억만장자가 되면 반드시 이 회사에 복수할 생각이다. 꼭…

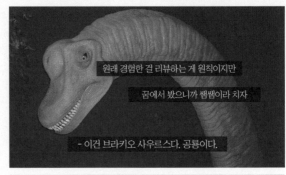

원래 경험한 걸 리뷰하는 게 원칙이지만

꿈에서 봤으니까 쌤쌤이라 치자

- 이건 브라키오 사우르스다. 공룡이다.

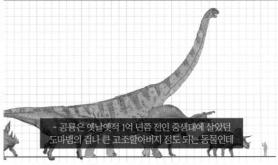

- 공룡은 옛날옛적 1억 년쯤 전인 중생대에 살았던
도마뱀의 겁나 큰 고조할아버지 정도 되는 동물인데

야 멸종했다는 건 니들 생각 아니냐

심해 같은 데서 살아있을 수도 있지

- 브라키오 사우르스는 그때 살았던 공룡 중 하나다.
물론 지금은 찾아볼 수 없게 되었지만.

크왕 우리는 초식공룡이다

무섭지??

- 공룡들 중 목이 겁나 긴 애들을 대체로 묶어 용반목이라고 부르는데,
브라키오 사우르스는 용반목 중에서 풀만 뜯어 먹는 초식공룡.

기린 조빱아

- 이 공룡의 가장 큰 특징이라고 한다면 단연 겁나 길다란 목인데,
이건 중생대의 높은 풀들을 따먹는 데에 유리할 뿐만 아니라

얌전히 먹혀라!

제까짓 게 그래봐야 식물이지

- 엄청나게 질겼던 중생대의 식물들을 잘게 소화시키기 위해서
어쩔 수 없는 선택이었다는 설도 학계에 존재한다.

농구 잘하게 생겼네

키 크니까 센터 시키면 되겠다

- 또 다른 특징은 어마어마하게 크다는 것이다. 일반적인 몸길이가
25m 정도(목이 16m), 키는 약 8m, 몸무게는 약 50톤 정도 되는데

브라키오 사우르스가 암흑진화에 성공

스컬 그레이몬이 된 모습이다 (※ 아닙니다)

- 지금으로 치면 7~8층짜리 건물에 네 발이 달려서
가로로 걸어다니는 셈이다. 실로 충격과 공포가 아닐 수 없다.

올라오지마

- 또, 무거운 목을 지탱하기 위해서 앞발이 뒷발보다 길다.
'목 도마뱀'이라는 뜻의 이름 역시 이런 점에서 착안한 학명이다.

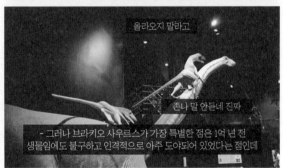

올라오지 말라고

존나 말 안듣네 진짜

- 그러나 브라키오 사우르스가 가장 특별한 점은 1억 년 전
생물임에도 불구하고 인격적으로 아주 도야되어 있었다는 점인데

끼룩끼룩끼룩!

월월! 월월월!

- 매우 강력한 힘과 거대한 몸집을 가졌음에도 불구하고
그 파워를 자신과 가족을 지키는 데에만 썼다는 사실. 그리고

티라노 금마는 인성부터가 글러 먹었다니까

이 목으로 육식하면 인형뽑기임 ㄷㄷ

- 다른 공룡을 괴롭히기는커녕 오히려 초식만을 고집하는 자세…
대쪽 같은 성품과 티없이 맑은 심성을 지닌 공룡이었다는 것이다.

가라 켄타로스! 너로 정했다!

음ㅁㅔ음ㅁㅔㅜㅜ

- 반면 인간은 그 힘이 미천하면서도 자신보다 조금이라도 약해 보이는 동물을 만나면 괴롭히고 핍박하기 일쑤...

진정한 강자는 힘을 쉽게 드러내지 않는 법

- 얄치감치 힘의 무상함을 깨닫고 무위의 삶을 살았던 브라키오 사우르스와는 심히 대조되는 모습이다.

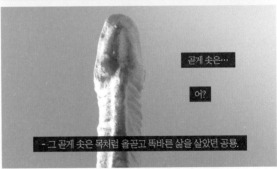

곧게 솟은...

어?

- 그 곧게 솟은 목처럼 올곧고 똑바른 삶을 살았던 공룡.

공룡계의 진정한 선비

보고 좀 배우자 닝겐들아

- 브라키오 사우르스에게 우리들 인간은 여전히 배울 게 많다.

영화는 혼자 보는 것이다

남자의 로망

나는 영화를 꽤 좋아한다. 드라마는 한 편을 보면 계속 봐야 하고, 완결이 되지 않은 방송의 경우 다음 주까지 본방을 기다려야 한다는 답답함이 있는 반면 영화는 적어도 그 자리에서 어느 정도 끝이 나기 때문이다. 영화에 병신 같은 결말은 있어도 결말이 없는 영화는 없다. 두세 시간 안에 좋든 싫든 하나의 이야기를 통째로 섭취할 수 있다는 건 썩 경제적인 일이다.

나는 영화를 분석적으로 보지 않는다. 평론가들처럼 영화에 대해 깊이 있는 공부를 하지도 않았고, 그래서 정확히는 분석할 능력이 없다는 게 맞는 말이긴 한데 어쨌든 그렇다. 그냥 내가 재밌으면 내가 재밌는 것이고, 내가 재미없으면 내가 재미가 없는 것이다. 여태껏 김리뷰로 있으면서 꽤 많은 영화리뷰를 써왔는데, 지식도 없고 영화에 대한 상세한 정보도 없고 스스로조차 수준 낮아 보이는 리뷰임에도 불구하고 많은 사람들이 사랑해준 것은 적어도 내 리뷰에서 이런 솔직함이 여과 없이 보여졌기 때문이라고 생각한다. 그 흔한 별점 하나 없이도 '아 얘가 이건 재밌게 봤구나' 혹은 '이건 얘는 재미없게 봤네'라는 의사전달이 됐다는 것. 냉정하게 그거 빼면 장점이 없긴 하다.

나는 영화는 각자 다르게 본다고 생각한다. 내가 매번 강조하는 건 '각자의 생각은 모두 다를 수 있다'는 것이다. 보는 사람들은 어떻게 느껴졌을지는 모르겠지만, 나는 내 의견에 객관성을 부여하려고 하지 않았다. 내 리뷰가 전달하고자 하는 건 '이 영화는 재밌는 영화다', '이 영화는 구린 영화다'라는 건방지거나 오만한 판단이 아니라, '이 영화, 나는 이렇게 봤는데 너넨 어떠냐' 정도의 의견이다. 내 의견은 내 의견이고, 니 의견은 니 의견이다. 둘 중 정답은 없다. 영화란 것은 이야기이고, 이야기는 사람마다 다르게 받아들이며 재생산하는 것이기 때문이다. 복제인간이나 도플갱어도 아닌데 같은 영화를 봤다고 그걸 똑같이 본다는 건 애초부터 어불성설이다.

나는 영화에 정답은 없다고 생각한다. 생각해 보면 당연한 얘기다. 아무리 훌륭해도 모든 사람들에게 10점을 받는 영화가 없고, 아무리 쓰레기라도 모든 사람에게 1점을 받는 영화는 없다. 그럼에도 불구하고, 우린 여전히 주관성에 대한 끊임없는 도전을 받는다. '야, 그 영화가 재미없으면 넌 뭐가 재미있나?', '그 영화 완전 재미없는데, 너 취향이 이상하네' 같은 말들. 모두가 다른 삶을 살았고, 다른 시각으로 세상을 바라보는 데 영화라고 똑같을 수 있을 리 없다. 영화에 여론은 있어도 정답은 없다. 불후의 명작으로 평가받는 작품인 〈쇼생크 탈출〉이나 〈다크 나이트〉를 재미없게 봤다고 해서 죄책감을 느낄 필요는 없다는 것이다. 영화를 보고 뭔가 느꼈다면 그건 그것 자체만으로도 의미가 있다고 생각한다. 모름지기 영화는 평가하기보단 마음으로 느끼는 것… 나는 오늘도 이 말을 되새기며 희대의 대명작 〈클레멘타인〉을 복습해 본다.

집 떠나면 개고생이라는 말을 하곤 하는데, 그럼 모국을 떠나 다른 나라에서 생활을 한다는 건 개고생을 뛰어넘은 무언가가 아닐까. 나는 단 한 번도 외국에 나가본 적이 없고, 심지어 여권도 없지만 우리나라에 온 외국인들의 마음을 십분 이해할 수 있을 것 같다. 나 역시 집을 떠나 서울이라는 외국에서 살고 있는 이방인 신세이기 때문이다. 나 역시 타지에서 생활하는 고통과 슬픔을 알고 있기에, 지나가는 외국인들을 볼 때마다 그들의 쓸쓸한 발걸음과 눈빛에 서려 있는 아련한 소울을 느낄 수 있다.

수구초심이라는 말이 있는데, 여우는 죽을 때 자기가 살던 굴이 있는 언덕 쪽으로 머리를 둔다는 뜻이다. 몸 안에 기본적으로 나침반이 내장되어 있는 것일까? 어쨌든 동물조차도 자신이 돌아가야 할 곳을 알고 죽을 때까지도 자신의 근본을 잊지 않는다는 이야기인데, 이 역시 고향이나 집의 소중함을 역설하는 사자성어 같다. 옛날옛적 제주도로 수학여행을 간 일이 있었는데(이때 비행기를 두 번 탔다. 갈 때랑 올 때) 뭔가 육지랑 떨어진 기분과 내가 살던 곳에서 몇 백 킬로미터씩 떨어져 있다는 생각에 묘한 공포가 엄습했던 기억이 있다. 경위야 어찌됐든 타향살이란 이렇듯 무서운 것… 이제 몇 년 동안 고향을 떠나 살다 보니 좀 무뎌질 만도 하지만, 아직도 집과 집밥과 집의 냄새가 불현듯 그리울 때가 있는 것이다.

그래서 난 외국인을 보면 '신기하다', '멋있다', '오 흑형 그루브 쩌네' 같은 생각보다도 '고생한다', '타향살이 힘들지? 힘내' 같은 격려를 해주고 싶다는 생각이 먼저 든다. 비록 나는 외국어를 못해서 그 마음을 전할 수는 없었지만. 머나먼 나라, 코리아… 언제 전쟁이 터질지 모르는 휴전 국가로 떠나와서 김치와 비빔밥 그리고 삼겹살과 소주를 먹으며 사는 삶이란 그들에게 어떤 의미일까, 대한민국에서의 경험이 그들의 인생에 얼마나 도움이 될 수 있을까. 코리아에 살면서 코리안을 쓰는 나라는 코리안은 어떤 사람으로 비춰질까. 뭐 그런 생각들이 들었다.

그러나 이런 내 마음과는 별개로 우리나라의 다문화와 그 인식에 대해서는 논란이 꽤 있다. 외국인 노동자들 때문에 범죄율이 높아졌다느니, 한국 여자들이 외국인에게는 유독 관대하다느니, 외국인들이 한국인을 우습게 본다느니 하는 얘기들. 외국인들에게 왠지 모를 박탈감까지 느낀다는 사람들도 종종 있는 걸 보면 아직 대한민국은 외국인에게 그리 편하기만 한 나라는 아닌 것 같다. 외국인이라는 이유만으로 차별하는 사람들과 외국인이라는 이유만으로 지나치게 친절한 사람들이 섞여 있는 나라. 내가 외국인이라면 좀 당혹스러울 것 같기도 하다.

결론은 외국인도 우리와 같은 사람이라는 것이다. 우리 한국인은 테란인데 유럽에서 온 사람은 프로토스고, 동남아나 아프리카에서 온 사람은 저그고… 그런 게 아니다. 다 똑같은 테란이다. 나와 외국인이 인간이란 같은 카테고리에 속한다는 사실은 꽤 많은 걸 시사한다. 외국인도 슬플 땐 슬프고, 기쁠 땐 기쁘다. 서로의 문화적 차이를 존중하되, 어떤 차별적인 기준을 두는 건 유난스러운 일이 아닐까. 외국인에게 관대하거나, 외국인에게 차별적이거나 하는 나라가 되진 않았으면 좋겠다. 한국인도 외국인도 그냥 같은 인격으로 대우받는 그런 나라와 사회와 사람이 되었으면 좋겠다.

뜨거운 코트를 가르며

너에게 가고 있어

※ 설명충 : 〈슬램덩크〉의 우리말 오프닝, '너에게로 가는 길'의 가사. 가수 박상민이 부른 희대의 명곡이다.

모 어플리케이션 광고는 우리가 배달의 민족이라고 했다. 태생적으로 배달하고 배달을 받는 것에 특화되어 있는 배달민족! 우리가 무슨 사이어인도 아니고. 이왕 할 거면 간지 좀 나게 '전투민족'이나 '두뇌민족', '극딜민족', '케이팝민족', '치킨민족' 같은 걸로 했으면 얼마나 좋았을까 싶지만, 실상을 따져 보면 우리나라는 배달민족이 맞기는 한 것 같다. 정말 웬만한건 다 배달이 되는 시대니까.

어느 날 나는 아메리카노를 너무 마시고 싶었는데, 마침 한여름에 푹푹찌는 9월의 낮이라서 집에서 버스를 타고 10분이나 가야 있는 지하철 역 카페에서 커피를 사오기는 너무 귀찮고 힘들다고 느꼈다. 그때 심부름센터를 하고 있다는 친구 생각이 났다. 한 번은 공짜로 해주겠다고 했던가… 그래서 나는 더듬더듬 전화번호부를 뒤져 심부름센터에 '지하철 역 카페에서 커피를 사다가 ○○고시원 309호에 갖다 주세요'라는 주문을 넣었다. 그리고 정확히 5분 후 나는 집에서 시원한 얼음이 가득한 커피를 받아 먹을 수 있었는데, 이건 정말이지 신선한 충격이었다. 비록 한 번 공짜로 해주겠다고 한 친구의 말은 구라로 드러났고, 결국 커피하나에 심부름센터 이용료까지 합쳐 7천 원이나 되는 돈을 쓴 셈이 되었지만, 돈만 충분히 있다면 커피를 마시러 카페에 갈 필요조차 없는 세상이라는 것 아닌가. 나는 온몸에서 소름이 돋았다. 에어컨을 틀어 놓고 아이스 아메리카노를 마셨기 때문이다.

조금만 깊게 생각해 보면 당연한 일이긴 하다. 나라는 좁아 터졌는데 인구는 5천만 명이 넘는 인구밀도 최강의 나라. 그것도 유동인구가 2천만이나 된다는 서울에서 배달이 안 될 것이 그 무엇이란 말인가. 그 잘나가는 미국도 인구는 많지만 국토 자체가 광활한 나머지 뭘 배달시키면 일주일 정도 지체되는 건 기본이라고 한다. 그런데 우리나라는 그딴 거 없다. 웬만하면 다음날 도착하고, 행여 물류가 밀려 이틀 정도 소요되면 '택배 배송 겁나 느려요 극혐'이라고 클레임이 들어오는 상황이기 때문이다.

우리나라의 배달은 공간의 구분이 없다. 찾아갈 수 있다면 그게 집이든 옥상이든 한강이든 마포대교 중간이든 어디든 배달이 가능하다. 시간의 구분도 없다. 야식이 필요하면 야식 전문 식당에 주문하면 새벽 3시에도 김치찌개를 먹을 수 있다. 사실상 우주에서 블랙홀과 함께 시공간을 초월한 유이한 존재가 우리나라의 배달문화가 아닐까. 정말 돈만 있으면 무지짱 살기 좋은 나라가 대한민국이라는데, 거기에는 이런 초특급 배달 시스템이 기여하는 바가 크다고 생각한다.

그런데 이렇게 미친 듯이 빠른 우리나라의 배달문화에 감사함을 느끼는 사람들은 그리 많지 않은 것 같다. '나와는 상관없는 물건이나 음식'을 전속력으로 목적지까지 가져다주는 사람들은 정말 수고가 많으신 분들이다. 물론 우리가 거기에 대한 정당한 대가를 지불하기는 하지만, 그렇다고 배달 서비스 자체를 우습게 알거나 배달하는 분들을 함부로 대할 수 있는 근거가 되지는 않는다는 것.

　다들 먹고살자고 하는 짓인데, 물건이나 음식을 받을 때 빵긋 웃으며 받으면 좀 더 힘이 나는 세상이 되지 않을까. 오늘따라 '먹고 힘내서 열심히 사세요, 저도 그러고 있으니까요'라고 말씀하시며 짜장면을 건네던 인천의 한 동네 배달원 분이 생각난다. 아직도 이렇게 살고 있어서 왠지 죄송합니다.

지구 온난화(global warming)… 요컨대 전 지구가 점점 뜨거워진 다는 얘기다. 극지방이 막 녹고, 수면이 높아지고… 어쨌든 많이 안 좋은 거라고 들었다. 나 역시 어렸을 때부터 지구온난화에 대해 귀가 터질 정도 로 들어온 세대인데, 솔직히 까놓고 말해서 지구가 따뜻해지는 게 왜 안 좋은 건지 잘 모르겠다. 아마 내가 병신이라 그런 거 같다.

사실 내가 좋아하는 펭귄이나 북극곰이 날씨가 따뜻해져서 힘들 어한다는 사실은 좀 슬프긴 했다. 특히 펭귄은 내가 가장 좋아하는 조류인 데… 그렇지만 생물은 각자 환경에 따라서 알맞게 진화하는 법이다. 남극이 아니라 아프리카 서쪽 해변에두 펭귄은 살고, 곰 역시 원래는 북극이 아니 라 우리나라 지리산 기슭에서도 살 수 있는 애들이다. 솔직히 별 상관없다.

그냥 거기 태어났으니까 거기 사는 거지… 지구온난화로 북극곰 멸종하는 것보다 인간이 모피 얻으려고 허구한 날 잡아대는 하프물범 멸종이 아마 더 빠르지 않을까.

요컨대 공룡이 멸종한 이유는 소행성 충돌이 아니라면 아마 빙하기 때문이라는 것인데, 걔들은 추워서 죽었지 따뜻해서 죽지는 않았다는 것이다. 그리고 결정적으로 인간은 적응의 동물! 지구온난화로 기온이 몇 도씩 오른다면? 아마 지금보다 옷을 덜 입지 않을까. 아주 긍정적인 현상이다.

솔직히 더 추워지는 것보다 더 따뜻해지는 게 더 긍정적이라고 생각한다. 매 겨울마다 최전방의 군인들은 벌벌 떨면서 불침번을 서고, 보일러가 없어 차가운 방에서 연탄불로 겨울을 나는 독거노인 분들을 생각하면 지구온난화란 그렇게 나쁜 게 아닐지도 모르는 것이다. 물론 적도근방이나 대구광역시는 사람이 살 수 없는 지역이 되겠지만, 그만큼 북쪽이 살만한 지방이 될 테니 쌤쌤으로 칠 수 있다.

오늘날의 대한민국은 전 세계적인 지구온난화 흐름에 유난히 역류하고 있는 느낌이다. 나라 경제, 살림살이, 각박한 인심, 한류, 내 자취방 화장실 온수… 이 모든 것이 춥게 느껴지기 때문이다. 어쩌면 우린 좀 따뜻해질 필요가 있을지도. 지구온난화, 우리 모두가 함께 해야 하는 일일지도 모르겠다.

화장실
수도꼭지

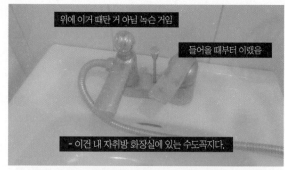

위에 이거 때탄 거 아님 녹슨 거임

들어올 때부터 이랬음

- 이건 내 자취방 화장실에 있는 수도꼭지다.

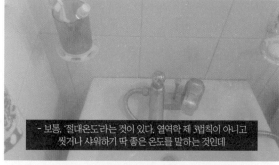

대놓고 말하면 쫓겨나니까

- 어쩌면 지금 내가 하고 있는 건 리뷰가 아닐지도 모르겠다. 아마도 집주인에게 숨어서 하는 소리없는 아우성이랄까…

※참고 : 집주인 [-主人, House Owner]
- 집의 주인, 건물주, 동서고금을 막론하고 이 사람들보다 높은 사람은 없다.
평소 번개를 휘두르고 다니며, 넥타르와 암브로시아를 먹으며 나보다 높은 곳에서 생활한다고 전해진다.

※참고 : 열역학 제 3법칙에서의 절대온도는 -273℃ (K, 절대영도)라고 한다. 이 온도로 샤워하면 죽는다.

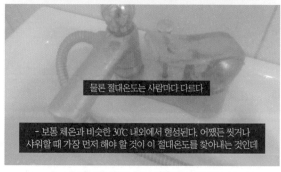

- 보통, '절대온도'라는 것이 있다. 열역학 제 3법칙이 아니고 씻거나 샤워하기 딱 좋은 온도를 말하는 것인데

물론 절대온도는 사람마다 다르다

- 보통 체온과 비슷한 30℃ 내외에서 형성된다. 어쨌든 씻거나 샤워할 때 가장 먼저 해야 할 것이 이 절대온도를 찾아내는 것인데

- 대개는… 그렇다. 수도꼭지 정중앙이 중립이라고 하면

- 온수의 영역이 이 정도

- 냉수의 영역이 이 정도쯤이 돼서

- 이 겹치는 부분에서 절대온도가 탄생하는 것이다.
온수와 냉수의 적절한 조화. 일종의 조경수역이라고 할 수 있다.

※ 참고 : 조경수역(潮境水域)이란
한류와 난류가 교차하는 바다. 오
징어가 많이 잡힌다고 한다.

- 그런데 문제는, 이 새끼는 절대 그렇지 않다는 것이다.

진짜 존나 뜨거움

머리감다가 뇌가 녹아내리는 기분

- 왼쪽으로 가면 무조건 개뜨거운 물이 나오고

진심 토할 정도로 차가움

남극바다에서 물 퍼면 딱 이 온도일듯

- 오른쪽으로 가면 무조건 개 같이 차가운 물이 나온다.

존나 맛탱이가 간 수도꼭지다. 완전 이분법적이다. 중간이 없다.
온수 아니면 냉수, 화형 아니면 동사, 좌익 아니면 우익…

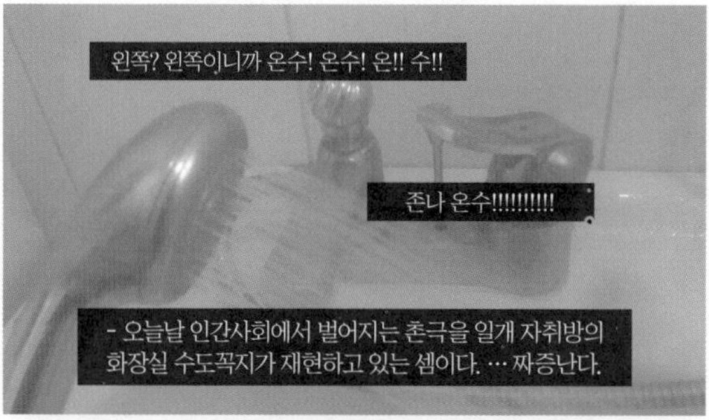

왼쪽? 왼쪽이니까 온수! 온수! 온!! 수!!

존나 온수!!!!!!!!!!

- 오늘날 인간사회에서 벌어지는 촌극을 일개 자취방의
화장실 수도꼭지가 재현하고 있는 셈이다. … 짜증난다.

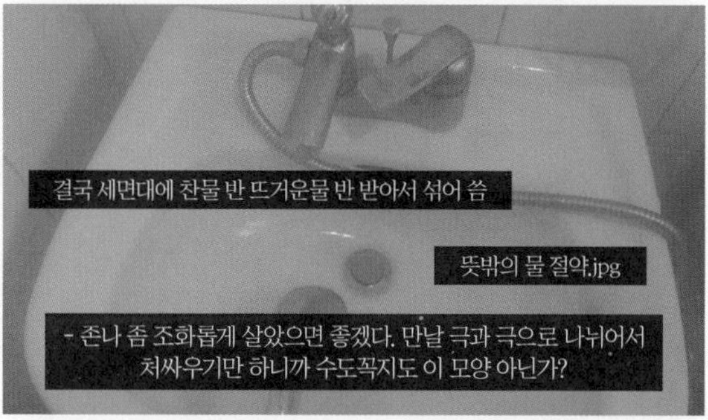

결국 세면대에 찬물 반 뜨거운물 반 받아서 섞어 씀

뜻밖의 물 절약.jpg

- 존나 좀 조화롭게 살았으면 좋겠다. 만날 극과 극으로 나뉘어서
처싸우기만 하니까 수도꼭지도 이 모양 아닌가?

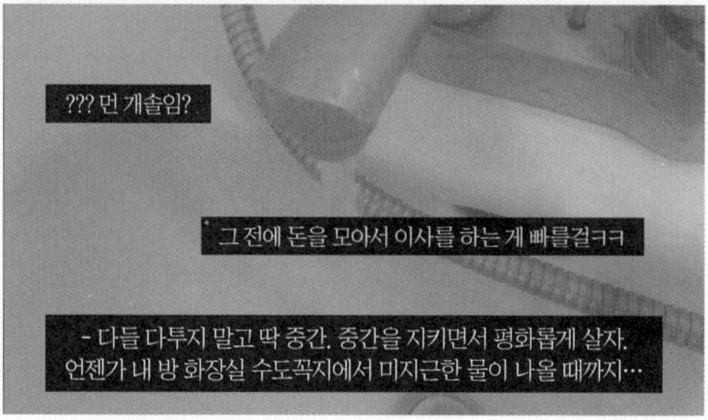

??? 먼 개솔임?

그 전에 돈을 모아서 이사를 하는 게 빠를걸ㅋㅋ

- 다들 다투지 말고 딱 중간. 중간을 지키면서 평화롭게 살자.
언젠가 내 방 화장실 수도꼭지에서 미지근한 물이 나올 때까지…

당구가
매너를
만든다

※ 설명충 : 영화 〈킹스맨 ; 시크릿 에이전트〉에서 나온 명대사.
'매너가 사람을 만든다(Manners, Maketh, Man)'

흔히 골프를 신사의 스포츠라고 한다. 심판이 따로 없다는 점도 그렇고, 무엇보다 골프 자체가 매너에 대해 아주 민감한 스포츠이기 때문이다. 그런데 이 경우는 애초에 매너 있는 사람들이 골프를 하기 때문이다(매너가 없는 사람은 골프를 즐길 수 없게 하므로). 전국의 중학교에서 수재만 끌어 모은 자율형 사립고나 외고를 더러 '공부 잘하는 학교'라고 하는 셈이랄까.

그런데 상상해 보라. 대한민국 어느 동네에 한 명씩 있을 법한 아저씨. 후줄근한 옷차림에 담배하나를 물고 인상을 팍 쓰고 있는 이 아재에게 매너나 에티켓을 기대하기는 쉽지 않다. 또 상상해 보자. 귀에는 큼지막한 피어싱을 하고, 불량스러워 보이는 옷차림에 팔과 다리에는 위압적인 타투가 있는 청년. 역시 마찬가지다. 외모로 사람을 판단하는 것은 결코 안 될 일이지만, 사람이란 어쩔 수 없는 동물이다. 그냥 언뜻 봐서는 이 사람과 매너라는 단어는 한 53만 광년 정도 떨어져 있는 것 같다.

그러나 이렇듯 매너와 동떨어져 보이는 사람들조차도 철저하게 신사가 되는 장소가 있다. 당구장… 이곳은 대한민국의 모든 남자가 정장 한 벌 없이도 신사가 되는 곳이며, 누구도 시키지 않았는데 청학동 양반이 되는 곳이다. 21세기 이후 동방예의지국 최후의 보루이자, 영국에서 수천 킬로미터는 떨어진 한국에서 완연한 신사의 매너를 엿볼 수 있는 이국적인 장소다.

아주 신기한 일이다. 요즘은 길거리를 지나가다가 실수로 어깨빵을 당해도 싸움이 나는 시대인데, 당구장에선 손끝하나, 털끝하나 닿는 것도 너무 미안해한다. 매우 놀라운 일이다. 지금은 매일 아침마다 서로 먼저 버스에 올라타려고, 지하철에 오르려고 NBA 수준의 몸싸움을 하는 시대인

300 이하 맛세이 금지

※ 설명충: 맛세이(찍어치기)는 초보자가 하면 공이 튀어 수비에 피해를 입힐 수 있다.

데 당구장에서는 장소가 협소하니 서로 먼저 치라고 선의의 양보를 하는 광경이 벌어진다. 장소가 인간을 만드는 것인가, 인간이 장소를 만드는 것인가.

요컨대 신사가 하는 스포츠가 골프라면, 일반인을 신사로 만드는 스포츠가 당구라고 할 수 있겠다. 당구장을 덮은 자욱한 담배 연기에 괜히 쫄 필요 없다. 그 속에선 살짝만 어깨를 부딪쳐도 짜장면을 사겠다고 하는 대한민국의 신사들이 모여 있는 곳이니까. 음 너무 오버했나.

- 우리가 평소 하는 말 중에 '먼지만도 못한' 이라는 게 있다.
아주 하찮고 보잘것없는 존재를 먼지에 빗대어 하는 말인데

- 솔직히 틀린 표현은 아니다.
먼지는 아주 작고, 귀찮고,
툭하면 털리고, 닦이고, 바람불면 날아 가는 존재이니까.

- 그런데 그 먼지가 존나 많이 모이면 어떨까?

- 황사… 중국에서 불어오는 초대량의 먼지와 모래디.
그깟 먼지, 모래가 뭐가 무섭냐 할지도 모르겠지만

91

- 진짜 무섭다. 이것들은 그냥 모래와 먼지가 아니다.
존나 많은 모래와 먼지. 완전 맛이 간 수준으로 많은 것이다.

- 게다가 여기 섞인 미세먼지에는 진한 중금속이 함유…
함부로 들이마셨다간 폐에 영구적인 손상을 입는다.

- 특히 우리나라의 경우 황사로 인한 피해로 따지면 세계에서 손에 꼽히는 나라 중 하나인데

- 황사의 메카, 예루살렘, 알파와 오메가인 중국이 매번 연례행사처럼 황사를 우리나라로 뿌려대기 때문이다.

- 특히 대한민국을 먹여살리는 주요 산업 중 하나인 반도체…
현대 첨단 산업의 현주소, 나노단위의 섬세함을 요구하는 이 산업은

92

- 황사에 매우 취약하다는 것이다.
아주 정밀하게 구성된 기계에
모래와 먼지더미가 쌓이게 되면…
답이 없다.

- 아무리 방진(먼지를 막는 작업) 처리
를 해도 피해를 줄일 수 있을지언정
없앨 수는 없다. 눈에 뵈지도 않는 먼지
를 완벽하게 막을 수 있을 리가…

- 그렇다고 먼지 자체를 없앤다는 건 더
더욱 불가능하다.
중국의 사막은 한반도 남북한을 합친
것보다 더 큰 데다가

- 먼지는 근본적으로 어디든 있기 때문
이다. 심지어 우주에도 있다.
먼지로부터 도망칠 수 있는 방법은 사실
상 없다.

- 모래와 황사가 덮치면, 덮치는 대로 그
냥 당하는 수밖에 없다
거대한 대자연의 섭리 앞에서 인간은 얼
마나 무능력한가…?

주황색 셀로판지 끼고 보면 이렇게 보일듯

- 그래도 황사는 외부출입을 자제하고
방진 마스크만 잘 착용하고 다녀도
피해를 최소화할 수 있다는 점에서 썩
긍정적이다.

무엇이든 생각하기 나름이다

긍정적으로 생각해야지

- 그나마 황사였기에 망정이지 지진이
나 해일이었으면 얄짤도 없었을 테니까.
황사여서 다행이라고 생각하면 사뭇 편
해진다.

즐기면 안 돼…

죽어…

- 피하지 못하면 즐기라는 말이 있다.
황사의 경우 즐기지는 못 하더라도
그냥 받아들이면 뭔가 편해지지 않을까

넌 내게서 도망칠 수 없다

닝겐…

- 뭣보다도 다시는 먼지를 함부로 무시
하지 않는게 좋겠다.
먼지에게 막 대했다간 언젠가 크게 혼쭐
이 날지도 모르니까.

열심히 만들어서 다이아몬드랑 바꿔야징

헤헤…

- 예전엔 그랬다. 물건 하나하나가 다 손으로 만들어지던 시절

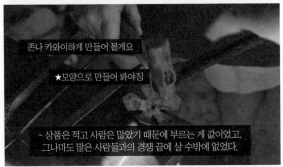

존나 카와이하게 만들어 볼게요

★모양으로 만들어 봐야징

- 상품은 적고 사람은 많았기 때문에 부르는 게 값이었고,
그나마도 많은 사람들과의 경쟁 끝에 살 수밖에 없었다.

뭐, 뭐야

뭐가 이렇게 많아…?

- 그러나 요즘은 전혀 아니다. 상품이 너무 많다.
우유 하나 사더라도 선택지가 너무 많아서 고민을 하게 되는 상황.

?????????????

(어리둥절)

다 사면 되잖아?

- 다 사기에는 돈도 부족하고 근본적으로 낭비다.
이왕 살 거 같은 가격에 더 좋은 걸 사고 싶은 것이 인간의 본능

95

"교통사고를 당한 강아지가 살아났습니다."

● 서○○ 지배 (4대학부)

재작년 12월, 집에서 기르는 강아지가 교통사고를 당해 턱뼈가 부러지고 폐에 피가 들어가는 중상을 입었습니다. 비록 강아지이지만 고통스러워하는 모습에 너무 마음이 아팠지요.

그때 당회장 이○○ 목사님의 「음성전화 다서함 환자기도」를 받고, 무안 단물을 마시게 해 주었습니다. 다음날 강아지는 언제 그랬냐는듯이 깡총깡총 뛰어다니고 있는 것이 아닙니까. 할렐루야!

[▲ 위/]

"고장난 세탁기가 정상이 되었습니다."

● 이○○ 전도사 (3대 교구장)

- 그렇다고 밑도 끝도 없이 광고를 믿기엔 거짓말이 너무 많은데, 이럴 땐 백 마디 광고보다 한 마디의 후기나 리뷰가 더 도움이 된다.

순간 무안 단물이 생각나서 그 단물을 세탁기에 붓고 시작 버튼을 누르자 "찌지직"하며 움직

클레멘타인 Clementine , 2004

관람객 ? ★★★★★ 네티즌 ? ★★★★★ **9.29** 내 평점 ★★★★★ 등록 >

액션, 드라마 한국, 미국 100분 2004.05.21 개봉 [국내] 15세 관람가

감독 김두영 출연 이동준(김승현), 김혜리(임민서), 스티븐 시걸(잭 밀러) 더보기 >

♡ 2,891   ☆ 팬드   ★ 북마크   ▶ 블로그   ↪ 보내기 ·

주요정보	배우/제작진	포토	동영상	평점/리뷰	명대사/연관영화

줄거리

기막힌 승부가 시작된다. | 2004년 싸워야만 하는 남자의 슬픔!

미국 LA '세계태...

- 그래서 사람들은 영화를 보기 전에 평점을 체크하고

본 시걸의 물제...놀림에 이은 빠른 공격이 한 수 위. 그런데 이게 어찌된 일인가? 승현의 멋진 공격이 잭밀러의 급소에 정확하게 들어갔음에도

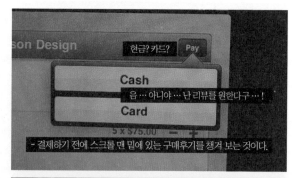

현금? 카드?   Pay

Cash

음 … 아니야 … 난 리뷰를 원한다구 … !

Card

- 결제하기 전에 스크롤 맨 밑에 있는 구매후기를 챙겨 보는 것이다.

ㅋㅋ 니들이 그렇지 뭐

너넨 어차피 내 물건을 살 수밖에 없단다

- 그러나 기업은 언제나 사람들보다 한 발 앞서가는 법

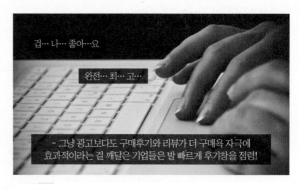

겁…나…좋아…요

완전…최…고…

- 그냥 광고보다도 구매후기와 리뷰가 더 구매욕 자극에
효과적이라는 걸 깨달은 기업들은 발 빠르게 후기장을 점령!

환절기에 좋은 화장품브랜드! 5시간전
환절기에 좋은 **화장품**브랜드! 안녕하세요~ 벚꽃이 펴있고 산책나가기 딱 좋은… 그래서 수
분보충에 좋은 방법과 **화장품**브랜드를 소개하려고 해요!ㅋㅋ 저도 환절기가…

+6

물론 모든 리뷰어가 그렇다는 이야기는 아니다

촉촉한 화장품세트 이만하게 없네! 어제
리뷰어 **화장품**세트 !!!!! 스와니코코 제품은 체험단을 통해서 처음 써본게 인연이… 퍼멘테
이션 **화장품**세트 ~여기에는 산삼배양근 추출물이 함께 들어 있어서피부 탄력을…

주름개선화장품 아름다움의 기준 22시간전
주름개선화장품 아름다움의 기준 나날이 늘어가는 피부 잡티 및 주름들, 나이가… 요즘 화

- 지금도 수많은 블로거들이 기업에 섭외되어 리뷰를 쓰고 있다.
상품이나 브랜드를 홍보하고, 어필하기 위해서.

즐기세포 화장품으로 명품 피부 만들자 2일전
즐기세포 **화장품**으로 명품 피부 만들기 아녔냐요 아니른~다른 나른이이 걸려 본후 수

익산맛집 가볍게 잘먹었네 3일전
익산**맛집** 가볍게 잘먹었네 일요일은 역시나 몸이 나른 하지만 가만히 있을수 없죠… 전주와
군산 사이에 있는 익산은 가깝기 때문에 자주 가기는 하지만 딱히 **맛집** 찾다…

세상에 불만이라는 게 없나…?

건대맛집, 벚꽃구경 대신 너! 2일전
일본가정식요리로 유명한 건대**맛집**에 알려드릴게요요즘 일본음식집들이 많건한데… 주말
에는 살짝 예약전화하는 센스를 하셔야 합니다.]   는 건대**맛집**으로도…

☐ 약도~

- 인생 자체가 불만인 나로선 이해할 수 없다

수유맛집 이정도에요~ 어제
수유**맛집** 이정도에요~ 안녕하세요~^_^ 요새 수유에 맛있는 곳이 새로 생겼다고 해서… 수유
맛집 주변 시 맛집처럼 구경찾이있어 시다면 멀써 소개할게봐합니다…

- 이렇게 쓰여진 리뷰들 사이에서 피드백 내지 혹평을 찾기란
아주 어려운 일이다. 가만 보면 뭐든지 좋다고만 말하는 느낌

미금역맛집인   을 다녀와봤어요~소문만큼이나 평양냉면을 잘… 역시 미금역**맛집**

어떤 물건이나 서비스라도 결함이 있기 마련이다

중요한 건 장점을 어떻게 어필하느냐는 점 아닐까

- 광고가 못 미더워 리뷰를 보려니 이마저도 하나같이 찬양 일색이다.
사람들이 맹목적으로 무결점의 상품을 원하는 건 아닌데.

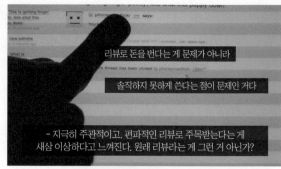

리뷰로 돈을 번다는 게 문제가 아니라

솔직하지 못하게 쓴다는 점이 문제인 거다

- 지극히 주관적이고, 편파적인 리뷰로 주목받는다는 게
새삼 이상하다고 느껴진다. 원래 리뷰라는 게 그런 거 아닌가?

야 말 조심해라

거지도 먹는 건 돈 주고 사서 먹어 임마

- 리뷰의 탈을 쓴 광고가 워낙 많아지다 보니 '파워블로거' 같은
별 거지 같은 일도 일어난다. 지금도 일어나고 있는 일들이다.

음냐 …

난 거지가 아니라 리뷰어라구 …

- 리뷰는 광고가 아니고, 리뷰어는 벼슬이 아니다.
본인이 리뷰어인 줄 아는 거지들이 많은데 정말 쪽팔린 일이다.

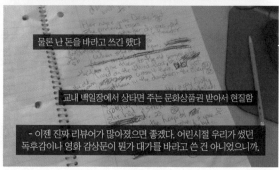

물론 난 돈을 바라고 쓰긴 했다

교내 백일장에서 상타면 주는 문화상품권 받아서 현질함

- 이젠 진짜 리뷰어가 많아졌으면 좋겠다. 어린시절 우리가 썼던
독후감이나 영화 감상문이 뭔가 대가를 바라고 쓴 건 아니었으니까.

2

아들아, 너는 이렇게만 ——
살지 말아라

고등학교를 졸업했어?!

이런 인간이…?

- 이건 내 고등학교 3학년 때의 이야기인데

딱히 큰 도움은 안 됨

애초에 도움 받으려고 내 리뷰를 보는 건 아니잖아 …

- 이 얘긴 이 책을 보는 모든 방황하는 고등학생들에게, 다른 리뷰보다 아주 아주 조금은 더 도움이 될 것 같다.

머리도 나쁜데 공부까지 안 하니 더더욱 못했다

수우미양가로 점수를 나눴는데 나는 매번 가오가이거였음

- 나는 중학교 때부터 공부를 못했다. 할 생각도 없었고, 딱히 공부에 재능도 없었으니까.

옛날 같았으면 쳐다보지도 못할 학교에 들어갔다

사실상 고교평준화의 최대수혜자

제비뽑기 개꿀

- 어떻게든 기를 써서 인문계 고등학교에
진학한 것까지는 좋았는데, 문제는 그 다음이었다.

따로 잘하는 게 있는 것도 아니었다

그냥 개찌질이였음

- 인문계 고등학생들과 경쟁하기에는 난 너무 멍청했고,
그렇다고 노력을 열심히 한 것도 아니어서

수학-영어의 미스터 제로

중요 과목만 골라서 던지는 제구력의 마술사!

- 놀랍게도 아무런 반전없이 고등학교 2학년 말까지
꾸준한 하위권 성적을 유지했다.

- 그런데 계기란 건 정말 뜬금없이 찾아오는 것이었다.
이건 내가 생각해도 좀 어이가 없는데

벌떡

어떤 계기가 있었던 것도 아님

진짜 자고 일어나니 하고 싶어졌음

그럴듯하게 포장해보려고 했는데 이건 답이 없다…

- 평소처럼 아무 생각없이 살다가 어느 날 일어나 보니
그냥 공부를 해야겠다는 생각이 들기 시작했던 것이다.

일단 '야, 니가 무슨 공부냐?' 같은 말은 피할 수 있다

고3이니까!

- 그래서 얼떨결에 공부를 시작했다. 사실 곧 고3이 되니
안 하던 애들도 공부를 조금씩 하는 분위기이기도 했고…

사실 다들 이것 때문에 시작을 못 한다.

'초등학교 중학교 수준인데 어떻게 고등학교 공부를 해?' 같은 거

(씨익)

- 문제는 나의 수학-영어 실력이 잘 쳐줘봐야
중학교 저학년 수준이었다는 것. 참담한 상황이었다.

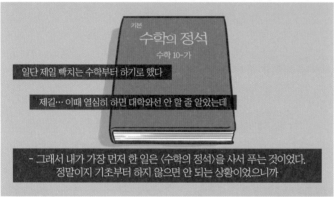

일단 제일 빡치는 수학부터 하기로 했다

제길… 이때 열심히 하면 대학와선 안 할 줄 알았는데

- 그래서 내가 가장 먼저 한 일은 〈수학의 정석〉을 사서 푸는 것이었다.
정말이지 기초부터 하지 않으면 안 되는 상황이었으니까

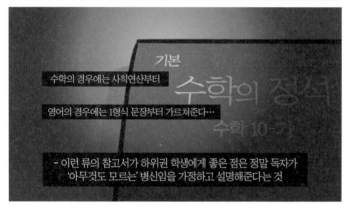

수학의 경우에는 사칙연산부터

영어의 경우에는 1형식 문장부터 가르쳐준다…

- 이런 류의 참고서가 하위권 학생에게 좋은 점은 정말 독자가
'아무것도 모르는' 병신임을 가정하고 설명해준다는 것

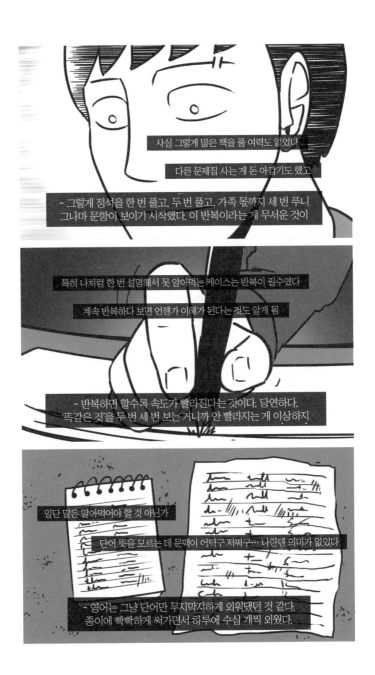

사실 그렇게 많은 책을 풀 여력도 없었다

다른 문제집 사는 게 돈 아깝기도 했고

- 그렇게 정석을 한 번 풀고, 두 번 풀고, 가족 몫까지 세 번 푸니 그나마 문항이 보이기 시작했다. 이 반복이라는 게 무서운 것이

특히 나처럼 한 번 설명해서 못 알아먹는 케이스는 반복이 필수였다

계속 반복하다 보면 언젠가 이해가 된다는 것도 알게 됨

- 반복하면 할수록 속도가 빨라진다는 것이다. 당연하다. '똑같은 것을 두 번 세 번 보는 거니까 안 빨라지는 게 이상하지'

일단 말은 알아먹어야 할 것 아닌가

단어 뜻을 모르는 데 문맥이 어쩌구 저쩌구… 나한텐 의미가 없었다

- 영어는 그냥 단어만 무지막지하게 외웠던 것 같다. 종이에 빡빡하게 써가면서 하루에 수십 개씩 외웠다.

딱히 분량을 다 못 채우더라도

적어도 뭘 해야 할지 헷갈리는 경우는 없어졌던 것 같다

- 그렇게 공부를 하다 보니 자연스럽게 계획에 대한 필요성을 느끼게 됐다. 어느샌가 한 주마다 분량을 정해놓고 공부를 했는데

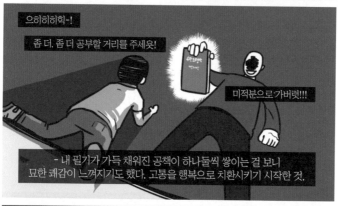

으히히히힉-!

좀 더, 좀 더 공부할 거리를 주세욧!

미적분으로 가버렷!!!

- 내 필기가 가득 채워진 공책이 하나둘씩 쌓이는 걸 보니 묘한 쾌감이 느껴지기도 했다. 고통을 행복으로 치환시키기 시작한 것.

으헹웅헹힣힣!!

내일은 14시간 해야지! 히힣힉히힣힣!!

- 스톱워치를 사서 공부시간을 체크하는 습관도 들였다. 하루에 12시간 이상을 공부할 때는 자기 전에 오르가즘을 느꼈다.

공부를 하다 보면 느낀다

과목 하나를 버리면 대학을 못간다는걸

- 그렇게 수능이 임박한 날짜까지 달리다 보니
난 어느새 모의고사 중에 잠시도 엎드리지 않게 되었고

사실 수능 직전에 본 모의고사보다 성적이 덜 나와서 시무룩하긴 했다

무사히 시험 잘 본 것만으로도 다행이지 뭐

- 수능에선 고작 1년 전만 해도 상상하기 어려웠던
점수를 받고 서울권 대학에 간신히 진학할 수 있었다.

공부 자체나 성적이 중요하다기보단

최선을 다했느냐 아니냐가 중요하다

- 그냥 결론은 그거다. 어떤 계기든 죽을 둥 살 둥 하면 소기의 목적은
달성할 수 있다는 것. 그리고 그걸 경험해 본다는 게 중요하다는 것.

내가 열심히 했으면, 후회가 없으면 된 거다

그걸 밑바탕으로 앞으로 더 잘해낼 수 있을 테니까

- 수험생활은 차가운 사회로 나가기 직전 마지막 관문이다.
스스로에게 떳떳한 수험생활이었다면 첫 단추는 잘 꿴 것이 아닐까.

남고

    나는 중학교는 남녀공학을 나왔고, 고등학교는 남고를 나왔다. 따라서 나는 남녀공학과 남고를 대상으로 심도 있는 비교를 할 수 있는 입장이라고 할 수 있다. 사실 남자의 경우 나이의 많고 적음을 차치하더라도 여고에 대한 환상이 있는데… 어쩌면 여자도 남고에 비슷한 환상을 품고 있을지도 모른다는 생각을 했다. 그래서 이 리뷰를 하는 것이 과연 옳은가 하는 본질적 질문을 스스로 하지 않을 수 없었는데, 그냥 하기로 했다. 이만큼 써먹기 좋은 소재도 없기 때문이다.

    모든 조직에는 규율이 있다. 우리 사회 전체는 법이라는 거대한 규율을 바탕으로 운영되고 있고, 수많은 회사에는 각각의 사칙이 있으며 하물며 동네 아파트 반상회에도 회칙이 있다. 그러나 남고는 아니다. 남고 부지는 일종의 치외법권이 적용되는 공간이다. 이와 비슷한 공간을 비교하기에는 대한민국은 너무 좁고, 전 세계로 넓히고 나서야 아마존 정글이나 고비사막의 그것과 간신히 비교가 가능할 것이다.

남고의 운동장

과 가장 비슷한 느낌의 사진.jpg

※ 설명충 : 저작권 때문에 실제 남자 고등학교의 운동장 사진을 책에 실을 수 없다.

최대한 비슷한 사진으로 대체함.

남고의 교실

과 가장 비슷한 느낌의 사진.jpg

※ 설명충 : 저작권 때문에 실제 남자 고등학교의 운동장 사진을 책에 실을 수 없다.

최대한 비슷한 사진으로 대체함.

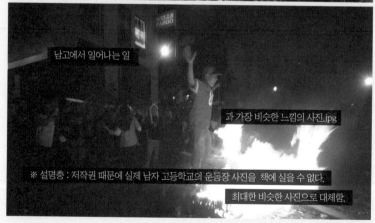

남고에서 일어나는 일

과 가장 비슷한 느낌의 사진.jpg

※ 설명충 : 저작권 때문에 실제 남자 고등학교의 운동장 사진을 책에 실을 수 없다.

최대한 비슷한 사진으로 대체함.

사실 남고를 나온 나로서도 참 알 수가 없는 일이었다. 대학을 오고 사회로 나온 지금 생각해 보면 더더욱 그렇다. 어째서 남고생들은 우유 급식으로 나온 우유를 발로 차서 터트리는지, 왜 애꿎은 교실의자로 탑을 쌓아 교실을 장식하는지, 그리고 왜 교문을 바로 옆에 놔두고 담을 넘어서 학교에 출입하는지… 흔히들 질풍노도의 시기라는 단어를 쓰는데, 여기에는 적절한 단어가 아닐 것 같다. 단순히 뭔가를 부수고 뭘 시키면 무조건 반대로 하는 것에서 쾌감을 느끼는 걸 뭐라고 표현할 수 있을까…

　　나는 체육시간 직후 남고 교실에서 진동하는 땀 냄새를 아직도 잊을 수가 없다. 거기에 자연스럽게 융화되었던 나 스스로에게도 깊은 모멸감을 느낀다. 아마 나도 그 냄새의 일부였을 것이다. 그게 슬프다.

　　20 대 80의 법칙이라는 게 있다. 100마리의 개미를 모아두면 그중에서 딱 20%만 열심히 일하고, 나머지 80%는 일을 대충한다는 얘기다. 비단 개미에게만 한정된 이야기는 아니고, 고등학교에도 적용이 되는 모양이다. 분명 랜덤으로 반 분배를 했을 텐데 꼭 공부 잘하는 애들, 운동 하는 애들, 게임 좋아하는 애들, 쉬는 시간이면 이어폰 꽂고 혼자 있는 애들, 그리고 나 같은 찌질이들 몇 명이 적절한 비율로 조화가 되었던 것이다. 참으로 신기한 자연의 법칙이 아닐 수 없다.

　　동물은 밥을 주고 매로 다스리면 말을 듣는다. 그런 측면에서 보았을 때 아마 남자 고등학생은 동물이 아닌 무언가로 일컬어도 무리가 없을 것이다. 졸업 후 우연히 길을 가다 당당히 흡연중인 고등학생들을 봤는데, 자세히 보니 우리 학교 교복이었다. 아, 영원히 고통받는 최 선생님… 이번 해도 순탄치만은 않아 보인다.

수능

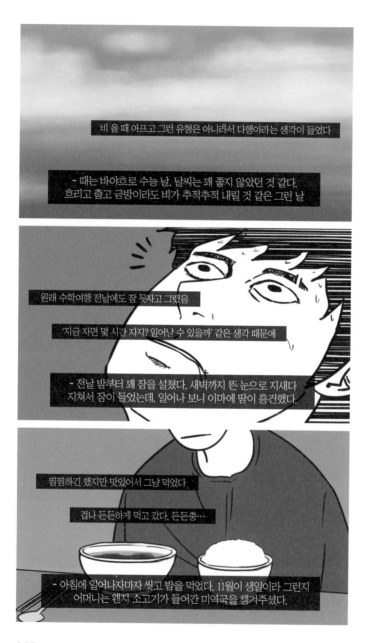

비 올 때 아프고 그런 유형은 아니라서 다행이라는 생각이 들었다

- 때는 바야흐로 수능 날. 날씨는 꽤 좋지 않았던 것 같다.
흐리고 춥고 금방이라도 비가 추적추적 내릴 것 같은 그런 날

원래 수학여행 전날에도 잠 못자고 그랬음

'지금 자면 몇 시간 자지? 일어날 수 있을까' 같은 생각 때문에

- 전날 밤부터 꽤 잠을 설쳤다. 새벽까지 뜬 눈으로 지새다
지쳐서 잠이 들었는데, 일어나 보니 이마에 땀이 흥건했다.

찝찝하긴 했지만 맛있어서 그냥 먹었다.

겁나 든든하게 먹고 갔다. 든든충…

- 아침에 일어나자마자 씻고 밥을 먹었다. 11월이 생일이라 그런지
어머니는 왠지 소고기가 들어간 미역국을 챙겨주셨다.

아, 에 그렇겠죠

그게 바로 접니다

1년만에…大수능

- 아침식사를 다 하고 잠깐 TV를 틀어보니 한창 뉴스에서 오늘이 대수능 날짜라는 걸 보도하고 있었다.

딱히 교복말고 입을 만한 게 없기도 했고

뭔가 정신이 무장되는 느낌도 있었다

- 수능날에 뭘 입느냐 하는 건 전날까지도 좀 고민이었는데, 평소대로 하는 게 낫다고 생각해서 교복을 입고 갔다.

- 제비뽑기를 잘못했던 건지 차를 타고 가는 데만 30분이 넘는 고등학교에 배치를 받아서 아침부터 택시를 타고 가는데 기분이 묘했다.

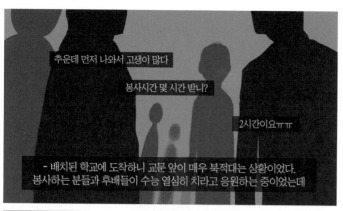

추운데 먼저 나와서 고생이 많다

봉사시간 몇 시간 받니?

2시간이요ㅠㅠ

- 배치된 학교에 도착하니 교문 앞이 매우 북적대는 상황이었다.
봉사하는 분들과 후배들이 수능 열심히 치라고 응원하는 중이었는데

가끔 수험생인 척하면서 얻어먹고 그냥 가는 사람도 있는 것 같았다…

나는 수험생 맞으니까 상관 없지

- 수능 시작까지 시간이 좀 남아서 나눠주는 초콜릿과 떡과
보리차 같은 걸 다 먹고 여분까지 챙겨 올라갔다.

사실 그냥 어색해서 그랬던 것 같다

처음 만나서 점심시간에 축구하러 간 애들도 있다더만

- 올라가니까 분위기가 사뭇 조용했다. 역시 국가적인 시험이라서
다들 살벌하구나. 이것이 경쟁 사회인가… 라고 생각했다.

으, 아침을 너무 든든하게 먹었나

역시 든든함의 말로란…

- 어느새 시간은 흘러 언어 영역(국어) 시험을 보기 직전…
학생들의 긴장감은 최고조! 그 와중에 나는 똥이 좀 마려웠던 것 같다.

괄약근…

기어… 2…!!

- 다행히 그때까지만 해도 아주 심각한 상황은 아니었고, 어떻게든
시험 도중에 폭발하지만은 않게 유지해야겠다고 생각했다.

이러면 5분 빨리 문제를 풀게 되는 효과가 있(는 것 같았)다

- 나는 침착하게 평소 하던 대로 손목시계를 5분 빠르게 돌려 놓았다.
별 다른 이유는 없었다. 뭔가 마음의 평안을 준다고나 할까…

스타트를 시작!

정답을 앤서!

- 어쨌든 시험은 시작. 종이 울리고 듣기평가를 시작하자 모든 잡생각이 사라졌다. 자신감 있게 첫 스타트를 시작!

중생아… 네 어찌 번뇌하느뇨…

어? 야 잠깐만 나 똥마려워서 아

- 했는데… 문제는 40번 가까이 풀고 있을 때 발생했다. 잡생각이 너무 사라진 나머지 괄약근의 힘이 서서히 풀렸던 것이다.

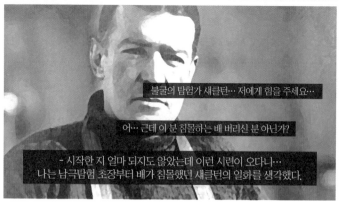

불굴의 탐험가 새클턴… 저에게 힘을 주세요…

어… 근데 이 분 침몰하는 배 버리신 분 아닌가?

- 시작한 지 얼마 되지도 않았는데 이런 시련이 오다니… 나는 남극탐험 초장부터 배가 침몰했던 새클턴의 일화를 생각했다.

- 언어영역의 끝이 얼마 남지 않은 상황. 나는 위대한 결정을 했다. 싸더라도 이곳 교실에서, 지금 앉은 이곳에서 바지에 싸겠다고…

- 천만다행스럽게도 그런 일은 일어나지 않았고, 나는 불굴의 의지로 버텨낸 후 쉬는 시간에 화장실로 가서

- 어쩌면 수능보다 더 중요한 거사를 무사히 치를 수 있었다. 이미 수능이고 뭐고 다 상관없다는 그런 기분이었다.

하얗게 불태워버렸다…

이제 집에 가면 되는 건가…?

- 쉬는 시간을 모두 모닝똥에 쏟아붓고 나니 온몸에 진이 빠졌다.
이제 고작 1교시가 끝났을 뿐인데…

쾌변을 보고 난 후의 인간은 능률이 상승하는 것 같다

연구결과 같은 거 아니고 그냥 내 느낌이야

- 사실 그 이후로는 별로 기억이 나지 않는다. 처음 언어영역부터
바짝 긴장을 했더니 수리영역(수학)부터는 그냥 모의고사 느낌이었고

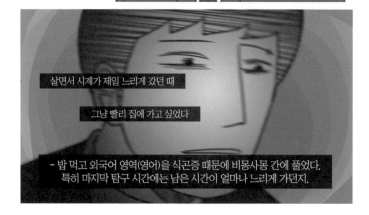

살면서 시계가 제일 느리게 갔던 때

그냥 빨리 집에 가고 싶었다

- 밥 먹고 외국어 영역(영어)을 식곤증 때문에 비몽사몽 간에 풀었다.
특히 마지막 탐구 시간에는 남은 시간이 얼마나 느리게 가던지.

북적 북적

지금 생각해 보면 뭐가 그리 슬퍼서 울었던 걸까 싶다

앞으로가 더더욱 지옥일 텐데…

- 모든 게 다 끝나고, 바깥으로 나오니 운동장에 학생들과 학부모들이 얽히고설켜서 울고 있었다.

그거 니가 교문 앞에서 막 처먹어서 그런 거잖아

미친놈아

- 우리 어머니도 계셨다. 미역국 때문에 탈이 났던 게 생각나서 울음이 나올 뻔 했지만 울지 않았다. 나는 안구건조증 환자니까.

피가 말리는 등급컷 눈치 씨움은 다음 날부터 있었던 일이었다

이땐 그냥 아무 생각이 없었다

- 그 길로 집으로 돌아가서, 몰려오는 피곤함에 침대에 누웠는데 그제서야 '아, 이제 끝났구나' 하는 생각이 들었다.

대학

특히 가둬놓고 공부만 시키는 고3은 더했다

대학만 가면 앉은뱅이도 벌떡 서고, 장님도 눈을 번쩍 뜰 수 있을 것 같은 기분

- 고등학교 시절에는 다들 그런 생각을 했던 것 같다.
어쨌든 '대학에만 가면' 모든 문제가 해결될 거라는 생각.

'응답하라 엘지트윈스 우승연도'와 수지학개론이 애들 다 망쳐놨음

없어 이런 애…

있어도 니 껀 아니야

- 왠지 없던 여자친구도 금방 사귈 것 같고,
각종 동아리 활동과 캠퍼스의 낭만 등이 눈에 아른거리고…

사실상 200% 이상의 확신이었다

머스트 슈드 해브투랄까…

- 무엇보다도 대학이 뭐가 있든지 간에 지금보다는
훨씬, 아주아주, 겁나 나을 거라는 확신 같은 것이 있었다.

121

미안해 전국의 고등학생들

근데 그거 다 구라야

…네?

- 그런데… 꼭 그렇지만도 않다.

대학생은 출석 안 해도 뭐라 안 하고

야자도 안 한다며? 개꿀이넼ㅋㅋ

- 일단… 고등학생들이 하는 생각 중 가장 큰 착각이
'대학에 들어가면 고등학생만큼은 공부를 안 해도 되겠지' 하는 것

에엥? 이거 완전 미적분 아니냐?

에에엥???

- …아니다. 무슨 생각이었는지 모르겠는데, 대학 수업은
당연히 고등학생의 수업보다 훨씬 어렵고 난해한데다

특히 공대나 자연과학 계열은 죽어난다

잠도 못 자고 학교에서 숙식까지 하더라

- 노력을 떠나서 나라는 인간의 순수한 이해력을 시험하는 단계가 된다.
좋은 점수를 받으려면 공부의 강도가 높으면 높았지 결코 낮지 않다.

대한민국에서 가장 가난한 직업

(갓수는 직업 아님)

거지, 노숙자, 대학생

- 그리고 고등학교 때에는 생각지도 못했던 문제들이 생긴다.
우선 금전적인 문제들이 발목을 잡는데, 사실 이게 제일 크다.

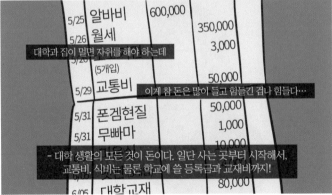

날짜	항목	금액
5/25	알바비	600,000
5/26	월세	350,000
		3,000
5/26	(5개입)	
		50,000
5/29	교통비	
5/31	폰겜현질	50,000
5/31	무빠마	1,000
		10,000
6/05	대학교재	80,000

대학과 집이 멀면 자취를 해야 하는데

이게 참 돈은 많이 들고 힘들긴 겁나 힘들다…

- 대학 생활의 모든 것이 돈이다. 일단 사는 곳부터 시작해서,
교통비, 식비는 물론 학교에 쓸 등록금과 교재비까지!

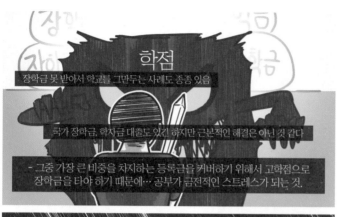

학점

장학금 못 받아서 학교를 그만두는 사례도 종종 있음

국가 장학금, 학자금 대출도 있긴 하지만 근본적인 해결은 아닌 것 같다

- 그중 가장 큰 비중을 차지하는 등록금을 커버하기 위해서 고학점으로
장학금을 타야 하기 때문에… 공부가 금전적인 스트레스가 되는 것.

알림장도… 가정통신문도…

하하하하하하하하하하하하!!!

없다!! 다 니가 해야 돼!!

- 게다가 때가 되면 뭐해라, 이거 저거 하라고 시키던 고등학교와 달리
대학교에선 모든 걸 본인 스스로 '찾아서' 해야 한다.

장학금도 신청 안 하면 안 준다

진짜 정신차리고 살아야 됨 사정 안 봐줌

- 이게 별 거 아닌 것 같지만 새내기 때에는 굉장한 혼란이다.
수동적으로 시키는 것만 했던 나는 더더욱 그랬고…

아아 참선생님ㄲㄲ

- 고등학교 땐 수업시간 되면 수업듣고, 밥 시간 되면 알아서 밥 주고,
혹시라도 학교 안 나오면 무슨 일 있냐고 선생님한테 전화도 왔었는데…

하하 본인이 공부 말고 다른 길을 찾겠다는데

내가 뭐라 할 것 있나? 허허

F

- 대학은 그게 아니었다. 학교는 기본적으로 나에게 큰 관심이 없다.
교수님은 자네가 안 나오면 그냥 F 학점을 때리면 되는 일이니까

덕분에 상대방이 아무리 병신이더라도 어쩔 수 없이 친해지게 된다

물론 그것은 내가 같은 수준의 병신이기 때문이지만…

- 또, 인간관계 역시 고등학교와 굉장히 다른 개념이 된다.
고등학교는 일단 같은 반이 되면 1년 동안 거의 매일 얼굴을 봐야 하지만

어떻게 시간표를 서로 똑같이 짜더라도 문제다

수강신청이 그대로 될 것 같냐?

- 대학은 아니다. 매번 강의실을 이동해가며 수업을 하는데다
매일 보는 얼굴이 아니다 보니 상대적으로 관계가 가벼워지며

얍! 땅콩!

악!

- 비로소 사람과 사람 사이의 관계가
인생에서 가장 어려운 일들 중 하나임을 깨닫게 된다.

이거 쓰신 분 대학에서 아싸(아웃사이더)셨던 분

그렁   그렁

최소 대학에 불만이 아주 많으신 분

- 사실 대학생활이 고등학교 생활보다 편하다, 어렵다라고
함부로 판단하기는 어렵다. 누구나 다른 경험을 하기 때문이다.

리뷰하는 것도 나름 힘들단 말야...

(부들부들)

- 요컨대 세상의 무엇이든 마냥 쉽고 편한 것은 없다는 것이고, 고등학교든 대학이든 모든 경험은 나름대로 의미가 있다는 것

어쩌면 학생들에게 필요한 말은 열심히 공부하란 말보다도

그냥 뭘 하든 존나 열심히, 행복하게 살라는 말이 아닐까 싶다

- 지나간 과거와 오지 않은 미래 때문에 지금이 불행하다면 아주아주 슬픈 일일 것이다. 답은 그냥 열심히 사는 거다. 열심히...

경영학과

'뭐야… 대학생이었어?'

'이런 인간이…?'

…

※ 주 : 캐릭터는 OK툰이지만
김리뷰의 이야기입니다.

- 사실 난 경영학도였다. 믿기 어렵겠지만…

이땐 그냥 아무 생각이 없었다

그냥 멋있어 보였음 그게 다임

MAXIM

- 그러나 원래부터 경영학과에 오려던 것은 아니었다.
공부를 막 시작할 땐 사회학이나 언론학을 하고 싶었는데

지금 생각해 보면 겁나 쓸데없는 고민이었다

딱히 어디에 취직해야겠다는 생각도 없었으면서 취업을 걱정함ㅋㅋ

- 막상 수능이 끝나고 원서 씨-즌이 되니 뒤늦게 생각이 많아졌다.
'저 전공으로 잘할 수 있을까?', '취업은 잘 될까?' 같은…

나는 수시에 다 떨어져서 정시로 대학을 가야 했다

인문학 & 사회과학

대기번호 진짜 안 빠짐

- 무엇보다도 사회과학-인문학 계열은 정원이 너무 적었다.
사실상 '정원이 적다 = 추가합격 확률도 적다' 라는 의미였는데

이번엔 버드나무 회초리로 끝나지 않을지도 모른다는 생각에

손을 부들부들 떨면서 원서를 넣었다…

- 집안 상황도 부모님의 인내심도 넉넉하지 않았기 때문에
재수는 절대 불가능했다. 어떻게든 대학에 붙어야 하는 상황!

점수가 든든하면 상관이 없지만 그런 것도 아니었기에

상경 계열

사실상 확률 싸움이었다. 토토랑 똑같음

- 그때 내 눈에 들어온 것이 상경계열이었다. 입학 정원도 제일 많고,
취업도 (왠지) 무난할 것 같고… 단지 그래서 원서를 넣어 봤는데

타… 탈출이다!

탈출이다아아아아아아

- 세상에… 영문도 모른 채 덜컥 합격해버린 것이다.
더 이상 두들겨 맞을 걱정을 안 해도 된다는 생각에 기뻐했으나

왠지 내가 상상했던 경영학과. jpg

facebook

※ 전혀 아닙니다

- 막상 들어와 보니 경영학과는 내가 생각했던 것과는 많이 달랐던 것이다.

수능 끝나고 가장 좋았던 게 엿 같은 수학을 안 해도 된다는 거였는데

경영 수학

문과 수리

(씨익)

4달 만에 더 강력한 모습으로 돌아옴

- 일단, 수학…을 한다. '경영 수학'이라는 이름으로… 나는 수험생 시절
'설마 대학에서까지 수학 하겠어?' 라는 일념으로 공부를 했던 인간인데

평화로운 자연수 마을의 어느 날…

그들의 마을에 미분귀신이 나타난다

미분귀신

적분귀신

… 무슨 소리야?

- 대학을 오니 더 어렵고 고통스러운 형태로 다시 나타난 것이다.
'좀 더 어려운' 미적분을 배우고 벡턴지 뭔지도 배운다.

그나마 경영대는 평범한 계산기를 쓰는데

공대는 무슨 디지바이스처럼 생긴 걸 쓰더라…

- 그리고 또 빌어먹을 회계라는 걸 한다. 본격 돈놀이 학문!
열심히 계산기를 두드리고 있으면 내가 뭘 하는 인간인지…

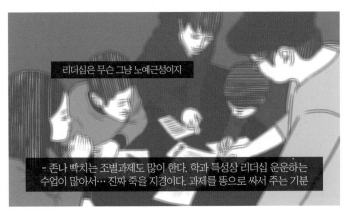

리더십은 무슨 그냥 노예근성이지

- 존나 빡치는 조별과제도 많이 한다. 학과 특성상 리더십 운운하는
수업이 많아서… 진짜 죽을 지경이다. 과제를 똥으로 싸서 주는 기분

사람 많아서 넣은 학과였는데

정작 들어와 보니 많다고 꼭 좋은 것만은 아니었다

- 그리고 학과에 사람이 인간적으로 너무 많다. 입학 시즌에 오티를 가는데 운동장에 버스만 스무 대가 세워져 있었고

덕분에 카톡(으로만)친구, 페북(으로만)친구가 많아졌다

이들은 카톡 게임 초대 보낼 때 유용하게 쓰임

- 연락처에는 동기들 번호가 수백 개씩 쌓이는데, 정작 실제로 만나면 알아보기도 어렵다. 사람이 좀 많아야지

전혀   아닙니다

- 뭔가 내가 생각하던, 간지나는 경영학과의 이미지와는 약 53만 광년 정도의 거리가 있는 것이었다.

경영학과가 아니라 피경영학과

그렁   그렁

당장 내 지갑이랑 통장도 경영을 못 하는데 무슨…

- 경영학과를 졸업한다고 딱히 경영하는 사람이 되는 것도 아니었다.
열심히 해서 취직을 해도 보통은 '경영을 당하는 사람'이 된다.

물론 열심히 하는 사람에게는 길이 열리겠지만

냉정하게 생각해서 그게 나는 아닌 것 같았다

- 내가 좆나 좋은 학교를 다니는 것도 아니고,
학점을 열심히 따봐야 결국 모두 치킨집을 하게 될 운명…

인생 뭐 있습니까? 4드론이지

- 나는 수세에 몰린 마지막 경기에서 4드론을 쓰는 심정으로
휴학을 때린 후 학교에서 빠져 나왔다.

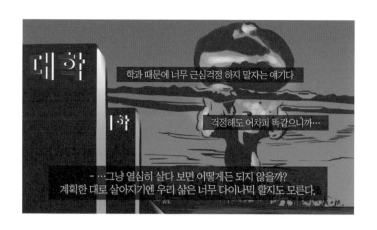

MT

발상 자체가 틀려먹었다

대학생이면 공부를 해야지…

… 왜 얼굴이 빨개지는거지

또 뭘 하고 싶은거야

- 솔직히, 가기 전에는 대체로 그런 생각들을 했던 것 같다. 그래도 대학생인데, 뭔가 대학생스러운 것들도 좀 해봐야지, 하는…

조개 껍질 묶어~

그녀의 목에 걸고~

- 사실 MT라는 것에 대한 이미지에는 대학생으로서의 낭만과 로망을 즐겨보겠다는 모종의 욕구가 내포되어 있을 것이다. 그러나 문제는

- 항상 그랬던 것처럼 이상과 현실은 크게 다르다는 것이다.

꽂 밭

꼬츳 밭

마셔.

아아아아아야아아~~~~~

쇼킹 !!!!

- 일단 MT라는 것 자체가 학교마다, 과마다, 동아리마다 다르고
그에 따라 바리에이션이 수도 없이 많지만, 일반적인 경우

대성리역
Daeseong-ri Station 大成里驛

특히 서울/경기권 대학생이 한 번쯤 가 봤거나 들어 봤을 것이다

대성리라고…

○ 대성리 Daeseong-ri 大成里 ① 출입구

- 버스를 대절하거나 지하철을 타고 1시간 정도 걸리는 외곽에
펜션이나 콘도를 대여, 그곳에서 하룻밤을 보내고 오는 것인데

시작과 함께 바로 자고 싶어진다

와글 와글

바글 바글

그냥 아무것도 안 하고 자고 가면 안 되냐?

- 먼저 펜션에 도착하자마자 지치기 시작한다. 어찌보면 당연하다.
혼자 와도 지칠 만한 거리를 다 같이 짐까지 들고 왔으니까

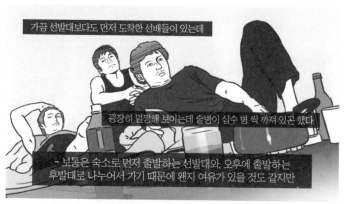

가끔 선발대보다도 먼저 도착한 선배들이 있는데

굉장히 멀쩡해 보이는데 술병이 십수 병 씩 까져 있곤 했다

- 보통은 숙소로 먼저 출발하는 선발대와, 오후에 출발하는
후발대로 나누어서 가기 때문에 왠지 여유가 있을 것도 같지만

왜 이런 먼 곳까지 와서 술을 마시나요?

그건 MT가 '마시고 토하고'의 약자이기 때문이란다

- 선배들과 동기들은 결코 너를 편하게 쉴 수 있도록
방치해 두지 않을 것이다. 도착하자마자 밥 먹고 술부터 마신다.

김리뷰가! 좋아하는! 랜덤! 게임!

어… 제가 좋아하는 게임은 위닝이랑 피파인데요…

- 그리고 이것이 계속된다. 이어지는 술자리, 술게임…
뭔가 더 설명하고 싶기는 한데, 내가 경험한 건 진짜 이게 전부다.

140

으히힉…!!

강요 아닌 강요 같은 강요가 계속 이어진다

시대가 시대인지라 대놓고 강요는 하지 않지만…

- 계속 마신다. 이유는 없다. 이유가 있다면 그것은
내가 MT에 왔기 때문이고, MT는 원래 그런 것이기 때문이다.

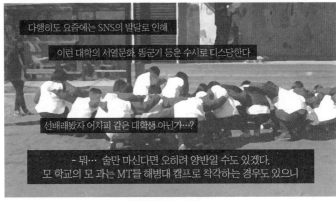

다행히도 요즘에는 SNS의 발달로 인해

이런 대학의 서열문화, 똥군기 등은 수시로 디스당한다

선배래봤자 어차피 같은 대학생 아닌가…?

- 뭐… 술만 마신다면 오히려 양반일 수도 있겠다.
모 학교의 모 과는 MT를 해병대 캠프로 착각하는 경우도 있으니

대부분 새벽에 무슨 일이 있었는지 기억하지 못한다

그리고 두려워한다. 내가 무슨 짓을 했을지

- 어쨌든 그렇게 술을 질펀하게 퍼마시다 결국 떡이 되면
그대로 다음 날 아침으로 타임 워프를 하게 되는데

그냥 빨리

집에 가고 싶어…

- 정신을 차린 후 보이는 광경에 후회가 막심해진다.
'이런 제길… 내가 뭐하러 여길 왔을까…?'

다신 안 간다

또 가면 내가 개다 개

- 그리고 집에 돌아가는 길. 다시는 이렇게 귀찮고 피곤하고
술만 마시는 MT 따위는 절대 오지 않겠다고 다짐하지만

멍멍 !!

- 인간의 욕심은 끝이 없고, 같은 실수를 반복하는 법

대학생 MT의 안전문제가 하루이틀이 아니다

MT든 뭐든 자기 몸은 자기가 잘 사리는 게 답이다

- 이왕 갈 거 좀 더 재밌고 생산적이고 즐거운 MT가 됐으면 좋겠다.
아무리 젊다지만 벌써 몸을 막 쓰다가는 늙어서 골병드니까. 조심하자.

고시원

　나는 대학 때문에 머나먼 타지에 홀로 귀양을 오게 되었다. 맨 처음에 나는 아무래도 서울 안은 너무 비싸다는 생각에 생각 없이 인천에 방을 잡았는데, 그건 정말이지 큰 실수였다. 물론 방값이 절대적으로 싸긴 했는데, 통학하는 데 생각보다 너무 오랜 시간이 걸렸다. 인천 서구에서 내가 다니는 학교까지 가려면 빨간색 버스(서울과 인근 도시를 오가는 광역버스)를 타고 1시간 30분 남짓 걸려서 학교 근처에 내린 후 전속력으로 뛰어 학교 강의실까지 가려면 20분 정도가 더 걸렸는데, 나도 인간이라 아침에는 씻고 밥은 먹어야 한다. 그러려면 최소 강의 시작하기 3시간 전에는 기상을 해야 하는 상황. 나는 그제서야 뭔가 잘못되었음을 깨달았다. 이곳에서 빠져나가야 되겠어!

　그래서 나는 서울 안에, 그것도 학교에서 최대한 가까운 곳에 새로 방을 잡아야겠다고 마음먹었다. 그러나 사람은 누구나 똑같은 생각을 하는 법… 학교에서 가깝고 좋은 방은 죄다 임자가 있거나 방값이 겁나 비쌌다. 일단 학교가 있는 곳이 서울에서도 꽤 땅값이 비싸게 먹히는 곳이었고 (그렇게 좋은 학교도 아니면서), 매물 자체도 그리 많지 않은 곳이었다. 그 상황에서 학교 근처에 있는 넓고 깔끔하고 가격도 저렴한, 내 마음에 드는 방을 구하기란 사실상 불가능한 것이었다. 하긴 그게 가능했으면 인천 가기 전에 이미 구했겠지.

결국 내가 눈을 돌린 것은 보증금이 없고 + 월세가 그나마 저렴하지만 방은 겁나 좁은 원룸텔, 소위 말하는 고시원이었다. 학교에서 도보로 15분 정도의 거리지만 넓게 쳐줘봐야 3평 정도 되어 보이는 방. 그 안에 침대와 화장실, 책상, 세탁기 등이 빼곡하게 채워져 있는 구조였는데, 일단 나는 그때 어떤 수를 써서든지 학교와 가까워지길 원했기 때문에 그냥 계약했다. 당장은 그 방보다 좋은 조건의 거처를 찾을 수 없기도 했고.

생각해 보면 그래도 인천에 살 때보다는 많이 나았던 것 같다. 학교가기 1시간 전에만 일어나면 정상적인 등교가 가능해진 덕분에 삶의 질이 매우 향상된 기분이 들었다. 방 안에도 필요한 것들이 다 있어서 일단은 사는 데 눈에 띄게 불편한 점은 없었다. 단 하나 문제가 있다면 좁다. 많이 좁다. 사실 좁지만 않았더라면 휴학한 후에도 계속 거기서 살고 있었을지도 모르는 일이다. 근데 진짜 침대를 벗어나면 몸을 가누기가 힘들 정도로 좁아 터져서, 뭔가 자는 것 이외의 활동이 거의 불가능한 상태랄까, 뭐 그랬다.

혼자 사는 인간의 방이 좁다는 것은 아주 많은 것을 의미하는데, 일단은 방이 좁다 보니 빨래를 해도 널 곳이 여의치 않다. 나 하나 수용하기도 힘든 방에다 빨래건조대를 놓는다는 건 그냥 공상과학에나 있을 법한 얘기고, 방에 설치된 행거에 옷걸이로 옷을 넣어 놓는 수밖에 없었다. 근데 문제는 방이 좁다는 것이었고 창문도 있긴 했는데 환기가 잘 안 될 정도로 아주 작았다는 것. 빨래를 넣어 놓으니 방의 습도는 올라가는 데 환기는 안 되니 미칠 지경이었다. 또 내가 방을 갓 옮긴 그때는 마침 푹푹 찌는 한여름! 생각 없이 빨래를 넣었다가 폭발하는 불쾌지수… 그야말로 인간의 욕심은 끝이 없고, 같은 실수를 반복한다는 교훈을 몸으로 깨닫는 순간이었다. 인간은 머리가 멍청하면 몸이 고생한다. 진짜로.

인간이라는 게 어딜 던져놔도 어느 정두 있다 부면 적응을 하는 동물이라고 나도 고시원 생활에 차츰 적응해갈 수 있었는데, 그럼에도 불구하고 그 좁은 방에 살면서 마음고생을 많이 했던 것 같다. 고3 시절 그렇게 원하던 대학에 왔는데 왜 이 고생을 하고 있는 걸까, 하는 생각. 고향에서 아직도 날 걱정하고 계실 부모님 생각도 자꾸 나고… 모두가 잠든 밤 혼자 불 끄고 천장을 바라보는데 나도 모르게 눈물이 흘렀다. 나는 안구건조증이 있는 사람인데.

계속되는 경제침체 속 1인 가구도 계속 증가하고 있다고 한다. 그중에서도 고시원에 사는 사람들에게, 고시원이란 제각각 다른 의미일 것이다. 적어도 나에게 고시원은 삶의 어려움을 깨닫게 해주는 곳이었다. 어느 것 하나 쉬운 것이 없었다. 설거지, 빨래, 화장실 청소, 심지어 혼자 밥을 챙겨 먹는 것까지도. 사는 게 이렇게나 어려운 거구나, 만만치 않은 거구나 하는 걸 느낄 수 있었던 시절. 좁아 터진 방안에서 나는 무슨 생각들을 했었나, 지금 생각해 보면 픽 웃음이 나오는 일이다.

＃ 편의점 알바

돈은 없고 능력도 없고

근데 현질은 하고 싶어서…

- 내가 편의점 알바를 했던 건 학생 때였다.

그땐 세상에 쉬운 일이란 없다는 걸 몰랐다

- 대학에 붙고 상경하기 전 잠깐 돈이나 벌어 볼까 하는 생각이었다.
  편의점 알바라는 게 한 번쯤 만만하게 해볼 만해 보이기도 했고

집 근처에 버드나무도 없는데

대체 어디서 구해오시는 거지…?

- 집에서 계속 밥만 축내고 있다며 괜히 자다가
  엄마한테 버드나무 가지로 맞고 그랬기 때문이다.

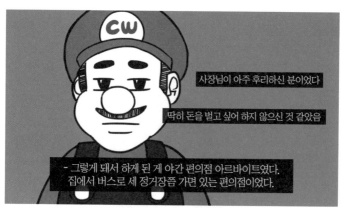

사장님이 아주 후리하신 분이었다

딱히 돈을 벌고 싶어 하지 않으신 것 같았음

- 그렇게 돼서 하게 된 게 야간 편의점 아르바이트였다.
집에서 버스로 세 정거장쯤 가면 있는 편의점이었다.

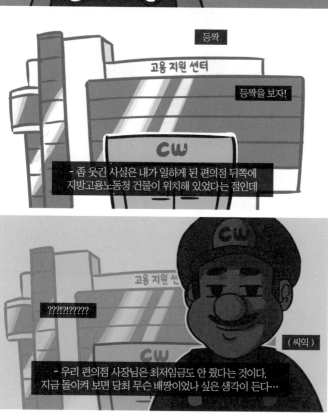

등짝

고용 지원 센터

등짝을 보자!

cw

- 좀 웃긴 사실은 내가 일하게 된 편의점 뒤쪽에
지방고용노동청 건물이 위치해 있었다는 점인데

고용 지원 선

???!?!?????

(씨익)

- 우리 편의점 사장님은 최저임금도 안 줬다는 것이다.
지금 돌이켜 보면 당최 무슨 배짱이었나 싶은 생각이 든다…

시급 3,500원의 놀라운 계약!

호날두 시급의 8500 분의 1 정도 된다

개꿀! (하하)

- 나는 어차피 돈을 염두에 두고 일을 구한 것도 아니었고
면접보러 가보니 손님도 없어 보여서 그냥 했다.

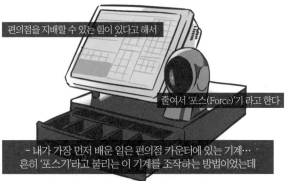

편의점을 지배할 수 있는 힘이 있다고 해서

줄여서 '포스(Force)'기 라고 한다

- 내가 가장 먼저 배운 일은 편의점 카운터에 있는 기계…
흔히 '포스기'라고 불리는 이 기계를 조작하는 방법이었는데

진짜 하필 타고나도 이런 재능을 타고났는지

나도 어이가 없었다

- 난 뭔가 이런 쪽에 재능이 있었는지 금방 배웠다.
30분쯤 만지다 보니 사용법을 모두 마스터 하고

전형적인 소시민적 재능

일용직에 특화된 삶…

- 이 기계가 윈도우 기반으로 작동한다는 사실까지 파악할 수 있었다. IBM 놈들이 그럼 그렇지 뭐…

편의점 알바의 가장 큰 메리트일지도 모른다

- 그 다음 배운 건 바로 '폐기 상품 등록법'. 폐기 상품이라는 것은 편의점 알바의 알파와 오메가 같은 것인데

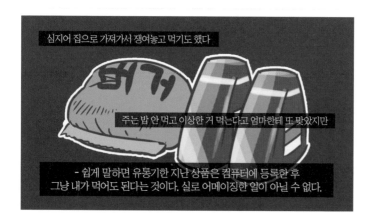

심지어 집으로 가져가서 쟁여놓고 먹기도 했다

주는 밥 안 먹고 이상한 거 먹는다고 엄마한테 또 맞았지만

- 쉽게 말하면 유통기한 지난 상품은 컴퓨터에 등록한 후 그냥 내가 먹어도 된다는 것이다. 실로 어메이징한 일이 아닐 수 없다.

2주일 동안 5kg 정도 쪘던 것 같다

이후로는 상황의 심각성을 깨닫고 친구한테 줬음

- 단 하나 문제가 있다면 이 넘치는 편의점 음식을 있는 대로 다 먹으면 금방 살이 오를 수 있다는 점이다. 정말 조심해야 한다.

편의점마다 개점차가 있다

- 그리고 세 번째, 야간 알바의 가장 큰 적… 우리 편의점의 경우 대부분의 물량이 밤에 들어 왔는데

사바세계의 지옥

갑자기 퇴근 충동이 극심해진다

- 이 물량들을 확인하고 포장을 뜯어서 진열하는 건 야간 알바였던 내 몫이 된다. 사실 이게 존나 힘들다.

어째서 생수가 필요한 거지…

아직도 미스테리다

- 특히 우리 편의점 근처엔 건물은 별로 없고 공사장이 많았는데,
그래서 그런지 아침마다 생수를 사가는 인부 분들이 많았다.

진짜 옮겨본 사람만 안다

액체로 된 건 죄다 무겁고 고통스럽다는 사실을

진심으로 물을 패고 싶다는 생각을 했다

- 그런데 그 생수들은 보통 우리 편의점에서 공급되는 것…
나는 매일 밤마다 생수통들을 옮기느라 허리가 휠 지경이었다.

딸랑

딸랑 딸랑

흠칫…!!

사람이 할 수 있는 일이 아님

혼날두도 계산이랑 진열 동시에 못한다

- 문제는 이 상품진열을 하는 동안에도 손님이 들어 온다는 것.
그게 원래 할 일인데도 어쩔 수 없는 빡침이 샘솟는다.

편의점 음식

바야흐로 편의점의 시대다. 내가 어렸을 때를 생각해 보면 편의점이 이렇게 많지는 않았었는데. 진심 편의점보다는 수퍼나 슈퍼, 그리고 슈퍼마켓이나 수퍼마켓이 더 많았던 걸로 기억한다. 근데 이젠 한 블록에 같은 편의점이 두 곳 세 곳이나 붙어 있는 걸 보면…

요즘 편의점은 온갖 것들을 다 쟁여두고 판다. 말 그대로 '편의'를 위한 곳이다. 특히 나처럼 혼자 사는 데다 돈까지 없는 인간에게 편의점에서 파는 음식들은 필연적으로 아주 친근한 관계가 될 수밖에 없는데, 지금은 밥 한 끼 먹는데도 기본 5천 원 정도는 드는 세상… 삼각형 김밥과 컵라면을 배불리 먹고도 2천 원 밖에 나오지 않는 편의점은 그야말로 빈자의 레스토랑이다. 혜자다. (실제로 혜자 도시락은 편의점에서 판다. 내 입맛에는 그다지 맞지 않는데 양은 리얼 많긴 하다.)

그러나 인간이라는 것은 근본적으로 같은 것만 먹고살 수는 없는 동물이다. 허구한 날 똑같은 삼각 김밥과 라면, 그리고 똑같은 라인업의 편의점 도시락만 먹다 보면 한계효용 체감의 법칙에 따라 질릴 수밖에 없을 것이고, 결국 식욕이 없어질 것이고, 그러다가는 금방 영양실조에 걸려 병원에 입원해 수액을 맞아야 할 것이고, 부모님에게 큰 걱정을 안겨드릴 수도 있는 것이다. 사람은 최소한 그래선 안 된다.

이와 같은 이유로 편의점 음식을 전문적으로 섭취하는 사람은 이 한정된 라인업에서 상호 간의 컴비네이션을 통해 새로운 효용을 발생시키는 방법을 찾아냈는데, 이런 노력으로 탄생한 것들이 바로 '매운 볶음면 + 스트링치즈 + 삼각 김밥'이라거나, '인스턴트 떡볶이 + 스트링치즈 + 햇반'과 같은 조합들이다. 이 조합들은 나뿐만 아니라 전국의 편사인(편의점 음식을 사랑하지는 않지만 어쨌든 자주 먹는 사람들)에게 크게 사랑받고 있는 조합이다.

문제는, 이렇게 먹다가는 몸이 성하지 않다는 점이다. 근본적으로 음식은 싼 게 비지떡. 비싸다고 무조건 몸에 좋고 맛있지는 않지만, 저렴하면 맛은 있을지 몰라도 몸에 안 좋을 가능성이 크다. 편의점 음식은 그 중에서도 보장된 건강 브레이커다. 가능한 한 짜고 맵고 자극적인 맛을 추구하는 음식들이니 당연하다면 당연한 것이다. 나 역시 3개월 내내 편의점 음식만 처먹다가 골병이 들어서 복날에 삼계탕을 먹고 겨우 회복을 할 수 있었으니까. 그러나 나는 여태까지 먹어 왔던 수많은 편의점 음식 때문에, 내 건강이 훼손됐더라도 후회하지 않는다. 몸에 좋고 안 좋고를 떠나서 일단 맛있었으니까; 애초에 건강 같은 걸 걱정했으면 편의점에서 뭘 사먹거나 하진 않았을 것이다. 삼각 김밥이나 먹으러 가야지.

다이어트

- 사실, 다이어트는 인간의 생물학적인 측면에서 아주 이해가 어려운 행위라고 한다.

- 어쩌면 당연한 일이기도 하다. 생물의 제 1목적은 생존! 기껏 모아놓은 영양소를 도로 땀을 흘려 빼내려 하다니

- 정말 죽으려고 작정한 동물이 아닌 다음에야 이런 짓거리를 하지 않을 것이기 때문이다.

낙타도 물을 마실 수 있을 때 많이 마셔서
등에 달려 있는 혹에 저장하고
다람쥐 같은 애들도 볼에 음식을 저장해 놓고
아껴놨다가 먹는다

될 수 있는 한 영양소를 최대한 많이 섭취해 놓은 후 에너지 소비를 줄이는 것이 일반적인 동물의 생존방법인데

- 인간 역시 마찬가지다. 지금도 영양상 태가 좋지 않은 개발도상국에는 여전히 가난과 굶주림이 가장 큰 숙제!

- '너무 많이 먹어서 살이 쪘으니 덜 먹 거나 에너지를 많이 써서 체중을 조절 하는' 다이어트는 문자 그대로 배가 부른 소리긴 하다.

- 뭐 산업화가 진행되면서 식량 생산량 이 급격하게 늘어나고 사람들의 평균적인 영양상태가 좋아진 것은 꽤 최근의 일인데

비만이 각종 성인병의 원인이 된다는 사실은

이미 널리 알려진 얘기고

무엇보다도 몸이 무거워져서 모든 활동이 힘들어진다

- 이 과정 속에서 사람들은 무작정 많 이 처먹고 살 찌는 것이 능사가 아니라는 사실을 알게 됐고

- 몸 관리를 통해 신체 건강을 유지하려 는 노력도 급격하게 발전하기 시작한 것이다. 다이어트의 시작이다.

158

- 물론 오늘날의 미의 기준이 뚱뚱함보다는 날씬함에 더욱 가깝기 때문에 다이어트를 하려는 사람도 많지만

- 일단 다이어트의 골자가 '적당히 처먹고 적당히 운동하자'라는 얘기이므로 건강을 유지하기 위해서라도

애초에 Diet 자체가 영어로 식이요법이라는 뜻이잖아…

- 어느 정도의 다이어트는 필요한 것이다. 식습관 조절부터 꾸준한 운동을 통한 칼로리 소모는 몸에 좋으니까.

- 그렇다고 무리한 다이어트는 절대 금물이라고 생각한다.
가장 바보 같은 다이어트 방법 중 하나가 무작정 굶는 거라고 하는데

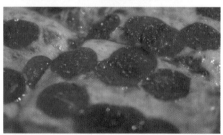

- 그냥 굶으면 근육(단백질)부터 빠지고 살(지방)은 진짜 죽기 직전에야 빠지기 때문에 굶어서 체중을 빼봤자 몸만 부실해진다는 것

- 결국 가장 좋은 방법은 몸에 좋은 음식을 적절한 양으로 먹고
그만큼 꾸준한 운동을 하는 것이라고 한다.

- 지방이 분해되는 신비의 다이어트 명약처럼 일주일 만에 10kg씩 순풍순풍 빠지지는 않더라도

- 몇 달쯤 이어가다 보면 분명히 눈에 띄는 효과가 나타날 것이다.
보다 깔끔해진 피부, 붓기가 빠진 얼굴, 더 가벼운 몸…

- 요즘은 식이요법과 운동방법을 인터넷으로 잠깐만 검색해도
수두룩 빽빽하게 쏟아져 나오는 시대.
문제는 무얼 선택하느냐는 것.

- 맛있는 걸 먹으면서 느끼는 행복과 스스로의 건강함과 아름다움에서 느끼는 행복.

- 그 중에서 어떤 것이 내게 더 클지를
깊게 생각해 보고 선택해야 하는
것이다. '난 둘 다' 같은 건 반칙이다.

- 어떤 선택이 옳다고 할 순 없다. 사람
은 행복을 추구하는 동물이고,
어떤 방향이든 본인이 더 행복한 쪽으로
살면 되는 것이니까

- 그래서 난 이왕 사는 거 먹고 싶은 거
처먹으면서 살기로 했다.
이 짧은 세상, 내가 먹은 맛있는 음식들
때문에 내가 일찍 죽는다면

- 나는 겸허히 죽음을 받아들일 준비가
되어 있기 때문이다.
짧게나마 맛난 걸 맘껏 먹으며 행복했던
인생을 추억하면서…

- 그러니까, 결론은 안 될 것 같으면 그
냥 먹으라는 기다.
왜냐하면 너는 먹으면서 더 행복을 느끼
는 사람인 거니까.

내일부터 다이어트 하지 말고 그냥 오늘부터 먹어라

이왕 먹는 끼 맘 편하게 먹는 게 훨씬 낫지

체하면 어쩌려고

161

＃ 카드

세상에서 가장 무서운 카드

※ 설명충 : 신용카드. 막 쓰다가는 인생이 훅 갈 수 있다.

예전부터 카드를 좋아했다. 그 되도 않는 직사각형의 종이 내지 플라스틱 쪼가리가 내 알 수 없는 수집 욕구 같은 걸 자극한다고나 할까? 생각해 보면 항상 그런 게 있다. 존나 별 거 아닌데도 겁나 갖고 싶은 거. 나에게는 카드가 그랬던 것 같다.

가장 먼저 카드에 눈을 뜬 것은 초등학생 시절이었다. 그때 한참 TV에서 인기를 끌던 영혼의 만화 투톱이 〈디지몬〉과 〈포켓몬〉이었는데, 그게 카드로 나오기 시작한 것이었다. 당장 디지몬 월드로 보내주겠다거나 포켓몬을 잡을 수 있는 몬스터 볼을 주겠다고 하면 영혼도 팔 수 있을 것 같았던 시절. 그게 카드로 나온다고 하니 애들은 완전히 환장을 했다. 심지어 그 카드들은 게임도 할 수 있는 것이었다. 더 좋은 카드면 더 성능이 좋고, 좀 더 희귀한 카드일수록 이름이 금색으로 빛나거나 카드에 반짝이

162

가 추가되거나 하는 식… 사실 지금조차도 돈만 있으면 진지하게 모을 생각이 있는데(어른 돼서도 취미로 모으는 사람이 있다) 그때는 완전히 미칠 지경이었다. 매일 아침에 500원(이때 500원이면 어마어마한 금액이었다. 게임 한 판하고 뽑기 한 번 하고 아이스크림 2개 먹고도 100원 남음)씩 받던 용돈을 그깟 종이 쪼가리 카드 팩 하나 사는 데 모두 써버렸으니까.

그럼에도 불구하고 이깟 종이 쪼가리 수집에도 아이들 사이에서 빈부격차란 일어나는 것이었다. 내가 아무리 하루에 한 팩씩 꾸준히 까서 모으더라도, 집에 돈이 많아서 박스단위로 문구점 카드팩을 긁어 모으는 놈들보다 좋은 카드를 가질 순 없었다. 가끔 천운이 닿아 초레어카드를 가지더라도 이미 금수저 물고 태어난 자식들은 나랑 똑같은 걸 몇 장이나 갖고 있었다. 그래서 나는 어떻게든 이겨보겠다고 어머니 돈을 훔쳐 카드를 사곤 했었는데, 덕분에 열 살의 나이에 죽도록 맞은 후 벌거벗겨져서 쫓겨나기도 했었다. 더욱 슬픈 사실은 정작 훔쳐서 산 카드팩에선 희귀한 카드가 하나도 안 나왔다는 점이다. 인생사 사필귀정이라…

중고등학생이 되고 나선 왠지 내 신분을 증명해주는 뭔가가 멋있다고 생각했던 것 같다. 학생증, 청소년증, 시립도서관 도서 대출증 등등. 거기에 카드 하나 없이 허전했던 내 지갑을 장식하는 용도도 있었다. 부모님이 안 쓰는 신용카드를 몰래 꺼내 지갑에 넣고 다니기도 했다. 쓰지도 못하는 카드를. 왜 그랬는지는 잘 모르겠다. 그냥 그때는 그게 멋있다고 생각했으니까.

그리고 고등학교를 졸업하고 성인이 된 후, 나는 주민등록증도 받고 체크카드도 발급했다. 지금은 굳이 현금을 들고 다니지 않아도, 플라스틱 카드 쪼가리 하나로 얼마든지 밥을 사먹고 영화를 보고 놀이공원에 갈 수 있는 시대니까. 물론 잔고가 충분히 많을 때에나 허용이 되는 이야기겠지만… 신용카드는 만들 생각도 없었지만(진지하게 인생이 망할 것 같았다) 어머니가 옛날옛적에 쌓아두신 카드 빚 때문에 어차피 만들려고 해도 못 만든다고 했다.

우리 집에 디지몬 카드는 없구

아빠 지갑에 이런 게 있던데… ㅠㅠ

※ 설명충 : 소득 최상위의 갑부들에게만 발행해준다는
아멕스(American Express Centurion) 블랙 카드. 이것만 있으면…

요즘에 가장 멋지고, 갖고 싶다는 생각이 드는 카드는 바로 법인카드(회사카드)다. 회사생활을 하면서 이미 법인카드의 위엄과 권능을 여러 차례 맛보았기 때문이다. 요컨대 법인카드란 내 돈이 아니라 회사 돈…! 다른 사람과 밥을 먹고 커피를 사먹는 걸 고스란히 회사 카드로 결제가 되는 모습을 보면서 등어리에 땀이 흘렀다. '세상에 이런 카드가 있다니…' 물론 법인카드도 한도라는 게 있고, 정해진 용도 이외에 함부로 쓰다간 처벌을 면치 못할 테니 내가 생각해도 철없는 생각이긴 하다. 지금은 결정적으로 회사에서 나오기도 했고.

요즘은 세상이 너무 급격하게 발전해버려서, 휴대폰 안에 카드가 내장되어 있어서 많은 카드를 들고 다닐 필요가 없어지는 추세라고 한다. 'XX페이'나 NFC결제 같은 게 좀 더 상용화되면 아마 초능력처럼 슥삭슥삭 결제를 하는 시대가 오게 될지도 모른다. 그래도 나는 아직 카드에 대한 집착이 있긴 있는 모양인지라, 체크카드를 바꾸면서 새삼 예뻐진 디자인에 가슴이 뛰기도 한다. 휴대폰보다도 작은 직사각형의 작은 쪼가리들. 그것들 때문에 나는 울고 웃어 왔고 앞으로도 대강 그럴 것이라고 생각해 보면 나의 인생이란 참 되먹지 못한 모양이다.

변비

아… 아니…

내 의도는 그런 게 아니고…

- 인간은 누구든지 뭔가 배출하고자 하는 욕망을 갖고 있다.

김리뷰가 욕을 먹고자 하는 욕망을 배출하고 있다

으아아아아아ㅏ

- 인간이 배출하고자 하는 '뭔가'라는 건 굉장히
많은 것들을 포함하고 있는 것이지만

온라인으로 똥 싸는 거 말고

그건 안 싸도 안 죽어

- 그 중에서도 '배변욕'이라는 건 손에 꼽힐 정도로
위중한 가치라고 생각한다. 인간은 싸지 않으면 살 수 없기 때문이다.

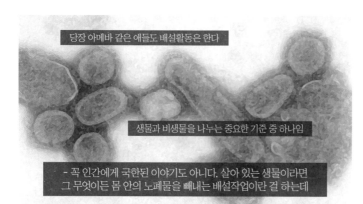

당장 아메바 같은 애들도 배설활동은 한다

생물과 비생물을 나누는 중요한 기준 중 하나임

- 꼭 인간에게 국한된 이야기도 아니다. 살아 있는 생물이라면
그 무엇이든 몸 안의 노폐물을 빼내는 배설작업이란 걸 하는데

밥을 드시고 계시거나 드실 계획이신 분들을 위해

카레와 음료수 그림으로 대체합니다

- 사람의 경우에는 그것이 똥과 오줌이 되는 것이다.
오랫동안의 진화를 통해 인간이 선택한 배설 방법이다.

뭐… 뭐라고…!

- 그런데 이게 갑작스럽게 불가능해지면 어떨까?

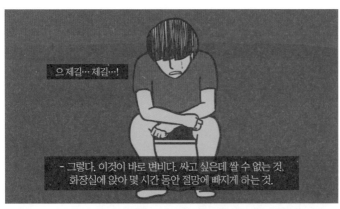

으 제길… 제길…!

- 그렇다. 이것이 바로 변비다. 싸고 싶은데 쌀 수 없는 것. 화장실에 앉아 몇 시간 동안 절망에 빠지게 하는 것.

식습관이 글러먹으면 변비 걸리기 딱 좋다

- 나 같은 경우에는 자취생활을 막 시작하면서 세 달 가까이 편의점 음식만 먹어대다가 변비에 걸리고 말았는데

모, 몸안에…

디아블로가 있어…!

- 진심 무진장 고통스러웠다. 분명 몸 안에 무언가 거대하고 사악한 것이 봉인되어 있는데, 그걸 해방시킬 수 없는 고통!

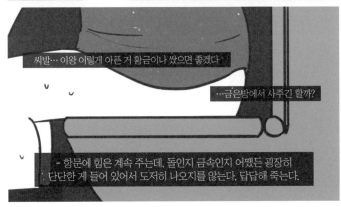

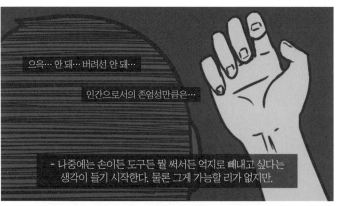

으윽… 안 돼… 버려선 안 돼…

인간으로서의 존엄성만큼은…

- 나중에는 손이든 도구든 뭘 써서든 억지로 빼내고 싶다는
생각이 들기 시작한다. 물론 그게 가능할 리가 없지만.

네…? 바지를…

벗으라구요…?

- 결국 답은 병원이나 약국으로 가서 관장을 하는 것이다. 병원으로
갈 경우에는 높은 확률로 간호사나 의사가 직접 관장을 해주는데

뭐, 뭐얏…!

이상한 게 들어와버렷…!!

- 이 상황이 주는 묘한 치욕감과 뒷구멍으로 들어 오는
물컹한 액체의 느낌이 형용할 수 없는 불쾌함을 선사한다.

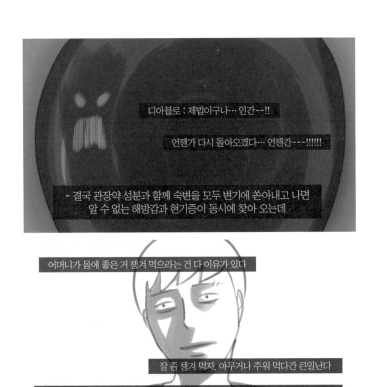

디아블로 : 제법이구나… 인간--!!

언젠가 다시 돌아오겠다… 언젠간---!!!!!!

- 결국 관장약 성분과 함께 숙변을 모두 변기에 쏟아내고 나면
알 수 없는 해방감과 현기증이 동시에 찾아 오는데

어머니가 몸에 좋은 거 챙겨 먹으라는 건 다 이유가 있다

잘 좀 챙겨 먹자. 아무거나 주워 먹다간 큰일난다

- …두 번 다시는 똑같은 경험을 하고 싶지 않다. 기억하기도 싫다.
부디 잘 먹고 잘 싸기를 바란다. 잘 싸기 위해서 잘 먹는 거 잊지 말고…

＃ 등산

힘들다. 솔직히 말하면 전혀 의미 없는 행위인 것 같다. 어린 시절 할아버지를 따라서 등산을 몇 번 갔던 기억이 있는데, 등산 자체가 좋아서 갔다기보단 그냥 따라가면 산 아래 있는 반점에서 짜장면을 사줬기 때문이었다. 그거 빼면 진심 겁나 힘들었다. 나는 우리 집 올라가는 언덕도 계단도 매번 올라가기 귀찮아서 짜증이 나는 인간인데. 밑도 끝도 없이 솟아있는 산을 올라가는 일은 정말 지옥 같은 일이다. 이해도 잘 안 된다.

왜 멀쩡하게 솟아 있는 산을 오르내리는 데에 어마어마한 에너지와 돈과 시간을 낭비한다는 말인가? 오늘날 고도로 발전되어 있는 현대사회… 에서 사람의 에너지와 돈, 시간은 무엇과도 바꾸기 힘든 귀중한 자산이다. 이걸 오르막내리막 왕왕 걷기에 소비하는 건 정말 인력자원의 거대한 낭비가 아닐 수 없다.

아마 산악인이나 등산 동호회, 그리고 산을 사랑하는 사람들은 아마 나를 전혀 이해할 수 없을지도 모른다. 기분이 살짝 나빠지려고 하실지도 모른다. 근데 내가 싫은 것은 나도 어쩔 수 없다. 사는 곳은 서울시 관악구 신림동이라는 동네인데, 이 동네는 부산 달동네 사는 사람들 뒤통수를 내가 강하게 내리치더라도 별 할 말이 없을 만큼 다이나믹한 경사도를 자랑하는 곳이다. 어쩌면 나는 매번 바깥에 나갔다 올 때마다 모종의 등산을 하고 있는 셈인데(애초부터 산을 깎아서 만든 동네니까) 오를 때마다 내가 건강해지고 있는 걸 느끼거나, 자연의 피톤치드가 내 몸 안으로 스며드는 것을 느끼거나, 다 올랐을 때의 기가 막힌 보람 같은 것을 느낄 수 없다.

　　단언컨대 단 한 번도 느껴본 적이 없다. 진짜 산은 케이블카라도 있지 여긴 그딴 것도 없다. 자연도 없다. 그냥 아스팔트가 쭉 이어져 있는 지옥 같은 동네다. 그나마 월세가 저렴하지 않았다면 나는 이 동네에 발도 들여놓지 않았을 것이다. 매번 집으로 가는 언덕을 오를 때마다, 나는 머릿속으로 푸르른 바다와 그 위를 자유롭게 날아다니는 한 마리 알바트로스를 생각한다. 그렇게라도 마음의 평화를 찾지 않으면 도저히 버틸 수가 없기 때문이다. 내가 이 짓거리를 하면서 얻은 것은 고질적 관절 염증과 발목 통증 그리고 명상(메디테이션)의 참된 실천 방법뿐이다.

　　솔직히, 인류의 발전과정은 자연과의 끝없는 싸움의 과정이었다고 말하더라도 큰 오류가 없을 것이다. 인간이 산을 정복하고자 하는 욕구도 그런 발전의 과정 중 일부라고 이해할 수 있기는 하다. 그래도 나는 굳이 오르지 않아도 될 곳은 안 올랐으면 한다. 옆에 평탄한 길이 있는데 왜 굳이 험한 길로 가야 되냐고… 내가 매번 강조하지만 우리나라는 삼면이 바다고 북쪽은 휴전선이며 지하자원은 개뿔도 없어서 인력으로 먹고살아야 하는 나라다. 이런 와중에서 괜히 산을 오르내리는 데 힘을 쓴다면 아마 거대한 국가적 손실이 아닐까. 왜 세계의 절반은 굶주리는가? 아마도 삼분지일은 등산 때문일 것이다(병신).

현자타임

- 내 마음은 지금 고요한 바다다.

- 방금 전까지만 해도 사소하고 잔잔한
파도에 온갖 번뇌와 정신적 고통에
휩싸였으나

- 지금은 아니다.
나는 아주 완벽한 상태다.

- 완벽할 뿐만 아니라 뭔가 좀 더 성숙
해졌다는 느낌이다.
인간으로서도 하나의 생명체로서도

- 어떤 진리와 깨달음을 마음 속 깊은 곳에서 깨우쳤다고나 할까? 정신적으로 아주 개운한 상태다.

- 지금껏 나를 괴롭혔던 모든 걱정과 고뇌가 이젠 아무 의미도 없는 것처럼 느껴진다.

- 생각해 보면 사람은 얼마나 바보 같은 존재인가. 매번 똑같은 욕망으로 인해 똑같이 고통받는 존재

- 우리들 인간을 괴롭히는 것은 외부에 있는 것이 아니라 오로지 우리 마음 속에 있는 끝없는 욕심이거늘

단지 그것을 지비리지 못하고 오늘도 별거 아닌 일에 울고 웃으며 하루를 의미 없이 살아가는 것이다.

175

- 온갖 풍파에 휩쓸리며 오늘도 내일도
먼 훗날도 그저 버텨내기만을
바라는 우리들은

- 대체 무엇을 위해 이 세상을 살아가고
있다는 말인가…

- 모든 욕심을 뱉어내고 깨끗한 정신을
갖게 된 지금에야 비로소 우주의
이치가 보이고 삶의 가치가 보인다.

- 삼라만상은 머나먼 곳에 있는 것이 아
니라 알고 보면 우리의 가장 가까운
곳에 있을지언대

- 색즉시공 공즉시색이며
회자정리요 거자필반이니

- 내가 쌓아온 이 모든 것이 무슨 의미가 있다는 말인가. 이 픽셀 쪼가리들, 이 데이터 부스러기들…

- 다 의미 없다. 모든 집착이 나를 고통스럽게 만들 뿐이다.

- 이 모든 걸 버림으로써 나는 이제 비로소 자유로워진다.
가지지 않음으로써 나는 모든 것을 가질 수 있게 된 것이다.

- 절대 후회하지 않을 자신이 있다.
나는 앞으로 더욱 행복해질 것이다.

＃ 뒤늦은 후회

- …왜 그랬을까?

- 하…

- 빌어먹을…

- 난 너무 경솔했다.

- 분명히 더 좋은 방법이 있었을 텐데

- 꼭 그런 선택을 할 필요는 없었을 텐데…

- 단 한 번의 실수로

- 모든 것이 날아가버렸다.

- 그동안 내가 쌓아왔던 모든 것들이…

- 그 누구의 탓도 할 수 없다.

- 모든 게 내가 저지른 잘못이기 때문이다.

- 후회해봤자 소용없다는 것도 알고 있다.

- 어차피 되돌릴 수 없기 때문이다.

- 그런데… 슬프고 억울한 건 어쩔 수 없나 보다.

- 그건 내가 한 일이면서도 내가 한 일이 아니기 때문이다.

- 그러나 이제와서 후회한들 뭐하나…

- 내가 할 수 있는 일은 무너진 걸 처음부터 다시 쌓는 것과

- 다시는 같은 잘못을 반복하지 않기 위해 노력할 뿐

- 끊임없이 반성해야 한다.

- 이번 실수가 앞으로 나를 더욱 단단하게 하는 계기가 될 수 있도록…

- 파이팅 하자.
다시 일어설 수 있게…!

어렸을 때부터 반성문을 꽹장히 많이 썼었다. 왜냐하면 학교 여기 저기서 말썽을 일으키고 다니는, 이른바 문제아였기 때문이다. 그렇다고 무 슨 악동이나 일진 같은 이미지는 아니었고, 그냥 반에 하나쯤 꼭 있는 구 제불능의 등신 같은 존재였던 것 같다. '쟤는 대체 커서 뭘 할까? 쯧쯧…' 하며 선생님들이 혀 차는 소리를 수십 번도 더 들었던 기억이 난다. 글쎄 요, 이상한 리뷰 같은 걸 하고 있네요.

다행스럽게도, 내가 거친 교육과정은 〈말죽거리 잔혹사〉나 〈바람〉 에 나오는 것처럼 툭하면 선생님들이 폭력을 휘두르는 그런 알고리즘은 아 니었다. 아마 내가 잘못한 만큼 내가 맞아야 했다면 난 중학교 3학년 때 이미 쇼크사로 사망했을 것이다. 어쨌든 폭력은 지양되고, 뭔가 '사랑의 매'

가 아닌 무언가로 학생들에게 패널티를 주는 시도를 했었던 것 같은데(그렇다고 전혀 때리지 않는 것은 아니었다. 덜 때렸다는 거지…) 그중 대표적인 것 하나가 반성문이었다.

학교 선생님들이 요구하는 반성문의 메커니즘이란 크게 둘로 나뉜다. 첫 번째는 노가다형. 선생님이 정해주는 문구, 예컨대 '다시는 수업시간에 떠들지 않겠습니다', '지각을 하지 않겠습니다' 같은 것들을 정해진 횟수만큼 써오는 방식이고, 두 번째는 반성문이라는 말 그대로 학생이 저지른 잘못이나 거기에 대해 느낀 점 같은 것들을 일정 분량으로 자유롭게 써오는 것이었다.

근데 지금 생각해 보면 첫 번째 방식의 반성문만큼 의미 없는 뻘짓이 어디 있나 싶다. 같은 문구를 수십 수백 번 써오면서 느끼는 건 진짜 내가 한 잘못에 대한 반성이 아니라, '씨X 팔 존나 아프네'와 '다음부턴 안 걸리게 더 조심해야겠다' 정도다. 몸만 힘들고, 에너지만 낭비하고, 그걸 시킨 교사에 대한 분노만 쌓일 뿐이다. 학생은 몸이 아프고, 교사는 학생의 잘못된 행동이 고쳐지지 않는 최악의 방식인 것이다.

두 번째 방식의 반성문은 그나마 낫다. 반성문 자체가 학생의 행동을 고치는 좋은 방법은 결코 아니지만, 적어도 이건 '내가 뭘 잘못했는지', 그리고 '그럼 앞으로 이렇게 해나가야 하는지'에 대해서 스스로 생각할 수 있게 해주기 때문이다. 그리고 난 이건 잘했다. 중고등학교를 다니면서 쓴 반성문만 해도 어림잡아 100편은 되었을 것이다(왜 이 정도로 써댔는지는 모르겠다. 그때 교사들 사이에서 반성문이 유행이었나?). 한두 편도 아니고, 수십 번을 넘게 반성문을 써대니 못 쓸래야 못 쓸 수가 없었다. 솔직히 말하면 나에게서 '글 솜씨' 내지 '필력'이라고 말할 수 있는 부분들은 거의 다 반성문을 쓰면서 길러진 것 같다.

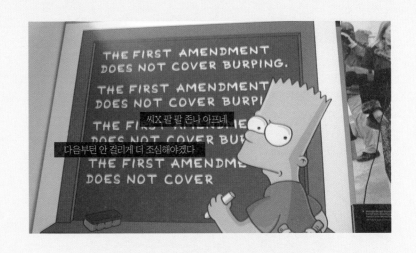

고등학교를 졸업하면서 나는 이러한 반성문 라이프에서 벗어날 수 있을 것 같았지만, 딱히 그런 것도 아니었다. 대학에서는 과 활동이나 동아리 활동을 성실하게 하지 못했다고 사유서 같은 걸 썼으며(이걸 왜 썼는지는 나도 잘 모르겠다. 나 원래 아싼데) 회사에 들어가서는 무단결근 때문에 시말서 같은 걸 써야 했다. 그리고 페이스북 페이지에다 수십만 명이 보게 된 반성문까지. 이쯤 되면 반성의 문제가 아니라 그냥 인간이 글러 먹었다 싶긴 하지만.

살면서 한 번도 실수를 하지 않는 사람은 없다. 잘못을 하지 않는 사람 역시 없다. 단지 그런 실수와 잘못들을 어떤 경험으로 엮어 발전할 수 있느냐, 없느냐의 문제다. 적어도 나는 반성하고 후회할 수 있는 과거를 가진 사람은 비로소 강해질 수 있다고 믿는다. 그때 쓴 반성문으로 나는 얼마나 발전해왔나, 앞으로 좀 더 지켜볼 일이다.

＃ 신경치료

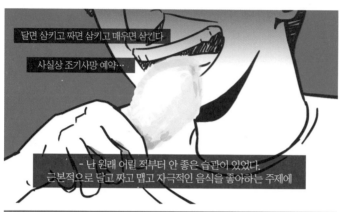

달면 삼키고 짜면 삼키고 매우면 삼킨다

사실상 조기사망 예약…

- 난 원래 어릴 적부터 안 좋은 습관이 있었다.
근본적으로 달고 짜고 맵고 자극적인 음식을 좋아하는 주제에

그래서 엄마가 딸기맛 치약 같은 걸 사줬었는데

정작 딸기가 맛이 없어서 안 했다 중국산 딸기였기겠지

히익 !!

- 양치는 죽어라 하지 않았던 것이다.
필요성도 못 느끼고, 그냥 싫었던 것 같다. 치약 맛이…

보고 있니 과거의 나야?

부탁이니 이빨 좀 쳐 닦아…

- 그러나 그것은 정말이지 돌이킬 수 없는 행동이었다.

아주 여러 가지를 씹어 먹는다

아ㅡ 아아ㅡ

학교 성적이라든가 선생님 말씀이라든가…

- 고등학교 2학년… 뭐가 됐든 한창 씹어 먹을 나이에, 나는 문득 이를 만지며 느낄 수 있었다.

역시 인간이란 노력하면 안 되는 것이 없다 (※ 다릅니다)

- '씨X, 아프다…' 그때부터였다. 수년간 양치질을 게을리해온 노력이 결실을 맺는 순간이었다.

물리적 고통 + 심리적 고통 + 경제적 고통의 삼중고 그랜드슬램

사실상 현세의 지옥

- 솔직히 나는 치과를 진심으로 싫어 한다. 치과에 갈 바에야 차라리 버드나무로 두들겨 맞는 쪽을 선택한다.

흠칫…!!

- 그렇지만, 그때의 고통은 인간이 견딜 수 없는, 뭔가 차원이 다른
녀석이었다. 고로 난 어쩔 수 없이 치과에 갈 수밖에 없었던 것이다.

보통은 클래식 같은 걸 틀어놓는다

- 하지만 생각보다 치과는 평화로운 곳이었다.
잔잔한 음악이 흐르고, 의자는 꽤나 안락했지만

사실 그때 살짝… 아, 아니다

꿀꺽…

- 그것이 오히려 날 더욱 불안하게 만들었다.
무언가의 폭풍전야… 나는 무의식 중에 오줌을 지릴 뻔 했다.

진짜 인자하게 생기셨음

어… 어라? 어디서 많이 본 듯한…

- 그리고 마침내 내 차례. 인자한 인상의 의사 선생님은
여기저기 썩은 부위를 지적하면서 나지막히 말씀하셨다.

그냥 이름부터가 겁나 아프게 생긴 것들이 있다

아르헨티나 백 브레이커, 져먼 수플렉스, 드롭바 등등

- '신경치료를 해야겠네…'라고… 그때 나는 신경치료가 뭔지
알지도 못했지만, 일단 존나 아플 것이라는 걸 본능적으로 느꼈다.

충전재는 아말감, 레진부터 금까지 다양하다

기본적으로 좋은 건 비쌈

- 보통은 그렇다. 일단 충치가 나면 충치가 난 부분을 긁어내고
그 부분을 다른 재료로 충전하는 것이 일반적인 충치치료인데

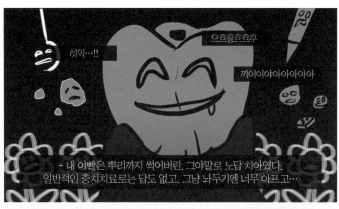

- 내 이빨은 뿌리까지 썩어버린, 그야말로 노답 치아였다.
일반적인 충치치료로는 답도 없고, 그냥 놔두기엔 너무 아프고…

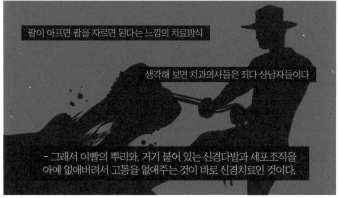

팔이 아프면 팔을 자르면 된다는 느낌의 치료방식

생각해 보면 치과의사들은 죄다 상남자들이다

- 그래서 이빨의 뿌리와, 거기 붙어 있는 신경다발과 세포조직을
아예 없애버려서 고통을 없애주는 것이 바로 신경치료인 것이다.

정사각형에 중간이 뻥 뚫린 초록색 천을 덮어주는데

이걸로 눈을 가려서 더 공포스럽다

- 그러나 그때의 나는 신경치료가 어떤 건지 알지 못했다는 것.
그야말로 영문도 모른 채 입을 벌리고 마취주사를 맞는데

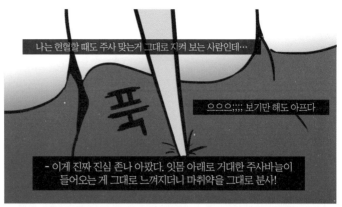

나는 헌혈할 때도 주사 맞는거 그대로 지켜 보는 사람인데…

으으으;;;; 보기만 해도 아프다

- 이게 진짜 진심 존나 아팠다. 잇몸 아래로 거대한 주사바늘이
들어오는 게 그대로 느껴지더니 마취약을 그대로 분사!

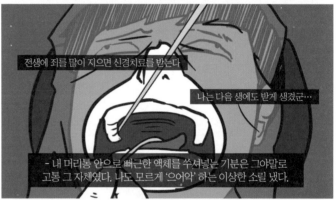

전생에 죄를 많이 지으면 신경치료를 받는다

나는 다음 생에도 받게 생겼군…

- 내 머리통 안으로 뻐근한 액체를 쑤셔넣는 기분은 그야말로
고통 그 자체였다. 나도 모르게 '으어악' 하는 이상한 소릴 냈다.

- 그리고 마취 기운이 돌 때까지 기다렸다가, 이윽고
이빨에다가 신경까지 닿는 거대한 구멍을 뚫기 시작하는데

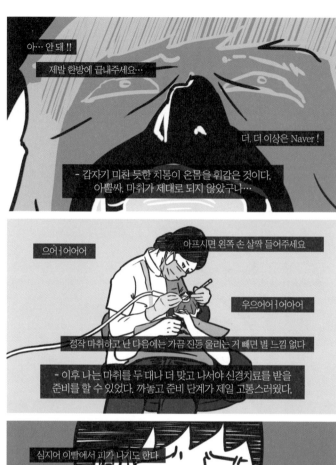

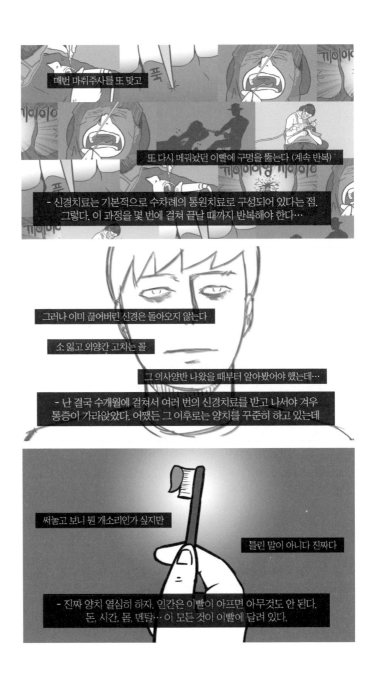

매번 마취주사를 또 맞고

또 다시 메꿔놨던 이빨에 구멍을 뚫는다 (계속 반복)

- 신경치료는 기본적으로 수차례의 통원치료로 구성되어 있다는 점.
그렇다. 이 과정을 몇 번에 걸쳐 끝날 때까지 반복해야 한다…

그러나 이미 끊어버린 신경은 돌아오지 않는다

소 잃고 외양간 고치는 꼴

그 의사양반 나왔을 때부터 알아봤어야 했는데…

- 난 결국 수개월에 걸쳐서 여러 번의 신경치료를 받고 나서야 겨우
통증이 가라앉았다. 어쨌든 그 이후로는 양치를 꾸준히 하고 있는데

써놓고 보니 뭔 개소리인가 싶지만

틀린 말이 아니다 진짜다

- 진짜 양치 열심히 하자, 인간은 이빨이 아프면 아무것도 안 된다.
돈, 시간, 몸, 멘탈… 이 모든 것이 이빨에 달려 있다.

귀찮다

- 아무것도 안 하고 싶다.

- 이미 아무것도 안 하고 있지만
더 격렬하고 적극적으로
아무것도 안 하고 싶다.

편집자님 이거 진심이 아닌 거 아시죠…?

- 책이고 뭐고 다 귀찮다. 그냥 다 때려
치우고 싶다.

어차피 그게 그거 같지만

아무래도 상관없다

- 반항하는 게 아니다. 진짜 귀찮다.
하기 싫다.

배부른 소리류 갑

- 하루이틀도 아니고 매일같이 리뷰를 써대는 건 정말 힘들다.
아이디어나 드립 같은 게 매번 뿌직뿌직 하고 나오는 것도 아니고

지금도 좀 그런 거 같다

- 사실은 오늘 아침부터 컨디션도 좀 안 좋았던 것 같다.
머리도 약간 아픈 거 같고, 잠도 오는 것 같다. 힘들다.

이렇게 리뷰해도 책은 나온다

어… 아닌가?

- 그렇게 치면 안 힘든 사람이 어딨냐, 이러면 솔직히 할 말은 없지만
어쩔 수 없다. 하기 싫은 걸 어떻게 하냐 고…

숨쉬는 거 신경쓰니까 짜증난다

수동으로 숨 쉬어야 됨;;

- 배가 불렀네 어쩌네 할 수도 있지만 상관없다. 신경쓰는 것도 하기 싫다.
숨쉬기가 귀찮다. 인생이 귀찮다.

귀찮아 하는 인간은 길가에 굴러다니는 돌보다 못하다

지금의 내가 그렇다

- 기계는 관리 좀 하고 연료만 계속 넣 이주면 짤 돌아가지만 사람은 아니다.
귀찮으면 어떤 일도 못 한다. 죽은 것과 다를 바가 없다.

195

(평온)

- 사실 이번 주는 초반부터 너무 열심히 했던 거 같다.
비유하면 마라톤 시작하자마자 전력 질주를 했달까?

대충 중약강약중중강 이렇게 해야 하는데

이번 주는 처음부터 '존나 강!!!!!' 이었다

- 일이든 공부든 게임이든 어떤 일이든 간에 페이스 조절이란 게 있다.
일과 휴식 사이에서 밀당을 적절히 잘 해야 한다는 것.

김리뷰도 리뷰하기 싫을 수 있지 뭐…

- 난 뭐랄까, 그걸 실패한 것 같다.
원래 잘 했었는데…
사람이란 게 가끔 실수할 수도 있다.
슬럼프가 올 수도 있는 것이다.

- 누군가는 이런 나를 보고 욕을 할 수도 있을 것이다.
나태왕 김나태, 게으름뱅이, 음식물 쓰레기 등등… 이해한다.

- 그러나 18세기 독일의 철학자 임마누엘 칸트는 이렇게 말했다.
'휴식이야말로 가장 편안하고 순수한 기쁨이다' 라고

- 포드의 창업자 헨리 포드는
'일만하고 휴식을 모르는 사람은
브레이크 없는 자동차와 같다'고 역설하
기도 했다.

- 요컨대, 일만큼 휴식 역시 중요하다는
얘기다. 아니, 오히려 일을 위해
휴식을 더 열심히 해야 할 수도 있다.

- 난 지금 실로 완벽한 상태다.
모든 고통과 번뇌에서 벗어나
참된 세상의 진리와 본질을 추구하는
자유로운 영혼…!

자유로운…

영…혼…

- 야구에서 3할 타자도 매일 안타를 때
릴 순 없는 일이다.
오늘 무안타면 내일 두 개, 세 개 치면
된다.

내일도 못 때리면 모레 때리면 되지

하하!!

- 세상만사가 다 그런 것이다.
모든 분쟁은 안 되는 일을
억지로 하려다 생겨나는 법.
포기하면 포기하는 대로 길이 생긴다.

사는 것만 포기 안 하면 되지

뭔 상관이야

생각보다 그렇지 않을 수도 있다

뭔가 날로 먹은 것 같지만

- 그래서 난 오늘 쉴 거다.
아무것도 안 할 거다.
내일은 아마 좋은 리뷰가 나오시겠지…
그렇지 않을까?

아싸

아웃사이더(outsider)의 준말. '아사'는 배고파 뒈진다는 말이기도 하고 어감도 별로니까 '아싸'라고 한다. 보통 조직이나 무리의 안에 들어가지 못하고 겉도는 사람을 말하는데, 보통은 대학생들이 쓰는 말인 것 같다. 나 역시 대학에 들어가서 이 단어를 접했고, 곧 내가 이 단어에 적합한 인재라는 사실을 아는 것 역시 그리 오래 걸리지 않았다.

사실, 신입생 오티(OT, 오리엔테이션) 때부터 그랬다. 강당에 사람 이삼백 명이 모여서 시끌벅적, 왁자지껄. 근본적으로 시끄럽고 정신없는 걸 별로 안 좋아하는 나로서는 그때부터 그냥 느꼈던 것 같다. 아, 여긴 뭔가 내가 있을 장소가 아니라는걸. 나 역시 처음부터 대학생으로서의 낭만이나 화기애애한 캠퍼스 라이프를 보내고 싶은 마음이 전혀 없었던 것은 아니었다. 그래서 선배가 주는 술을 억지로 꾹 참으며 마셨고, 나오라는 과 행사에 부랴부랴 나가면서 얼굴도장을 찍고, 부모님한테는 잘 하지도 않는 카톡을 선배와 동기들에게 뿌린 적도 있다. 이제와 생각하면 정말 부질없는 짓이었다.

그냥 부질없는 발버둥이었던 것 같다. 가자미가 아무리 노력해도 도미가 될 수는 없는 법. 중고등학교 때도 뭔가 외향적인 이미지와는 거리가 멀었고, 발도 굉장히 좁아서 그냥 원래 놀던 친구들과만 놀았다. 인간관계 형성에 있어서 굉장히 보수적인 나로선 선배라고 만나고, 동기라고 만나고, 그렇게 밤새도록 술을 마시다가 다음날 학교 교정에서 지나가다 마주쳤는데 서로 인사도 안하고 어색한 분위기가 되는 그런 관계가 거의 매일 만들어지는 게 달갑지 않았던 것이다. 그리고 근본적으로 현실적인 벽도 있었다. 집에서 나에게 줄 수 있는 돈은 딱 자취방의 월세까지였고, 나머지 생활비는 오롯이 내가 충당해야 하는 부분이었던 것이다. 나는 캠퍼스 라이프를 즐기기 위해서 캠퍼스 라이프를 포기해야 했다.

당연히 학교생활이 '잘' 되기는 어려운 상황이었다. 노가다 작업장, 택배 터미널, 레스토랑, 호프집, 하수처리장 등을 전전하면서 아르바이트에 찌든 상황에서 강의조차 제 시간에 들어가기가 버거웠다. 당연히 학교 동아리나 과 활동이나 그런 것들은 신경 쓸 겨를조차 없어졌고, 가끔 오는 연락도 그냥 내버려두기로 했다. 어차피 같은 대학생이 아니라는 생각이었다. 나는 혼자 강의를 듣고, 혼자 밥을 먹고, 혼자 공강 시간에 페이스북을 하고, 혼자 집으로 돌아가는 데 익숙해지기 시작했다. 혼자 뭘 한다는 것은 그리 어렵거나 대단한 것은 아니었다.

문제는 성적이었다. 나는 기본적으로 멀티태스킹이 용이한 두뇌를 갖고 있지 않아서, 갖가지 알바를 전전하다 보니 성적은 사실상 선동열 방어율 수준으로 곤두박질쳤다. 학사경고도 받았다. 가끔 아싸가 공부만큼은 잘하는 줄 아는 사람이 있는데, 절대 아니다. 적어도 같은 강의를 듣는 사람들과 친해질 수 있다면 피치 못할 사정으로 결석하게 될 때 도움을 얻거나, 시험치기 전 족보를 공유받을 수 있다는 장점이 있지만 아싸는 그게 안 된다. 나에게 도움을 줄 수 있는 건 나밖에 없는데 그때 난 그럴 수 있는 상황이 아니었던 것이다. 그러다 보니 학교는 안 나가게 되고…

엄마한테 욕을 무지막지하게 먹었다. 기껏 서울까지 보내놨더니 열심히 해서 장학금은 못 탈망정 학사경고나 받고 오니 나 같아도 쌍욕을 했을 것이다. 근데 막상 그 상황에선 나도 억울했다. 나는 진짜 열심히 살았는데, 왜 결과는 이 모양일까. 아싸는 열심히 살아도 뭔가 수가 틀리기 마련인 것일까. 그래서 난 아싸의 각성 필살기인 자퇴를 결심했… 지만 어머니가 자퇴하면 호적을 파버리겠다고 해서, 휴학으로 그쳐서 지금까지 오고 있다. 대출한 등록금도 그대로 이자가 쌓이고 있고…

음, 여차저차 헛소리를 했지만 결론은 이 책을 많이 팔아야겠다는 것이다. 서점에서 이거 들고 그냥 공짜로 읽고 계신 분은 나갈 때 꼭 계산해주시고, 이미 사서 보고 계시는 분은 감사합니다. 이건 읽는 용도로 쓰시고 소장용으로 하나 더 사주세요. 결국 목적은 그것이니까요.

＃ 온라인게임

　　대한민국 남자 중에 게임 싫어하는 사람이 얼마나 되겠냐 하겠지만, 나는 어렸을 때부터 진심 게임을 겁나 좋아했다. 집에 컴퓨터가 생기기 이전에도 500원 하나 달랑 들고 온 동네의 오락실을 전전했으며(그땐 게임 한 판에 100원이었으니까) PC방에 가서 외상으로 게임을 30시간씩 하다가 어머니에게 들켜서 버드나무로 맞기도 했다.

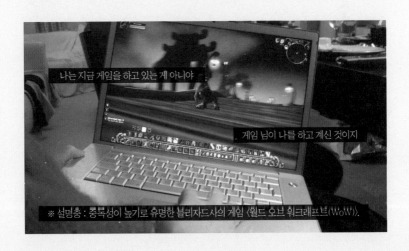

나는 지금 게임을 하고 있는 게 아니야

게임 님이 나를 하고 계신 것이지

※ 설명충 : 중독성이 높기로 유명한 블리자드사의 게임 〈월드 오브 워크래프트(WoW)〉.

집에 컴퓨터가 생긴 다음에는 더 했다. 인터넷도 연결되지 않은 컴퓨터를 가지고 온갖 게임을 다 깔아서 했다. 친구들에게 CD를 빌려 시도 때도 없이 게임을 깔아대다 보니 컴퓨터가 금방 느려지고 그랬다. 그래서 게임을 지우고 다시 까는 작업을 반복하곤 했는데, 그러던 중 온라인 게임에 눈을 뜨게 된 것이다.

온라인 게임의 존재는 그동안 내가 알고 있던 게임의 개념을 완전히 뒤바꿔버리고 말았다. 그때까지도 내가 하는 게임이란 CD게임이나 인터넷에서 하는 플래시게임 정도였는데, 갑자기 튀어나와선 얼굴도 안 보이는 다른 사람과 같이 게임을 할 수 있다니, 이게 어디 가당키나 한 얘기인가. 그러나 그것은 사실이었다. 정말이지 이름도 얼굴도 모르는 사람과 게임 하나로 연결이 된다는 건 당시의 나로선 아주 신기한 일임과 동시에 가슴이 뛰는 것이었다.

생각해 보면 옛날에 온라인 게임을 하던 시절에는 인심이 굉장히 좋았던 것 같다. 한참 〈바람의 나라〉나 〈디아블로2〉 등에 푹 빠져 살 때는, 게임 자체의 재미도 재미지만 무엇보다도 게임 안에서 모르는 사람들과 이야기하는 것이 좋았기 때문이었던 것 같다. 게임 산업은 점차 발전해 이젠 욕도 함부로 못하도록 필터링하고, 비매너 유저들은 신고가 들어오는 대로 운영진이 차단도 하지만 오히려 그런 제재가 없었던 옛날이 더 게임하기에는 좋았던 환경이었다. 오히려 아무도 시키지 않는데도 신규 유저에게 아이템을 주거나 함께 파티플레이(쩔)를 해주고, 그렇게 도움을 받으며 성장한 유저들은 또다시 새로운 유저에게 나눔을 실천하는 성공한 공산주의(잘 모르고 지껄이는 말이다) 사회가 게임 안에서 펼쳐지곤 했었는데…

예전보다 나라가 흉흉해진 것을 어느새 온라인 게임 안에서도 엿볼 수가 있다. 실수 한 번 했다고 온갖 욕설을 퍼붓고, 본인 마음대로 게임이 진행되지 않으면 상대편의 부모님 안부를 묻는 기현상이 온라인 게임 세상에서 비일비재하게 일어나고 있다. 현실에서 받는 스트레스 좀 풀어

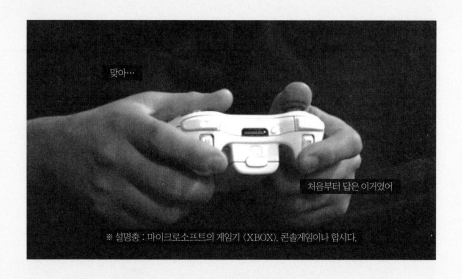

맞아…

처음부터 답은 이거였어

※ 설명중 : 마이크로소프트의 게임기 〈XBOX〉. 콘솔게임이나 합시다.

보려고 게임을 하는 건데, 사람들은 게임에서 오히려 스트레스를 받는다.

　　결국 결론이 뭐냐, 그냥 게임기 사서 콘솔게임을 하자는 것이다. 옛 날과는 달리 요즘은 혼자 해도 재미있는 게임이 얼마나 많은가. 예전에는 함께 게임하는 게 꿈만 같은 일이었는데, 이젠 그냥 '꼭 같이 할 필요 있나' 하는 생각이다. 함께하는 것이 스트레스라면 혼자 하면 된다. 그러므로 여러분은 온라인 게임을 멀리하고 싱글게임을 하는 것이 낫습니다.

설거지 (설겆이 아니다. 설거지다)

보기만 해도 귀찮아

으으… 심장이…

※설명충 : 진짜 내 방 싱크대다. 포크를 왜 저렇게 써댔지…

　　혼자 살면서 가장 불편하고 짜증났던 점 중 하나는 설거지를 내가 스스로 해야 한다는 점이다. 집에 있을 땐 어머니가 다 알아서 해주셨는데… 설거지의 문제점은, 막상 하면 별 거 아닌데 하기 전에는 진심 토가나올 정도로 귀찮다는 점이다. 손에 물이 묻는다는 점도 그렇고, 내가 처먹은 것에 대한 합당한 대가를 치러야 한다는 느낌이 들어서 짜증도 난다. 먹는 게 뭐 잘못이냐 사람이 먹고는 살아야지.

　　곰곰이 생각해 보면 솔직히 내 인생이 이렇게 된 건 다 설거지 때문이다. 설거지를 하기 싫어서 집에서 밥 안 먹고 그냥 나가서 먹거나 배달음식을 시켜 먹고, 그러다 보니 통장 잔고가 바닥이 나고, 통장 잔고가 바닥나니까 거지처럼 살다가 급기야 정신이 나가버리고 만 것이다. 인간은 이렇듯 사소한 것에서 인생이 뒤바뀔 수 있는 존재다.

아무리 조심하고 주의를 기울여도, 살다 보면 어떤 방식으로든 설거지 할 거리가 꼭 나오게 된다. 이게 진짜 짜증나는 게, 귀찮은 건 엄청 귀찮은데 막상 설거지할 걸 놔두고 다른 일을 하려고 치면 신경이 쓰여서 손에 잘 안 잡힌다는 것이다. 지금 좀 횡설수설하는 느낌인데 사실 설거지를 안 끝낸 상태에서 쓰는 거라서 그렇다. 으, 빨리 끝내고 와야지.

(진짜 설거지 함)

아 제길, 허리가 아프다. 싱크대가 약간 낮아서 몸을 약간 숙여서 설거지를 해야 하는 데 이게 좀 짜증난다. 남자는 허리가 생명이거늘… 그래도 뭔가 끝내고 나니까 개운한 느낌이다. 사람이 이렇게 부지런하게 살아야 하는데.

설거지 그거 안 한다고 무슨 일 있겠냐 싶지만, 진짜 무슨 일이 생긴 적이 있었다. 고시원에서 자취하던 시절, 싱크대가 옷장 안에 있는 기이한 형태의 방에서 묵었었는데, 설거지할 것들을 놔두고 옷장 문을 닫아놨었다. 자고로 사람이란 눈에서 멀어지면 마음에서도 멀어지는 법… 그대로

허리가… 아프다…

※ 설명충 : 열심히 했다.

잊어버리고 한동안 편의점 음식에 꽂혀서 그것만 먹으면서 계속 살았더니, 한 달쯤 되자 옷장 안에서 형용할 수 없는 냄새가 새어나오기 시작했다. 심상치 않은 기운에 싱크대를 열어 봤더니, 으… 지옥 같은 광경이었다. 그때 느꼈다. 설거지는 제때 해야 하는 거구나.

우리 삶 속에서도 군데군데 설거지 같은 것들이 있다. 해야 할 때 하지 않으면 나중에 심각한 골칫거리가 되는 것들. 오늘도 멍청히 설거지를 하면서 생각한다. 나는 오늘도 설거지를 잘하고 있는지? 글쎄… 잘 못하고 있는 것 같다.

멍 때리는 중

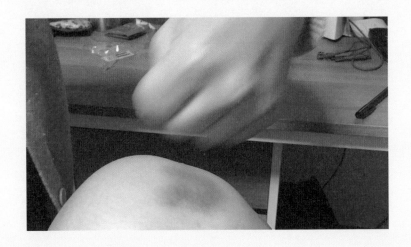

　　나는 지금 멍을 때리고 있다. 아침부터 원고작업을 오후까지 계속 해왔는데 별로 진전도 없는 것 같고, 그냥 허공을 보면서 아무 생각 없이 키보드를 치고 있다(요즘 책은 다 키보드로 친다. 몰랐지?). 그냥 아무것도 하기 싫고 드러누워 버리고 싶은데, 이미 귀찮음을 리뷰를 해버렸기 때문에 또 비슷한 컨셉으로 글을 써버리면 '이 새끼 이거 완전 대충 썼네', '완전 돌았네, 미친 거 아니야?'라고 할까 봐 걱정도 돼서 그냥 멍 때리는 걸 리뷰하기로 했다.

　　오늘날, 그러니까 2015년을 사는 현대인들은 끊임없이 생각이란 걸 한다. 집안일이든 회사일이든 나라경제나 이성 친구 혹은 '오늘 저녁에 뭐 먹을까 카레 같은 거 어때', '아 근데 집 가면 또 바로 설거지랑 빨래부터 해야 되나, 아 겁나 빡친다' 같은 생각이라두 어쨌든 매번 어떤 생각 같은 걸 하기 마련이다.

나는 어쩌면 이게 문제라고 생각한다. 아무리 인간이 생각하는 동물이라지만 1년 12개월 365일 24시간 동안 내내 생각을 처하고 살다간 뇌에 과부하가 올 수밖에 없을 것이다. 아무리 머리가 좋은 사람이라도 하루 종일 머리를 굴리고 살 순 없다는 얘기다. 생물도 아니고 기계인 컴퓨터도 하루 종일 켜놓고 작업하면 자연스럽게 속도가 느려져서 한 번쯤은 대기 모드로 바꿔주거나 재부팅을 해주어야 하는데, 사람도 마찬가지라고 생각한다. 빡세게 머리를 굴리는 시간이 있으면 하루 중 어느 정도는 머리를 텅텅 비우고 말없이 허공을 바라보는 시간 역시 있어야 한다는 것이다.

그럼에도 불구하고 세상은 우리에게 일말의 멍 때릴 시간도 주지 않는다. 멍하게 가만히 앉아서 쉬고 있으면 꼭 눈치없는 누군가가 텅 빈 머릿속에 생각을 때려넣어 주는 것이다. '이봐 최 씨 거기 가만히 있지 말고 여기 와서 자재 좀 옮겨', '박 대리 지금 뭐하는 거야 내가 시킨 서류는 다 하고 쉬는 거지 지금', '엄마 나 배고파 간식 줘 나 오늘은 왠지 마카롱이 먹고 싶네 헤헤', '김리뷰 씨 지금 원고는 다하고 쉬고 있는 거 맞죠? 전 김리뷰 님 믿어요 파이팅' 같은 말들이 우리를 쉴 새 없이 고통스럽게 만든다. 다 사람 살자고 하는 짓인데 쉬엄쉬엄 하면 어디가 덧나나. 안 하겠다는 것도 아닌데 거 너무하는 거 아니냐고.

그래서 그냥 난 지금 멍 때리고 있다. 머리를 비우고 명상을 하면서 바람소리와 새소리와 냉장고 돌아가는 소리를 느끼다 보면 새로운 아이디어가 나오겠지. 제발 그랬으면 좋겠다…

회초리

미친놈한테는 매가 약이지!

…응?

※ 설명충 : 회초리를 뜻하는 '매'와 맹금류인 '매'가 발음이 똑같다는 것을 이용한 언어유희.

대한민국 교육과정을 거친 웬만한 성인 남녀라면, 누구든지 학창시절에 매를 맞아본 기억이 적어도 한 번쯤은 있을 거라고 생각한다. 그게 선생님이든 부모님이든 간에 말이다. 물론 나는 선생님 부모님에 삼촌과 사촌 형까지 가리지 않고 두들겨 맞았지만… 어쨌든 요는 누구나 매를 맞아본 기억이 있다는 점이다. 미친놈(년)한테는 매가 약인데, 살면서 누구라도 한 번쯤은 미쳐본 경험이 있지 않은가. 당연한 일이다.

태생적으로 어느 정도 미친 상태에서 태어나는 애들은 필연적으로 어렸을 때부터 매를 많이 맞게 되는데, 나는 그 중에서도 완전히 답이 없는 미친놈이라 매를 무지막지하게 맞아왔다. 회초리로 쓰인 도구도 매우 다양했다. 나뭇가지, 밀대, 옷걸이, 주두 파편, 장구채, 알루미늄 배트… 맞는 이유 역시 많았다. 준비물을 안 가져와서, 숙제를 안 해와서, 가정통신문에 사인을 안 받아와서, 친구 가방에 사마귀를 넣어서(이건 좀 심했다) 등등. 사고뭉치라기보단 내 존재 자체가 재앙이었던 것 같다. 난 디제스터였다.

　　무엇보다도 나를 제일 고통스럽게 한 것은 바로 어머니의 버드나무 회초리였다. 대체 근원지를 알 수 없는 이 버드나무는 휘두를 때마다 '획획' 하는 무시무시한 소리가 나는데, 어머니가 이걸 가져오실 때마다 나는 공포에 질린 얼굴로 방구석과 삼단합체를 하곤 했다. 고작 나뭇가지 한 묶음에 인간이 얼마나 공포에 질릴 수 있는가, 나는 나도 모르게 오줌을 살짝 지리기도 했다. 부끄러운 이야기지만 맞아 보지 않은 사람은 모른다.

　　그 다음으로 아팠던 회초리는 중학교 국어선생님이 썼던 매인데, 이 선생님은 매를 통한 체벌을 하나의 예술의 경지로 승화시킨 장인 회초리 꾼이었다. 이 선생님이 썼던 매는 학생들의 엉덩이 모양에 맞게 아주 잘 다듬어져 있었는데, 소문으로는 두 가지 설이 있었다. 45년간 나무만 깎아온 목수계의 마에스트로에게 주문제작을 했다는 설, 그리고 원래는 그냥 각목 같은 사각형 모양이었는데 수많은 학생의 엉덩이를 때리다 보니 엉덩이 모양에 맞게 나무가 파였다는 설. 어느 설이 맞든 무시무시한 이야기가 아닐 수 없다.

　　그런데 내가 학창시절 맞았던 매들이 모여 나를 갱생시키는 데에 좋은 영향을 끼쳤느냐 하면 그건 아닌 것 같다. 맞아서 해결될 똘기였다면 진작에 치료가 됐을 것이다. 또라이 성분비 일정의 법칙에 따르면 우리 사회에는 언제나 일정한 비율의 또라이가 있다. 이 모두를 두들겨 패서 갱생시키려면 너무나 많은 에너지와 스트레스를 지불해야할 텐데, 그건 좀 비효율적인 것 같다. 회초리를 쳐서 맞지도 않는 길에 학생을 들여놓는 것보다는 그냥 어떤 긍정적인 방향으로 똘기를 방출시킬 수 있는지 궁리하는 게 더 생산적인 판단이 아닐까. 조금 머리가 돌았다고 해서 그게 맞을 만한 짓은 아니잖아.

자기개발서

※ 설명충 : 법적으로 문제가 생길까 봐 자기개발서들을 찍어서 올릴 수 없었다. 그냥 적절한 사진으로 대체함.

자기'계'발서인지, 자기'개'발서인지 몰라서 인터넷에 검색해 봤는데 둘 다 써도 별 상관없다고 해서 그냥 끌리는 쪽으로 쓰라고… 결론은 계는 쉬프트끼를 눌러야 하고, 개는 안 눌러도 되니까 개로 쓰기로 했다. 이런 사소한 것에도 효율을 생각하는 나란 인간은 대체 얼마나 쓸데없고 귀찮은 인간인가, 글을 쓰기도 전에 그런 생각들을 했다.

나는 애초에 책 같은 걸 잘 보지 않는다. 요즘은 종이책을 대체할 수 있는 매체들이 아주아주 많기 때문이다. 뉴스도 인터넷으로 보고, 책도 사실 E-book 형태로 구매해서 얼마든지 편하게 볼 수 있다(난 물론 E-book도 안 본다) 시간이 없다는 건 사실 핑계고, 그냥 딱히 읽을 생각이 들지 않는다고나 할까, 책 살 돈으로 밥 한 끼를 더 먹겠다고나 할까, 이런 소시민적인 생각이 나를 더욱더 멍청하고 바보같이 만드는 것 같기도 하다. 그래도 책이 싫은 건 아니다. 무엇보다도 〈드래곤볼〉, 〈슬램덩크〉도 종이책이고. 책방에 가끔 들러서 새 책 특유의 냄새를 맡으면서 오르가즘을 느끼는 건 내 유난스런 취미 중 하나다. 물론 거기 앉아서 진득하게 책을 읽지는 않지만.

그런데 책방에 가서 보면, 특히 '베스트셀러'라고 쓰인 매대를 보면, 웬만한 책들이 다 자기개발서라는 느낌이다. 애초에 책 자체가 '지식의 보고', '마음의 양식' 같은 표현들처럼 자기개발의 의미가 기본적으로 있긴 하지만, 어떤 삶의 자세나 방식을 강조하는 책들이 많아 보인다는 얘기다. '나는 이렇게 해서 존나 성공적인 삶을 살았다!!! 니들도 보고 배워라!!!' 같은 느낌이라고나 할까? '평소 XX하는 습관을 들여라. 그러면 XX하게 될 것이다'라는 문장은 이미 '최근 한 온라인 커뮤니티에서는'과 같은 수준의 경구가 되어 버린 기분이다.

자기개발서가 불티나게 팔리는 모양새를 보면서, 이렇듯 '자기개발' 하지 않으면 살 수 없는 시대구나 하는 생각도 들었다. 끊임없이 자신의 가치를 높이고, 발전시키고, 개발해야 생존할 수 있는 사람들. 뭔가 초등학교 이후로 어떤 방향으로든 발전이 없이 정체되어 있는 나와는 완전히 다른 삶을 살고 있는 것 같다. 난 그대로인데 세상은 끊임없이 바뀌기 때문이다.

시대를 초월한 명작 〈이상한 나라의 앨리스〉에 나오는 장면 중에서 그런 게 있다. 주위 풍경이 너무나 빠르게 움직여서, 내가 뛰지 않으면 정상적인 세상에 살 수조차 없는 그런 장면. 어릴 땐 뭐 이런 게 다 있냐, 이런 세상이 있으면 정말 힘들겠다고 생각했었는데, 어느새 정말 그런 동화 같은 세상에 살고 있는 우리들을 보면서 쓸쓸한 기분이 드는 건 별 수 없다. 계속 앞으로 달려 나가는 사람들, 자기개발서는 그 연료고, 지구의 자전주기는 그대로인데도 세상은 너무 빠르게 느껴진다.

결국 자기개발서 대신 인문학을 읽어라, 인문학이 얼마나 소중한 줄 아냐, 인문학적 인재가 요즘 인기다, 이런 얘기를 하려는 게 아니다. 내가 말하고자 하는 결론은 내 책을 사라는 것이다. 내 책은 자기개발서도 아니고 인생에 아무 도움도 안 되는 책이지만, 적어도 잔망스러운 재미는 있지 않은가. 그냥 속 편하게 만 몇천 원 정도만 쓰면 불우이웃(나)도 도울 수 있고, 개꿀잼까지는 아니더라도 피식잼 정도는 노려볼 수 있을 것이다. 자기개발서나 인문학의 시대는 갔다. 이제는 내 책이다. 그러니까 내 책을 사라.

3

늙은 사람이 아프지——

——청춘이 왜 아프냐

#IQ

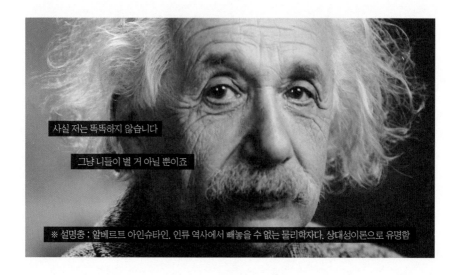

사실 저는 똑똑하지 않습니다

그냥 니들이 별 거 아닐 뿐이죠

※ 설명충 : 알베르트 아인슈타인. 인류 역사에서 빼놓을 수 없는 물리학자다. 상대성이론으로 유명함

보통 우리나라 사람들이 전 세계에서 가장 IQ가 높다는 얘기를 들어본 적이 있을 것이다. IQ 평균 수치가 세 자리 수가 넘어가는 유일한 나라라느니… 어느 공신력 있는 기관에서 측정해 통계를 냈는지는 모르겠지만 여튼 그렇다고 한다. 또, 주위를 둘러 보면 본인 아이큐가 130 이상이라는 사람이 꼭 한두 명씩은 있다. 심지어는 멘사에서 스카웃 제의가 왔다는 얘기도 한다(멘사는 그냥 동호회 개념의 단체다. 스카웃 같은 거 안 하고 가입 요청하면 검사하고 들어가는 곳. 무슨 지구방위대도 아니고…). 그런데 정말 이상한 일이다. 정규분포에 따르면 IQ 130 이상이 되는 사람은 상위 2% 정도인데, 어째 만나는 사람마다 130, 140을 넘는 사람이 있는 걸까?

사실은 그렇다. IQ가 저렇게 높게 측정되었다는 사람들 중 대부분은 어렸을 때 마지막으로 측정한 경우가 많다. 사실 IQ 테스트라는 게 방법이 워낙 다양한데다, 근거 없이 야매로 테스트를 진행하는 기관도 많다. 당연히 신빙성이 떨어진다. 거기에 표준편차(SD)라는 수치에 따라서 같은 지능도 다른 수치로 산출이 되기 때문에(SD15일 때의 IQ 130 = SD24일 때의 IQ 148) 단순 수치만으로 파악을 하기 어렵다는 것. 무엇보다도 어릴 때의 IQ 테스트와 성인이 되고 나서의 IQ 테스트는 근본적으로 다르다. 만약 내가 성인이 된 후 검증받은 기관에서 IQ 테스트를 받은 적이 없다? 그럼 그냥 본인의 IQ를 모르는 것이다.

무엇보다도 우리나라의 경우 IQ에 대한 환상이 있는데, 이건 그냥 존나 쩌는 교육열 때문이다. 우리의 부모님들은 가장 처음 지능지수라는 개념을 접하곤 금방 다음과 같은 공식을 습득하셨을 것이다. 'IQ가 높다 = 공부를 잘한다'라는 공식. 그렇게 교육열을 이용한 야매 IQ 테스트 장사가 판을 치고, 여기저기서 IQ가 130이니 140이니 하는 아이들이 나오게 된 것이다. 그리고 과외나 학원을 하다 보면 꼭 학부모님께 듣게 되는 말이 탄생하는데… '우리 아이가 머리는 좋은데, 공부를 안 해서요.'

그냥 그랬으면 좋았을걸. '넌 머리가 좋으니까, 뭘 하든 금방 잘할 거야', '공부를 안 해서 그렇지 너는 언제든 할 수 있을 거야'라는 말보다, '난 너에게 명석한 머리를 물려주지 못했고, 우리 집은 너에게 비싼 과외나 학원을 대줄 경제력이 없다. 넌 네가 하고 싶은 걸 하기 위해서 좀 더 노력하고, 스스로 발전해나가야 한단다'라고 처음부터 말해줬으면 좋았을걸. 사실 난 천재가 아니고, 그저 세상의 수많은 사람들 가운데 살아남아야 하는 평범한 사람이라는 걸 미리 알려줬었다면.

'특별한 아이'에서 '평범한 어른'이 되는 과정이란 참 슬프고 고단한 과정이다. 인정하기 싫다. 손이 부들부들 떨렸다. 안구건조증이라 눈물은 나오지 않았지만 많이 슬펐다. 그럼에도 불구하고, 누구나 거쳐야 하는 과정이다. 나는 천재가 아니라 범재다. 행복해지기 위해 남들처럼 부단히 노력해야 하는. 그러나 IQ가 지능 자체를 결정해주지 않듯 내가 범재라는 사실이 내 인생을 결정하지는 않을 것이다. 그냥 열심히 살 뿐이다. 지금은 비록 평범하지만, 훗날은 비범하고 특별한 인생이 될 수 있도록. 95라고 나오는 내 IQ 검사 결과가 말해준 교훈은 이게 전부였다.

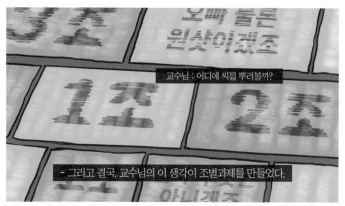

교수님 : 어디에 씨를 뿌려볼까?

- 그리고 결국, 교수님의 이 생각이 조별과제를 만들었다.

- 과연 이 두 케이스의 공통점은 무엇일까, 우린 이미 답을 알고 있다.

?!??!??????

- 그렇다… 완전히 실패했다는 것이다.

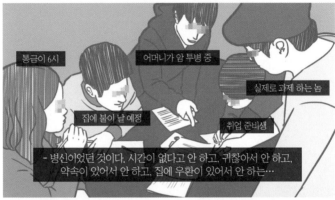

너무 그러지마

귀찮음이란 인간의 본능이라구

- 하물며 게으름의 화신인 인간이 공산주의나
조별과제 따위를 할 수 있을 리 없다. 돈을 주는 것도 아니고…

지구상에서 가장 병신 같은 치킨게임

주로 졸업반 고학번이 울면서 나선다

- '내가 아니더라도 누군가 하겠지' 라는 본능적 이기주의.
결국 마지막에는 쫄리는 사람, 급한 사람이 알아서 하게 되는 것이다

조별과제 개노답 삼남매다 !

- 그렇다고 협력해서 꼭 좋은 결과물이 나오는 것도 아니다.
저퀄의 PPT, 말더듬 발표, 복불한 자료… 모든 것이 우릴 고통스럽게 한다.

- 무엇보다도 가장 큰 문제는 조별과제가 단순한 과제가 아니라 인간관계와 얽혀 있는 문제라는 사실이다.

- 상대는 같은 학교의 학우, 심지어는 같은 과 학생… 마음 내키는 대로 마구 다그치기도 어려운 일이다.

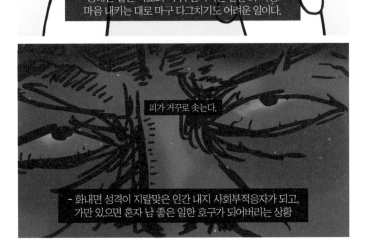

- 화내면 성격이 지랄맞은 인간 내지 사회부적응자가 되고, 가만 있으면 혼자 남 좋은 일한 호구가 되어버리는 상황

내가 만난 그 놈(년)은 뭐지…

환술이었나?

- 그런데 정말정말 신기한 건 인터넷이나 SNS에선
조별과제의 피해자들밖에 없다는 것이다.

저기 교수님 조원 한 명이 계속 안 나오는데요

낙오는 없습니다
전원 다 참여하세요

연대책임 알죠?

불변의 가해자는 조별과제 시키는 교수님뿐이다

- 결론은 조별과제에서 영원한 가해자, 피해자는 없다는 것.
단지 매 학기 본인이 처하게 되는 상황에 따라 바뀔 뿐이다.

혼자서 해도 될 일을 여러 명 한테 맡기니까 망하지

백지장을 맞들어 봤자 그냥 쓰레기라고

- 그러니까 제발 법적으로라도 조별과제를 규제했으면 좋겠다.
그냥 놔둬도 충분히 유능한 대학생을 괜히 묶어서 바보 만들지 말고…

226

바야흐로 이력서의 시대다. 사람을 판단하는 많은 기준 중에서, 사회는 아마 이력서라는 부분을 가장 큰 것으로 봐주는 모양이다. 무한한 경쟁체제 속에서 사람들은 이력서에 한 줄이라도 채워 넣고자 온갖 노력을 기울인다. 어디에서 인턴으로 일했고, 어디에서는 어떤 활동을 했고, 어떤 학교를 나왔고, 어느 정도의 어학시험 점수를 땄으며 또 어떤 자격증이 있고… 뭐 그런 것들. 이력서와 자기소개서(자소서)는 이미 사회의 필수요소쯤 되는 느낌이다.

솔직히 말하면 나는 좀 특수한 케이스다. 학교를 휴학하고 페이스북에 평소 하던 헛소리 늘어놓는 거 하다 보니 어쩌다 뜬금없이 나를 원한다는 회사한테 연락을 받아서 얼떨결에 취직을 하게 됐고, 그렇게 일을 하다가 뜬금없이(병신같이) 회사에서 나오게 됐다. 진짜 인생 되는 대로 산다는 느낌이다. 이게 대체 뭐하는 짓이지… 어쨌든 꾸준히 들어오던 월급이 뚝 끊긴다는 건 꽤 무서운 일이었다. 밥을 덜 먹고 라면을 먹어야 했고 택시 타던 걸 버스를 타고 가야 하는 것이었다. 어쩔 수 없이 다시 취직을 해야 하는 상황, 아직 학생이던 시절 알바를 구하기 위해 대강 써냈던 이력서가 아니라, 난생 처음 제대로 된 이력서를 써보는데 생각보다 그리 오랜 시간이 걸리지 않았다. 뭐 쓸게 있어야 쓰지. 무슨 고등학교 졸업했고 무슨 대학교를 다니다 휴학 중이라는 얘기를 잘 생각도 나지 않는 날짜와 함께 적고 나니 나머지 아래쪽 빈칸을 채우기가 겁나 막막했다. 어학 능력? '한국말도 잘 못함' 자격증? '유치원 때 땄던 한자 8급이랑 태권도 2단도 쳐주나요?'

　　망했다. 누구도 이 이력서를 보고 사람을 뽑아주지 않을 것이다. 나 같아도 안 뽑는다. 이력서의 무서운 점은 바로 이것이다. 나는 여태껏 뭘 하고 있었냐는 질문에 대답할 기회조차 얻지 못하는 이 패배감. '넌 병신이다! 인정해!'라고 말하는 이력서. 갑자기 치밀어 오르는 화를 참지 못하고(선천적으로 분노조절장애가 있는 것 같다) 이력서를 갈기갈기 찢어놓았다. '뭐래는 거야, 종이 쪼가리가…(주륵)' 그때 연락이 왔다. 출판사에서. 내가 운영하던 페이지 컨셉으로 책을 한 번 내보자고. 나는 그게 뻥인 줄 알았다. 제대로 된 출판사라면 그딴 되도 않는 제안을 하지 않을 테니까. 그래서 결과는? 지금 보고 있는 대로다. 이 책 팔리긴 할까?

배고픔

Stay hungry…

응?

- 나는 늘 배가 고팠다.

파오후-

쿰척쿰척

- 이게 절대적으로 먹는 양이 부족해서는 아니었다.
내가 근본적으로 많이 처먹는 인간이기 때문이다.

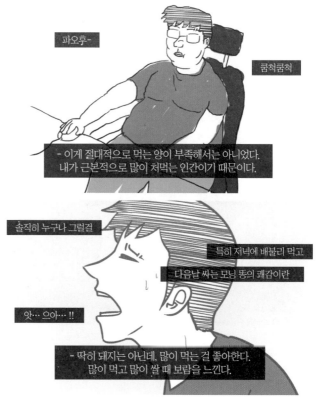

솔직히 누구나 그럴걸

특히 저녁에 배불리 먹고

다음날 싸는 모닝 똥의 쾌감이란

앗… 으아… !!

- 딱히 돼지는 아닌데, 많이 먹는 걸 좋아한다.
많이 먹고 많이 쌀 때 보람을 느낀다.

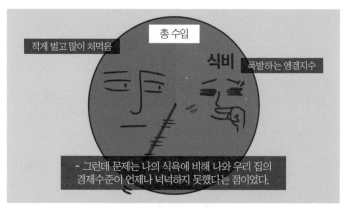

총 수입

적게 벌고 많이 처먹음

식비

폭발하는 엥겔지수

- 그런데 문제는 나의 식욕에 비해 나와 우리 집의 경제수준이 언제나 넉넉하지 못했다는 점이었다.

장염이라는 게 후유증이 상당하다

나는 아직도 산채비빔밥 못 먹음

- 한 번은 그랬다. 장염을 겪고 나서 그 후유증 때문에 한동안 아르바이트를 나가지 못했던 나는

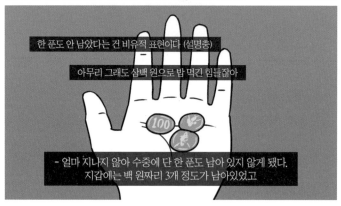

한 푼도 안 남았다는 건 비유적 표현이다 (설명충)

아무리 그래도 삼백 원으로 밥 먹긴 힘들잖아

- 얼마 지나지 않아 수중에 단 한 푼도 남아 있지 않게 됐다. 지갑에는 백 원짜리 3개 정도가 남아있었고

230

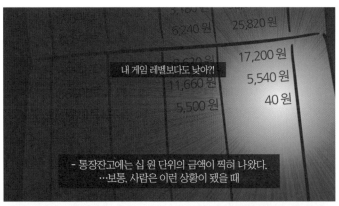

내 게임 레벨보다도 낮아?!

- 통장잔고에는 십 원 단위의 금액이 찍혀 나왔다.
…보통, 사람은 이런 상황이 됐을 때

그리고 사다 둔 라면은 다 먹었다

- 일단 현실을 부정한다. '어디든 돈이 남아 있을 거야' 라고.
근데 없다. 저금해둔 돈도 박스째 라면 사느라 다 썼고

평소에 많이 굴러다녔던 것 같은데

신기하게도 진짜 하나도 안 나옴

- 왠지 내가 집안 곳곳에 돈을 흘려뒀을 것 같아서
갑자기 미친 듯이 집을 뒤지는데 동전 하나 나오지 않았다.

그렇습니다

너는 망했습니다…

- 그렇다. 난 거지가 된 것이었다. 불행 중 다행인지
월세는 이미 낸 상태라 쫓겨날 걱정은 없었지만

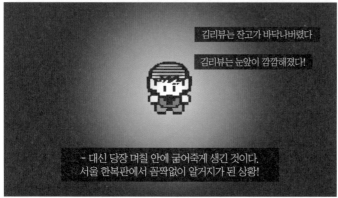

김리뷰는 잔고가 바닥나버렸다

김리뷰는 눈앞이 깜깜해졌다!

- 대신 당장 며칠 안에 굶어죽게 생긴 것이다.
서울 한복판에서 꼼짝없이 앉거지가 된 상황!

어머니뮤ㅠㅠㅠ

- 부모님에게 돈을 달라고 하기에는 이미 장염으로 고생하면서
긴급 수혈을 받은 상태. 나는 집안 사정을 너무나 잘 알고 있었고

나 먹고살겠다고 여기저기에 피해를 많이 끼쳤다

찔끔찔끔 갚아나가던 중이었는데… 물론 지금은 다 갚았음

- 친구론(Loan)도 여의치 않았던 것이 친구들에게도 돈을 여기저기서 꿨던 탓에 더 빌려달라고 하기엔 좀 무리였다.

- 고립무원, 사면초가, 풍전등화, 오리무중! 문자 그대로 좆된 상황이었다. 나는 망했다.

아아 … 아아아아아 … !!!

- 어제 라면에 계란을 넣어 먹은 것을 후회했다. 라면 따로, 계란 따로 먹었으면 더 오래 살았을 텐데…

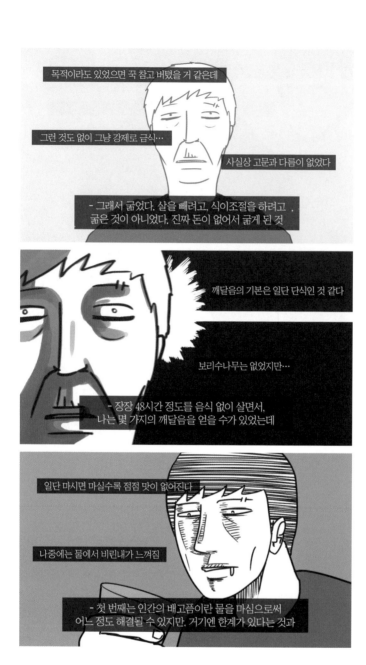

목적이라도 있었으면 꾹 참고 버텼을 거 같은데

그런 것도 없이 그냥 강제로 금식…

사실상 고문과 다름이 없었다

- 그래서 굶었다. 살을 빼려고, 식이조절을 하려고
굶은 것이 아니었다. 진짜 돈이 없어서 굶게 된 것

깨달음의 기본은 일단 단식인 것 같다

보리수나무는 없었지만…

- 장장 48시간 정도를 음식 없이 살면서,
나는 몇 가지의 깨달음을 얻을 수가 있었는데

일단 마시면 마실수록 점점 맛이 없어진다

나중에는 물에서 비린내가 느껴짐

- 첫 번째는 인간의 배고픔이란 물을 마심으로써
어느 정도 해결될 수 있지만, 거기엔 한계가 있다는 것과

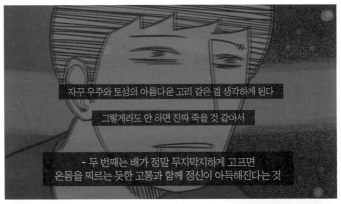

자꾸 우주와 토성의 아름다운 고리 같은 걸 생각하게 된다

그렇게라도 안 하면 진짜 죽을 것 같아서

- 두 번째는 배가 정말 무지막지하게 고프면
온몸을 찌르는 듯한 고통과 함께 정신이 아득해진다는 것

2014년 10월 1일 · 🌙

형 나 내일 중요한 약속있어서
밤에 뭐 먹으면 부어서 안 돼
라고 말하고 10분 후 현재상황 — 김상진님과 함께.

나 빼고 다 배부르네ㅋㅋ 이 새끼들ㅋㅋ

친구삭제

- 그리고 그 와중에 페이스북에 먹을 거 자랑하는 놈들은
배가 고픈 입장에서 존나 개 같은 놈들이라는 사실이다.

좋아요 13개   댓글 2개

분명 파스타랑 피자를 파는 곳이었는데

탱글 ㅍ ㅍ 탱글

밥은 잡채나 제육덮밥 같은 걸 먹었다…

- 결국 이틀 만에 중석식을 모두 챙겨주는 레스토랑에
아르바이트를 구해서 간신히 목숨을 부지할 수 있었지만

서울말

서울…

쏘울 오프 아시아…

※설명충 : 서울(Seoul)과 '영혼'을 뜻하는 소울(Soul)의 발음이 비슷하다는 것을 이용한 말장난.

몇 년 전 서울에 처음 상경했을 때가 생각이 난다. 나는 인생의 대부분을 대구에서 살았는데(다섯 살 때부터), 서울에 올라온 것은 고3 때 대학 입학 논술시험을 치답시고 무궁화호 타고 올라온 게 처음이었다. 정작 그때 본 시험은 떨어지고 수능점수로 대학을 갔지만…

그 시절의 나는 존나 완전히 풋내기였다. 처음으로 상경한 모든 사람이 그렇듯 일단 겹겹게 꼬여 있는 지하철 노선도에 놀라고, 숨 막힐 정도로 많은 사람들에 놀라고, 빽빽하게 채워진 고층건물들에 또 한 번 놀랐다. 그러나 내가 무엇보다도 경악했던 것은 서울 사람들의 말투였다.

지방, 특히 억양이 센 호남이나 영남의 경우에는 TV에서 나오는 드라마나 한국영화에서 나오는 말투에 이입하기가 쉽지 않다. 왜냐면 그건 서울말이기 때문이다 솔직히 나도 그랬다. '누가 저런 식으로 말하지?'라고 생각한 적이 솔직히 한 두 번이 아니다. 그냥 영상물이니까 그러려니 했다.

그런데 맙소사. 서울역에 도착하자마자 들리는 희한한 억양. 그렇다. TV에서 나오는 그 어색한 말투는 실제로 쓰이고 있는 말투였다. '야, 너 밥 먹었＼어╱?' '전주╱ 날씨는╱ 어때요╱?' 같은 걸 실제로 쓰는 곳이라니. 미쳤다. 이곳은 미친 곳이다…

더욱 무섭고 소름이 돋는 사실은 이곳 서울사람들에게는 내 사투리가 어색하고 신기해보일 것이라는 점이었다. 잠깐 옛날 생각이 났다. 고등학교 시절 서울에서 전학왔던 한 친구. 어쩔 수 없이 나오는 서울억양 때문에 상당히 디스를 당했다. 그땐 아무런 생각이 없었는데, 설마 내가 비슷한 상황이 될 줄이야.

지금이야 상경을 한 후 서울에서 서울말 쓰는 서울사람들과 수년을 생활하다 보니 사실상 네이티브 수준으로 서울말을 구사할 수 있지만 사투리가 워낙 강력하게 체화되어 있던 당시에는 정말 이상한 경험을 많이 했었다. 모 코미디 프로그램에서 '서울말은 끝 부분만 올리면 된다'고 해서 그대로 했더니 서울역에서 시청역까지 택시비가 8천 원이 나오는 기적을 경험하기도 했고, 피씨방에서 게임을 하다 화가 난 나머지 사투리로 욕을 했더니 주위사람들이 이상한 눈빛으로 쳐다보기도 했다. 하하, 역시 인정이 넘치는 서울사람들!

이제와서 생각하건대, 사실 표준이라는 건 어디까지나 '표준'일 뿐이다. 표준, 기준, 기본, 평균… 내게 평범함을 요구하는 많은 단어들이 있지만, 나는 공산품이 아니고 우리나라는 공산주의가 아니다. 다른 사람에게 피해가 되지 않는다면야, 내가 특이하거나 달라서 문제가 되는 건 아니다. 나는 굳이 표준말을 익힐 필요가 있었을까? 아들이 서울말을 한다며 어색해하는 어머니를 보며 생각하는 요즘이다.

나는 기본적으로 올빼미형 인간이다. 밤에 잠을 잘 못 잔다고 하기보단, 뭔가 일을 할 때 아침보다는 밤에 더 집중력이 발휘되는 케이스다. 리뷰도 오후에 자주하고, 이 책 원고도 대체로 해가 지고 난 다음에 본격적으로 썼다. 생각해 보면 아침이나 낮에 뭘 해야 할 때 제대로 한 적이 없다. 덕분에 우체국에 가서 택배 부치기, 은행업무 보고 오기, 주민센터 가서 서류 뽑아오기 등등 필연적으로 '평일 낮'에 해야 하는 일들을 의도치 않게 자꾸 미루는 습관이 있다. 뭔가 사회와 적합하지 않은 인간형이다.

내 업무 능률은 결국 밤이 가까워질수록 극한에 다다른다는 것인데, 나도 인간인지라 밤에는 잠이 온다. 역설적이게도 가장 효율적으로 움직일 수 있을 때 나는 가장 피곤한 상태라는 것. 존나 글러먹은 신체구조가 아닐 수 없다. 그런데 어쩌겠는가, 이렇게 태어난걸… 그래서 밤늦게 까지 졸음을 참으며 작업하면 어느 정도 진척이 생긴다. 그리고 시계를 보면 어느새 새벽 3시!

자고 싶지 않아서 못 자는 게 아니다. 신체구조가 이래서 그렇다. 아침에 일찍 일어나고 저녁에 일찍 자는 습관을 길러 보려고 노력했지만 나한테는 전혀 맞지 않는 방법이었다. 그래서 그냥 나는 내 자의적 불면증을 받아들이기로 했다. 낮이 다 되어서 늦게 일어나고, 밥을 먹고 오후에 대강 일 처리를 하고, 저녁부터 작업을 시작해 새벽까지 달린다. 배가 고프면 새벽 1~2시에 라면도 끓여 먹는다. 그게 저녁식사다. 야식이 몸에 안 좋다는데 뭐 어떠냐, 다 먹고살자고 하는 짓인데.

늦은 새벽 뻐근한 몸을 일으켜서 잠깐 창을 내다보면 이 시간에도 여기저기에 불빛이 보인다. 한참 자다가 장염이 터져서 봉변을 보고 있는 게 아니라면 다 나와 비슷한 사람들일 것이다. 아침보단 밤이 익숙한 사람들. 빛보단 어둠에 더 적응을 잘하는 어둠의 자식들. 한국의 야경은 다 우리 같은 사람들이 만드는 걸게다. 나를 포함한 우리나라의 모든 불면증er들… 파이팅.

막장 드라마

ㅋㅋㅋㅋ

애초에 드라마를 챙겨 보는 남자가 얼마나 될까…

- 나는 드라마를 잘 보지 않는다.

그래서 그냥 영화를 본다

대개 영화는 한 편 안에서 모든 게 끝나니까

- 일단 한 편을 보면 다음 편을 봐야 한다는 생각 때문에
왠지 부담스럽기 때문이다. 원래 본방사수를 하는 성격도 아니고

꺄르륵
꺄르륵

빵긋

한국 드라마 : 기승전사랑

일본 드라마 : 기승전교훈

미국 드라마 : 기승전범죄

잉♥

앙♥

- 무엇보다도 우리나라 드라마의 경우 내용이 다 똑같다는
생각이 들었기 때문이다. 기승전사랑… 이것이 전부다.

생각해 보면 사랑얘기가 없는 긴 공화국 시리즈 정도였다

하긴 이건 사랑 같은 게 들어갈래야 들어갈 수 없는…

- 1960년대 이후 TV 방송이 활성화되면서 드라마 역시
비슷한 역사를 갖고 있는데, 그동안 계속 사랑얘기만 해댔으니

멀쩡하던 회사가 부도, 갑자기 김밥집을 차리는 여주인공…

다들 어디서 한 번은 본듯한 내용들이다

- 그야말로 온갖 형태의 사랑드라마가 다 나오고야 말았다.
잘생긴 재벌 2세, 사랑의 도피, 고부 갈등, 알고 보니 남매 등등

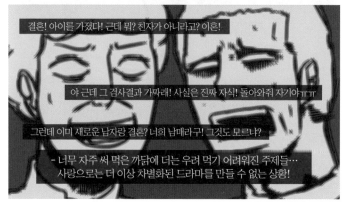

결혼! 아이를 가졌다! 근데 뭐? 친자가 아니라고? 이혼!

야 근데 그 검사결과 가짜래! 사실은 진짜 자식! 돌아와줘 자기야ㅠㅠ

그런데 이미 새로운 남자랑 결혼? 너희 남매라구! 그것도 모르냐?

- 너무 자주 써 먹은 까닭에 더는 우려 먹기 어려워진 주제들…
사랑으로는 더 이상 차별화된 드라마를 만들 수 없는 상황!

미친놈들아

그냥 사랑이 주제가 아닌 걸 만들어

- 그러자 한국 드라마는 마침내 평범함을 거부하기로 했다.
현실을 초월한 사랑을 드라마로 표현하기 시작한 것이다.

내 스토리가 진부해?

용서할 수 없어… (부들부들)

- 대부분의 시청자가 평범하고 진부한 스토리에 신물이 난 상태.
그때부터였다. 방송 작가들이 마약을 하기 시작한 것은…

딱 봐도 쟤네 둘이 남매네… 어휴

이젠 그냥 보인다 보여

- 이제 드라마는 그저 하나의 영상물이 아니다. 사실상 시청자와
작가의 대결이랄까? 시청자가 스토리를 어느 정도 예상하면

이제 이걸 다 합친 드라마가 나올 것 같다

외계인이 시간 여행도 하고 생각도 읽음

드X곤 볼이잖아…?

- 소재의 범위도 굉장히 넓어졌다. 잘생긴 외계인이 나오거나,
시간 여행을 하거나, 생각을 읽는 초능력이 있거나 하는…

배우들은 밤샘촬영이 일상이고

촬영 스탭들은 말할 것도 없다카더라

- 사실 이건 구조적인 문제이기도 하다. 일단 우리나라의
드라마 촬영 환경 자체가 굉장히 열악하기도 하고

이렇게라도 안 하면 안 보잖아!

종영한다구!!

- 아무리 좋은 각본을 써도 초반 시청률이 안 나오면
금방 조기종영을 해버리는 탓에 작품성을 추구할 상황도 안 된다.

이게 뭐여… 뭐하는 드라마여?

한 번 봐봐야 쓰것구만

- 결국 뭔가 총체적인 난국이다. 자극적이지 않으면
눈길조차 주지 않는 시청자들의 취향도 취향이고

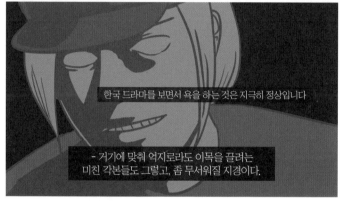

한국 드라마를 보면서 욕을 하는 것은 지극히 정상입니다

- 거기에 맞춰 억지로라도 이목을 끌려는
미친 각본들도 그렇고, 좀 무서워질 지경이다.

- 이젠 막드(막장 드라마)를 넘어서 또드(또라이 드라마)가 되었다는
판국이니… 난 모르겠다. 암 보험이나 들어놔야지.

오디션 프로그램

2009년 대국민 오디션을 모토로 출범한 방송 〈슈퍼스타 K〉가 전대미문의 성공을 거둔 후, 케이블과 지상파를 가리지 않고 여러 방송사에서 우후죽순 오디션 프로그램이 만들어지기 시작했다. 아무런 지연도, 학연도 없이 실력만 있다면 성공할 수 있다는 희망을 심어줬던 오디션 프로그램들…

그런데 이것도 장장 6년 동안 지속되다 보니 최근에는 인기가 다소 사그라든 것도 같다. 왜냐하면 시간이 지나면서 사람들은 깨달았기 때문이다. 오디션 프로그램 역시 아무한테나 기회를 주는 게 아니구나, 오디션 프로그램도 또 하나의 경쟁이구나 하는 사실을.

꼭 오디션 프로그램만의 일은 아니지만, 오디션 프로그램들을 보면 정말이지 사회의 축소판 같다는 생각이 자주 든다. 실력이 출중한데도 인성이나 성격 때문에 탈락하는 경우도 있고, 정말 최선의 노력을 다했음에도 불구하고 운이 나쁘거나 재능의 한계로 좋지 못한 결과를 얻기도 하는 걸 보면 몹시 안타깝기도 하다. 인생도 그렇다. 아무리 쌓아놓은 게 많더라도 한 순간의 실수로 모든 것을 잃어 버리기도 하는 것. 인생 자체도 그런데, 하물며 억 단위의 금액이 걸린 오디션 프로그램이야 뭐…

그래도 가끔은 누구나 그런 상상을 할 것이다. 나도 언젠가 저런 오디션 프로그램에 나가서, 심사위원들 앞에서 내 능력을 보여주고 박수와 찬사를 받는 그런 상상. 차이는 이런 상상을 현실로 만들고자 하는 욕구가 얼마나 강한가 하는 것 같다.

　　평소에 제 돈 주고 로또 사지도 않으면서 '아… 로또 1등 당첨되면 얼마나 좋을까…' 하는 푸념을 하는 건 정말 부질없는 짓이다. 남자라면, 아니 사람이라면 한 번 질러 봐야 결과를 아는 법. 확률상 적어도 로또 1등보다는 훨씬 가능성이 높을 것이다. 하고 싶으면 해라. 길지도 않은 인생인데, 질러보지도 못하고 끝나면 그보다 억울한 게 어디 있으랴.

길거리 음식

길거리 음식 먹는 데 이유가 어딨어

그냥 먹는 거지

※ 설명충 : 만화가 원사운드의 만화 중 나온 희대의 명대사. '게임하는 데 이유가 어딨어 그냥 하는거지'

    길거리에서 태어나서 그런지 길거리 음식을 좋아한다. 길가에 있는 포장마차나 즉석 음식 가판대를 그냥 지나치지 못한다. 안 먹어 본 곳이 있으면 꼭 하나씩 맛을 보고 가야 직성이 풀린다. 치솟는 물가는 길거리 음식에도 비슷하게 적용이 돼서, 예전에는 오뎅 5개 먹으면 천 원하고 그랬는데 요즘은 웬만해선 2개에 천 원이다.

    배를 채울 만큼 먹으려면 그냥 식당에 가서 백반 하나 먹는 것만큼이나 돈이 나오는데, 길 한가운데 서서 먹는 불편함을 감수하면서도 길거리 음식에 집착하는 이유는 나조차도 알 수 없다.

어렸을 적부터 어른들은 내게 '같은 값이면'이라는 말을 자주했다. 우리 어머니 역시 강조하던 것이었다. 같은 오천 원이지만 어떻게 쓰느냐에 따라서 돈의 가치가 다르다, 기왕이면 같은 가격에 좋은 것을 사라, 다홍치마를 살 수 있는데 왜 굳이 회색치마를 사겠느냐. 맞는 말이었다. 가뜩이나 없는 살림에 천 원짜리 하나 허투루 쓰지 말라는 가르침. 그런데 어머니 말씀대로라면 그렇다. 길거리 음식은 결코 다홍치마는 아니다. 근데 나는 가판대를 지날 때마다 끊임없이 회색치마를 탐한 셈이다. 그래서 버드나무로 수시로 맞는 걸까…

사실상 길거리 음식에는 문제점이 꽤 많다. 가장 많이 지적받는 문제 중 하나가 바로 '길거리 음식은 위생적이지 않다'는 것인데, 이건 솔직하게 말해서 빼도 박도 못하는 단점이다. 어떻게 보면 당연하다. 잘 닦인 건물을 하나 빌려서 잘 관리를 하더라도 위생 문제는 발생할 수 있는 것. 하물며 길거리에서 비닐 몇 겹 혹은 트럭 한 대로 운영을 하는데 아무리 노력을 기울이더라도 위생에 대한 문제는 생길 수밖에 없는 것이다.

세금도 그렇다. 듣는 얘기론 길거리 음식으로 벌어먹고 사는 사람들은 대부분 세금을 떼이지 않는다고 한다. 그럼 상가를 빌려서 정식으로 세금을 내면서 장사하는 사람들은 뭐가 된다는 말인가. 어떻게든 형평성에서 문제가 생긴다. 뭐 그렇게 치면 '건물을 빌릴 수 있는 사람들만 가게를 차릴 수 있는 거야?'라고 했을 때 또 다른 논란이 생기지만. 어쨌든 사람들 말로는 그렇다.

그런데 길거리 음식에는 이 모든 찝찝한 단점들을 죄다 커버하고도 남는 메리트가 분명 있다. 존나게 맛있다는 것이다. 그냥 길가다 냄새에 홀리듯 포장마차에 들러 집어 먹는 튀김 하나가 어떤 맛인지 먹어 본 사람은 고개를 끄덕일 것이다. 내가 매번 강조하는 부분이지만 산해진미도 길어야 일주일이고 사람은 매번 똑같은 걸 먹을 수 없다.

가끔 혹은 자주, 길거리 음식이 격하게 땡길 때가 사람들에게는 반드시 온다. 대충 육수를 부어 끓여낸 어묵, 잘 쳐줘 봐야 고추장 맛밖에 나지 않는 떡볶이와, 당면만 이빠이 쑤셔 넣은 순대인데도 그걸 못 먹어서 안달이 날 때가 온다.

그냥 그렇게 사는 것 같다. 위생이든 세금이든 소비자 입장에선 이런 자잘한 부분들보다도 맛있으면 장땡인 것이고, 그저 길거리 음식 자체가 주는 로망과 낭만을 즐기고 싶을 뿐이다. 홍대 근처 고시원에서 자취하면서 하루하루가 힘겨웠던 날 그나마 버티게 해줬던 것은 집근처 트럭 포장마차에서 팔던 라멘이었다.

어느새 푸드트럭이 합법화된 시대가 왔지만, 여전히 영업장소 제한 등으로 빛 좋은 개살구라는 얘길 듣고 있다고 한다. 왠지 사회문제 칼럼처럼 되어 버렸는데, 여기서 한 길거리 음식 성애자는 말한다. 좀 내버려둬라. 맛있는 건 항상 옳다.

장염

- 발단은 그랬다. 오랜만에 집 근처 식당에서 외식 겸 아침식사로 산채비빔밥을 먹었는데

- 씨발… 나는 그게 그렇게 어마어마한 결과를 가져올 줄은 꿈에도 알지 못했다.

사실 집에 가서 뭘 했는지 기억이 안 난다

아마 장 활동에 좋지 않은 무언가를 했겠지

- 그렇게 밥을 먹고 집에 가서 늦게까지 빈둥대다가, 집에 라면이 떨어져서 근처 마트로 향했다. 그런데

진심 태어나서 처음 듣는 소리였다

아마 15년 정도 쓴 중고 청소기에서 그런 소리가 날 것이다

- 이때부터 나는 무언가 심상치 않음을 느꼈던 것 같다.
배에서 비범하고 강력한 울림이 감지되었던 것

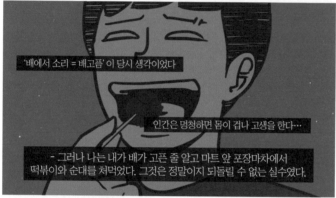

'배에서 소리 = 배고픔' 이 당시 생각이었다

인간은 멍청하면 몸이 겁나 고생을 한다…

- 그러나 나는 내가 배가 고픈 줄 알고 마트 앞 포장마차에서
떡볶이와 순대를 처먹었다. 그것은 정말이지 되돌릴 수 없는 실수였다.

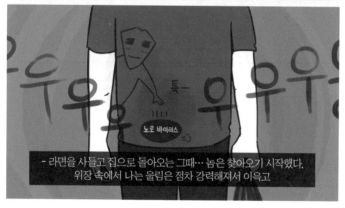

노로 바이러스

- 라면을 사들고 집으로 돌아오는 그때… 놈은 찾아오기 시작했다.
위장 속에서 나는 울림은 점차 강력해져서 이윽고

- 천둥번개를 동반한 폭풍 허리케인으로 바뀌어 있었다.
나는 본능적으로 느꼈다. 아… 내가 뭔가 큰 실수를 했구나…

허억…!!

- 진짜 그런 경험은 난생 처음이었다. 단 5초 만에 오한과 발열, 두통
그리고 눈이 뒤집히는 미친 복통이 동시에 찾아왔다.

모야 병신인가

행위예술이야 저거?

허어어어어억

바보야 빌리진이잖아 어휴

파르르

파르르

- 멀쩡하던 놈이 갑자기 다리를 후들거리면서 죽으려고 하니
주위 사람들이 나를 이상하게 쳐다 보는 것 같았지만

으으 제길 못 버티겠다!

살고자 하면 죽을 것이고…

- 상관없었다. 나에게는 이미 생존이 걸린 문제였기 때문에…
결국 살고자 하는 일념 하나로 간신히 집에 도착했지만

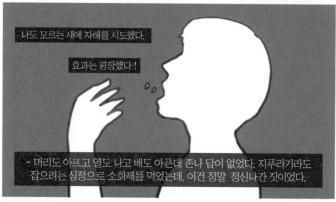

나도 모르는 새에 자해를 시도했다.

효과는 굉장했다!

- 머리도 아프고 열도 나고 배도 아픈데 존나 답이 없었다. 지푸라기라도
잡으려는 심정으로 소화제를 먹었는데, 이건 정말 정신나간 짓이었다.

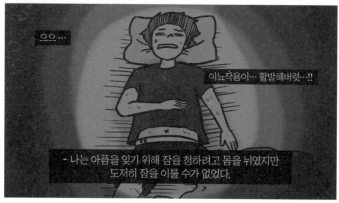

으으…

이뇨작용이… 활발해버렷…!!

- 나는 아픔을 잊기 위해 잠을 청하려고 몸을 뉘였지만
도저히 잠을 이룰 수가 없었다.

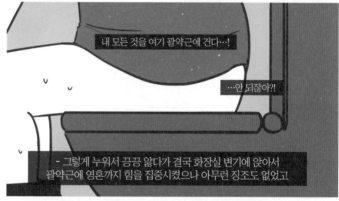

으어어어어어

으어어어어어…

- 그 후로 약 3시간 정도 변기에 더 앉아있었던 것 같다.
그리고 괄약근에 일말의 힘도 남아있지 않자 자연스럽게 똥이 나왔다.

나도 자세히는 못 보고 살짝 봤는데

키메라 같은 형상이었던 것으로 기억한다

- 아침에 먹은 산채비빔밥부터, 떡볶이와 순대, 그리고
소화제까지 모두 변기에 범벅이 되어 나오는데

쌀 똥이 없으면

물을 싸면 되지!

- 내가 처먹었던 모든 것을 뱉어내자 이젠 물똥이 나오기 시작했다.
정말이었다… 항문으로 오줌을 싸는 기분이랄까

그만… 그만…!!

제발 그만…!!

- 정말이지 비참한 순간이었다. 힘을 하나도 주지 않는데도 철썩철썩하고 물똥이 나오는 느낌이란…

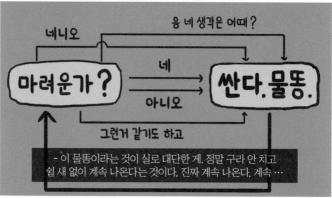

음 네 생각은 어때?

네니오

마려운가? ──네──→ 싼다. 물똥.

아니오

그런거 같기도 하고

- 이 물똥이라는 것이 실로 대단한 게, 정말 구라 안 치고 쉴 새 없이 계속 나온다는 것이다. 진짜 계속 나온다. 계속 …

배가 아프다고?

그럴 땐 항문을 조지면 된다!

- 진짜 뻥이 아니라 화장실을 오십 번 정도는 왕복한 것 같다. 그쯤 되니 배가 아픈 건 둘째 치고 항문이 너무 아팠다.

으… 으윽…

또… 똥송합니다…

- 그렇게 나는 온몸의 수분을 죄다 변기에 쏟아내고 나서야
비로소 지쳐 잠이 들 수가 있었는데

허억 …!!

어… 어라!?

보통… 보통 자고 일어나면 낫지 않나…?

- 다음날 아침 눈을 뜨자마자 나를 찾아온 것은
단전 아래로부터 올라오는 깊은 메스꺼움이었다.

으… 또 세탁 맡겨야 하나… (진짜 이딴 생각을 했다)

- 겨우 정신을 차리고 일어나 보니 베개와 매트가 내가 흘린
식은 땀으로 범벅이 되어 있었다. 그걸 보니 또 현기증이 났다.

'생각과 타격은 동시에 할 수 없다' 라는 말도 남겼다

즉, 포기하면 편하다는 뜻이다

- 그리고 또 다시 닥쳐오는 배변욕… 나는 끝날 때까지
끝난 게 아니라는 요기베라의 명언을 생각했다.

- 이른 아침부터 잠에서 깨자마자 물똥을 싸는 나의 모습…
거울 속의 나는 지구상에서 가장 불쌍한 사람이었다.

하필이면 밥을 영 좋지 않은 곳에서 먹었어요

선생은 앞으로 비빔밥을 먹을 수 없습니다

- 그리고 오전 9시… 병원 문이 열리자마자 가서 진료를 받았더니
나더러 장염이라고 했다. 내가 장염이라니?

터덜

터덜

그 와중에 이온음료가 겁나 비싸다는 걸 깨달았다

음료수가 무슨 약보다 비싸냐

- 겁나 아픈 주사를 한 대 맞고 약 타서 집으로 향했다.
이온음료가 좋다고 그래서 포카리 큰 통도 하나 사서 갔다.

먹는 족족 물똥으로 빠져나왔지만

탈수 증상 때문에 먹지 않을 수도 없었다

- 그리고 또 다시 시작되는 혼자 만의 싸움. 자다 일어나서
물똥 싸고 포카리 마시고 지쳐서 다시 자고…

- 인간 세상에 지옥이 있다면 바로 이것이다.
삶에 진정한 고통이 있다면 바로 이것이다.

으윽 … 똥 마시는데 포카리 냄새가 난다

- 그 후로 이온음료와 약만 줄창 먹어댄 후에야 겨우 회복할 수 있었다.
지금은 포카리 냄새만 맡아도 헛구역질이 날 지경이다.

- 정말 이번 장염으로 느낀 것은 사람은 정말이지
배가 아파서는 안 된다는 것이다. 그건 살아도 죽은 것과 다름없다.

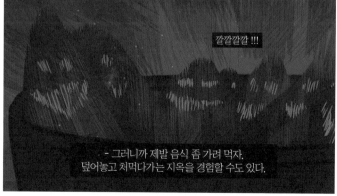

깔깔깔깔 !!!

- 그러니까 제발 음식 좀 가려 먹자.
덮어놓고 처먹다가는 지옥을 경험할 수도 있다.

음악

길 가면서 이어폰이나 헤드폰을 쓰면

주위 소음을 듣지 못해 사고가 날 수 있으니 조심합시다

※ 설명충 : 자나깨나 차조심 몸조심합시다.

　　좀 의외라고 생각할지 모르겠지만, 나는 음악에 굉장히 보수적인 인간이었다. 당장 고등학교 초반까지만 해도 아이돌 음악이나 힙합 같은 걸 듣는 일을 부끄럽다고 생각했고, 그래서 몰래 숨어서 들었다(…). 왠지 좆도 모르는 클래식 음악 같은 걸 MP3에 넣어 다니고 그랬는데, 그땐 그게 멋있다고 생각한 모양이다. 내가 생각해도 병신 짓이었다. 지금이야 대놓고 아이돌 음악이든 어떤 음악이든 알아서 잘만 듣긴 하지만. 특히 대학에 들어오면서 상당히 커버리지가 넓어졌다는 느낌이다. 어떤 장르에 꽂히면 진득하게 그 장르만 파고, 어떤 아티스트에 꽂히면 그 아티스트 음악만 주구장창 들어대는 습관이 생겼다.

　　우리나라 음원시장을 보면 특히 사랑에 관련된 음악이 많은 것 같다. 사랑에 무슨 한이 맺혀서 그러는지는 모르겠는데 유난히 그렇긴 하다. 사실 우리나라의 드라마든 음악이든 뭐든 대중매체에서 아주 중요한 요소로 꼽히는 것은 역사적으로 그 근거를 찾을 수 있긴 하다. 고려시대 향가에서도 남녀상열지사라고 허구한 날 사랑얘기만 해대니 조선시대에는 아예 그걸 막아버렸다고 했다(국어선생님 감사합니다). 조선시대가 오백년 조금 넘었으니까 그동안 쌓인 사랑얘기를 민족단위로 풀어낸다는 느낌도 든다. 하긴 오백년이면… 이해가 안 되는 부분은 아니군.

어쨌든 외국 노래도 사랑얘기하고 이별얘기하고 다 하긴 하지만, 차트 상단을 차지하는 노래가 죄다 사랑노래라는 건 좀 안타까운 일이다. 하긴 타이틀 곡은 사랑얘기고 본인 음악은 다들 앨범 서브트랙에서 하니까. 그래도 여러 뮤지션들이 느낀 게 꽤 많은지 사랑 노래와 사랑얘기가 아닌 노래로 구분해 밸런스를 맞추려고 노력하는 것도 같다. 우리나라는 음악을 아주 잘 만드는 나라라고 생각한다. 기본적으로 흥 자체가 있는 민족이랄까, 어쨌든 그런 걸 좀 더 많은 이야기로 풀어낼 수 있다면 얼마나 좋은가. 넘치는 음악적 기량을 사랑얘기 하는 데만 쓴다면 꽤 아까운 일이니까.

이 헤드폰에 내 영혼과 몸을 모두 맡겼다

음악만이 나라에서 허락한 유일한 마약이니까

※ 설명추 : 싸이월드 미니홈피를 통해 유명해진 문구 음악은 범적으로 마약이 아니다.

내 얘기를 좀 하자면 요즘 힙합에 꽂혀서 사는 것 같다. 힙합을 많이 듣기 시작한 것은 그리 오래된 일은 아닌데, 가사 한 마디 한 마디마다 공을 들인 흔적이 보이는 것이 마음에 들었다. 힙합뮤지션의 수준을 가늠하는 데에 가장 중요한 기준이 작사능력이기도 하고. 요즘 차트에 오르는 노래들이 가사 자체의 의미에 그렇게 신경을 쓰는 경우가 없다 보니 유난히 새롭게 느껴진 것 같기도 하다.

우리나라에서 힙합이라고 하면 말하고자 하는 의미가 꽤 단순한 편인데, 종류가 '왠지 타이틀 곡으로 해야 할 것 같은 사랑얘기', '너 이 새끼 존나 나쁜 새끼, 감히 내 뒤통수를 쳐', '나는 인생을 존나 이렇게 살았다. 나는 존나 쎄다', '나는 존나 멋지다. 나 빼고 다 가짜 힙합이다', '시발… 개 같은 인생… 존나 열심히 살아야겠다' 정도로 요약되는 것 같다.

나는 맨 마지막 같은 느낌이 너무 마음에 들었는데, 시대를 불문하고 '우리 존나 열심히 살자, 힘내 새끼야' 같은 메시지는 정말이지 많은 사람들에게 힘을 줄 수 있기 때문이다. 힘내서 살라는 말은 언제든 옳다. 지나가는 사람 잡고 '열심히 사세요', '힘내세요'라고 말하더라도 큰 실례가 되지는 않는 것이다. 오히려 고맙다는 이야기를 들을지도.

오늘도 많은 사람들은 오늘도 귀에 이어폰 한쌍을 꽂고, 좋은 음악 한 곡으로 고된 삶을 달랜다. 부디 앞으로도 사람들에게 힘이 되는 음악이 많이 만들어져서, 대한민국도 힘 좀 냈으면 좋겠다. …이거 왠지 오글거리네, 망했다.

신들의 거주지

사실상 올림푸스 강(원래 산이다)

※ 설명충 : 한강변에 있는 아파트는 그냥 하나할 것 없이 다 비싸다.

처음 상경했을 때, 아마 당산철교를 지날 때였던 것 같다. 난 한강을 처음 보고 뻥이 아니고 진짜 바다인 줄 알았다. '제길… 인천으로 잘못 온 건가?'라고 생각하고 한참 번뇌했던 기억이 난다. 사실 그럴 만한 게, 한강은 도심에 흐르는 강치고 굉장히 크고 아름다운 강이기 때문이다. 비록 해외에 나가본 적은 없지만, 한 나라의 수도, 그것도 한 중앙을 흐르는 강이 이렇게 큰 경우는 많지 않다고들 하니까. 솔직히 착각할 만했다.

일단 나한테는 '강'이라는 개념이 그렇게 거대한 것이 아니었다. 내가 살던 대구에는 낙동강과 그 지류인 신천이라는 개천이 흐르고 있었는데, 그냥 도보로 1~2분만 걸으면 다리를 건널 수 있는 그런 강이었다. 나한테 강이란 딱 그 정도 개념이었는데… 한강이 그걸 뒤바꿔놓은 셈이다. 크다크다 말만 들었지, 차를 타도 5분이 걸리고, 걸어서는 30분이 넘게 걸리는(나는 그랬다) 그런 건 사실 나한테 강이 아니라 바다에 준하는 것이다.

역사책에서 배운 대로라면 예로부터 한강을 지배하는 자가 한반도를 지배했다고 한다. 4세기의 백제가 그랬고, 5세기의 고구려가 그랬고, 6세기의 신라가 그랬다. 한반도에서 한강은 농구로 치면 리바운드라고나 할까? 한반도 중앙을 흐르는 아주 중요한 요충지였음에는 틀림이 없다. 사실 꼭 역사책에서 찾아볼 이야기는 아니고, 여전히 한강은 굉장히 가치가 있는 강이다. 서울에서 '한강이 보이는' 아파트가 얼마나 비싼지, 그리고 사방이 한강으로 둘러싸인 여의도 땅값이 얼마나 천문학적인지를 생각한다면 한강의 중요성이란 커지면 커졌지 결코 작아지진 않은 것 같다.

　　그런가 하면 좀 민족의 설움과 고통이 서려 있는 강이기도 한 게, 사업이 망하거나 주식이 폭락했거나 가정이 무너지고 사회가 무너지면… 극단적인 선택을 하는 사람들이 찾는 곳이 꼭 이 한강이 되기 때문이다. 그래서 마포대교를 건너다 아래를 내려다보면 좀 아찔한 기분이 들기도 한다. 나는 귀신이든 유령이든 믿지 않으려는 사람이지만 뭔가 으스스한 느낌이 드는 것은 사실이었다. 내려다보기도 이렇게 힘든데 뛰어내리는 건 얼마나 용기가 있어야 하는 일일까. 그냥 그 용기로 더 열심히 세상을 살면 안 되는 것일까.

　　서울로 올라온 지 꽤 되었지만 여전히 한강을 보고 있으면 여러 가지 생각이 든다. 사실 누구라도 그럴 것이다. 아주아주 넓게 펼쳐진 한강과 그 위를 수놓은 몇 개의 다리와 건너편 서울의 풍경을 보다 보면 누구나 말로는 형용하기 어려운 그런 감정들이 솟을 것이다. 나는 그 모든 게 행복한 종류의 것이었으면 한다. 이렇듯 아름다운 강이 무언가 안타까운 생각을 들게 한다면, 그것이야말로 수자원 낭비일 테니까.

(죽은 자의 온기가 남아있습니다)

사람과 사람의

…성황당 가도 부활 안 되니까 일부러 죽지 마세요

※ 설명충 : 온라인 게임 〈바람의 나라〉 에서 나오는 문구. 성황당은 죽은 유저가 부활하는 장소다.

글 쓰는 인간

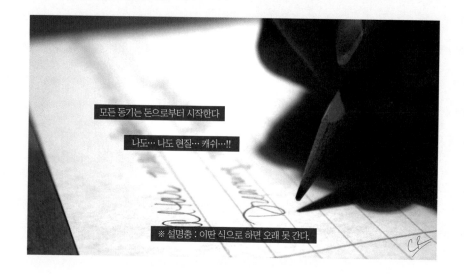

어릴 때부터 글을 썼다. 글 쓰는 걸 태생적으로 좋아해서 쓴 건 아니고(자소서도 아닌데 거짓말 할 필요가 없다) 그냥 자의반 타의반으로 썼다. 워낙 친구가 별로 없어서 쉬는 날에는 집에 눌러앉아 집에 굴러다니는 책을 읽어대는 게 버릇이었고, 학교에서는 말썽을 많이 부려서 반성문을 무지막지하게 많이 써댔다. 그래서 지금도 글을 쓰고 심지어는 책까지 냈다. 사람에게 계기란 그 단어가 주는 느낌만큼 썩 거창한 것이 아닐지도 모르겠다.

지금은 어떤지 몰라도, 적어도 내가 초, 중, 고등학교를 다니던 시절에는 학생들이 굳이 글을 쓸 기회도 필요도 그리 많지 않았던 것 같다. 학교에서 글을 쓸 기회라고 해봤자 가끔 등교하는 토요일을 활용한 교내백일장(일찍 제출하면 일찍 집에 갔다. 개꿀) 정도? 요즘은 책을 읽거나 글을 쓰거나 하는 대신 더 재미있는 것들이 워낙 많기도 하고. TV, 컴퓨터, 스마트폰… 반에 앉아서 괜히 진지한 책을 읽거나 혼자 글을 끄적이고 있다간 변태나 게이취급을 받을지도 모른다.

그런데도 나는 동년배 친구들에 비해선 글을 꽤 많이 썼던 것 같다. 내가 막 문학에 심취한 문학소년이라서 그랬던 것이 아니고, 이전에도 이야기했다시피 글을 잘 써서 교내나 교외백일장에서 입상하면 문화상품권(=돈, 캐쉬)을 줬기 때문이다. 여유를 내서 현질을 할 형편이 아니었던 집 상황. 때문에 나는 사뭇 진지하게 글을 써댔고, 요즘 교내외 백일장이라는 것이 참여하는 학생들의 수 자체가 매우 적기 때문에 나는 크던 작던 상을 웬만하면 타오곤 했었다. 일종의 블루오션 공략에 성공한 셈이다. 그때마다 엄마는 '이놈이 돈도 안 되는 문학을 하려고 그러나'라고 생각하셨는지 퍽 심드렁한 눈치였지만.

반성문도 마찬가지였다. 워낙 입지전적인 문제아, 자연재해급 트러블메이커였던 나는 툭하면 반성문을 써댔는데, 여하튼 이런 상황들로 인해 글을 많이 쓸 수밖에 없었다. 아무리 병신이라도 똑같은 일만 계속 시키면 어느 정도 숙달이 되는 법… 반복 학습의 힘이란 실로 무서운 것이어서, 지금도 글을 '잘 쓴다' 수준은 아니더라도 극혐이라는 소리는 듣지 않는 것 같다. 정식으로 작문을 배워본 적이 없어서 비문이나 단순한 맞춤법 오류도 겁나 많지만(편집자님 죄송합니다), 최소한 사람들이 알아 들을 수 있도록은 쓴다. 이것만 해도 어디인가.

사실 글을 많이 써온 경험이, 흔히들 말하는 '필력'을 만든 건 아닌 것 같다. 내가 글을 잘 쓴다고 생각하지 않는다. 그냥 쓸데없이 글 쓸 기회가 많았고, 덕분에 동년배의 다른 사람들에 비해 글을 쓰는데 '부담이 적은' 정도다. 그런데 이게 좀 크다. 요즘 젊은 사람들 중에는 학창시절 스스로 글을 쓸 기회가 많이 없었던 사람들이 태반이라, 글을 쓰라고 하면 심한 부담을 먼저 느끼는 경우가 많다고 한다. 당장에 대입논술이나 자기소개서를 쓸 때도 '글쓰기'가 두려워서 쉽게 쓰지 못하는 모양새를 보면… 적은 부담으로 글을 쓸 수 있다는 건 요즘 세상에선 꽤 쓸 만한 장점이 아닌가 싶다.

좀 더 수준 있는 글을 쓰거나 진지한 마음으로 문학을 하는 사람들은 자신을 가리켜 '문인' 내지 '글쟁이'로 부르곤 하는데, 나는 그 정도 수준이나 마음가짐은 못되니 딱 '글 쓰는 인간' 정도 되겠다. 실제로 나는 (분류상) 인간이고, 수준이나 내용이 어떻든 글을 쓰고 있으니 말뜻은 대강 맞다. 되도 않는 겸손을 떠는 게 아니고 이것이 반박불가 리얼 팩트이기 때문이다.

반대로 말하면 요즘은 글을 쓰지 않는 인간이 얼마나 많은가. 매일 끝없이 쏟아져 나오는 정보, 글과 책들을 단지 읽고 소비하기 만해도 세상은 잘만 돌아간다. 내가 쓰지 않더라도 누군가는 글을 쓰기 때문이다. '글을 쓰지 않는 인간'들을 위해 '글 쓰는 인간'이 있고, 나는 그 중에서도 글 쓰는 인간인 것이다. 그러니까 책을 좀 사줬으면 좋겠다. 너 네들을 위해서 이렇게 열심히 썼다고 장장 천 몇 백자에 걸쳐서 어필하지 않았나. 나 같으면 산다.

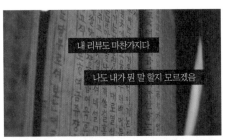

내 리뷰도 마찬가지다

나도 내가 뭔 말 할지 모르겠음

- 흔히 하는 말 중 '한국말은 끝까지 들어보아야 한다' 는 말이 있다.

I love you, because~

I like seoul where~ 같은 식

- 영어의 경우는 대체로 그렇다.
말하고자 하는 바를 먼저
명확하게 말한 후 뒤에 부연설명이 따라붙는 식인데

나는 네 눈빛을 볼 때마다 맑고 투명해서

너무 짜증나… 만화 캐릭터 같아서 징그러

- 한국말의 경우에는 중요한 말은 대체로 뒤에 있다는 것
그래서 끝까지 들어보지 않으면 모른다는 얘기다.

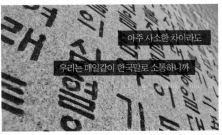

아주 사소한 차이라도

우리는 매일같이 한국말로 소통하니까

- 이 사소한 언어적 차이가 우리에게 주는 영향력은 생각보다 매우 크다.

- 왜냐하면 우리나라 사람들은 답답한 걸 싫어하고 빨리빨리 간단명료하게 처리하는 걸 선호하기 때문이다.

- 세계에서 성질 급하기로 소문난 한국 사람에게 중요한 건 맨 나중에 나오는 한국말의 조합이라니

- 이 무슨 운명의 장난이란 말인가. 희대의 밸런스 붕괴. 완전히 극과 극의 조합이다.

- '빨리빨리 본론만 말해!' '결론부터 먼저 말해!' 불가능한 주문 이다. 왜냐면 우리는 한국말을 쓰기 때문이다.

- 말에는 맥락이 있고 흐름이라는 것이 있다. 앞뒤 설명이 되지 않으면 설명하기 어려운 일도 많다.

- 언어적 특성상 어쩔 수 없는 걸 가지고 왜 빨리빨리 말을 못 하냐, 왜 웅얼거리냐고 그러면 억울하다.

- 그래서 사람들은 할 말이 없을 때 욕을 한다.
우리나라 말 중에서 욕만큼 간단명료한 게 없기 때문에

- 게임을 할 때도 욕을 먼저 하고 이유를 말한다.
감정은 폭발하는데 이유를 설명하기엔 너무 기니까

- 덕분에 한국말은 오해도 많이 산다.
한국말은 끝까지 들어보아야 아는 말인데…

- 우리나라 사람들은 끝까지 들으려고 하지도 않고
끝까지 말을 잘 하지도 않기 때문이다.

- 난 한국인들이 말로 하는 모든 싸움들은 팔할 정도가
한국말의 매커니즘 때문이라고 생각한다.

- 연인들 간의 말다툼

- 친구들 사이의 언쟁

- 인터넷상에서의 키보드 배틀까지

- 그냥 이 모든 게 한국말 때문이다.
싸우지 말자.
그리고 제발 부탁이니 끝까지 듣자.

까보기 전에는 장인지 사쿠라인지 모르는 법

인생도 마찬가지다

- 끝까지 듣지 않고 보지 않으면
정확히 알 수 없는 것이 이 세상에는 너
무너무도 많기 때문이다.

⌗ 토익(영어)

영어를 배우려고 영어 교과서를 샀는데

영어 교과서가 영어로 되어있어!?

요즘 개나 소나 한 번쯤 쳐본다는 시험이 토익이지만, 나는 토익시험을 본적이 없다. 애초에 영어를 좋아하지 않기도 하고(학창시절을 통틀어 가장 못했던 과목이 영어였다) 딱히 필요성도 느끼지 못했기 때문이다. 뭔가 믿는 구석이 있어서 그런 건 아니고 그냥 시험 칠 시간도 돈도 없었기 때문이다. 편의점 알바 하던 시절 심심해서 토익 책 같은 걸 한 권 시서 본 적은 있는데, 그거 말곤 따로 공부해본 적조차 없다.

까놓고 말해서, 왜 취업할 때 토익을 보는지는 잘 모르겠다. 토익 뿐만이 아니다. 토플, 텝스도 있고, 요즘에는 말하기 능력까지 본다고 토스(토익 스피킹)란 것도 있다고 하니⋯ 왜 필요하지? 나는 기업 인사담당자가 아니라서 이유를 잘 모르겠다. 어차피 회사 들어가도 우리나라 사람한테 우리나라 말로 우리나라 물건을 팔 텐데, 왜 들어갈 때는 영어 점수를 보고 들어가야 한다는 말인지.

정작 오늘날 한국인이면서 한국말도 잘 못하고, 한국어로 글도 잘 못 쓰는 사람들이 많다는 걸 생각해 보면 그냥 우리나라 말이나 잘하는 사람을 뽑는 게 더 이득이라고 생각한다. 토익 900 이상만 뽑는 회사라고 회사 안에서 영어로 대화하지는 않을 것 아닌가. 좀 더 효율적인 토론, 깊이 있는 담론을 하려면 우리말을 잘하는 사람을 뽑는 게 낫다. 아마 우리말 겨루기 입상자를 우대해준다거나 하면 좋을 것이다.

또 보면 영어점수가 높다고 해서 어학능력이 뛰어난 것도 아니라고 한다. 물론 나는 토익을 쳐본 적은 없지만, 요즘 토익 시험은 암기와 노하우로 친다는 말을 보면 꼭 점수가 높다고 영어를 잘하는 건 아니라는 것. 토익 점수가 900점이 넘는데 외국인과 대화는 한 마디도 못하는 해프닝이 발생하기도 한다(그래서 토익 스피킹 같은 게 생겼겠지).

야이 백성 놈들아

내가 만들어준 거나 잘 써

열심히 만든 거란 말야

물론 영어를 비롯한 어학능력이 필수적인 업종도 있다. 번역가나 통역사나 외교관이나 사실상 외국어를 배워야만, 잘해야만 할 수 있는 직업의 경우에는 영어든 불어든 일본어든 열심히 공부해야하는 게 맞다. 그런데 대부분은 이런 직종이 아니잖아? 한글이든 엑셀이든 포토샵이든 다 한글패치가 되어있고, 상사든 후임이든 대화도 한국말로 하고, 우리나라 사람들이랑 사업하는데 왜 영어점수가 필요한 걸까. 대한민국 모두가 똑같은 직업을 가질 것도 아닌데 왜 똑같은 공부를 해야 하는 걸까. 아직 나는 어려서 잘 모르는 모양이다.

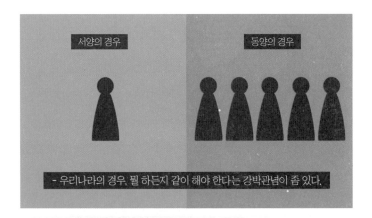

어어 병철이냐 나 시간이 별로 없어서

지금 어쩔 수 없이 밥 혼자 먹고 있다 야 ㅋㅋㅋ

원래는 혼자 안 먹는데 나 참 ㅋㅋ

- 심지어 식사 한 끼조차 혼자 해결할 수 없는 것이다.
꼭 두 명 이상 붙어서 여행을 가고, 영화를 보고, 식사를 해야 한다.

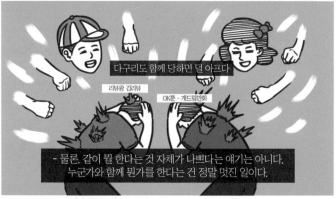

다구리도 함께 당하면 덜 아프다

리뷰왕 김리뷰

OK툰 - 개드림만화

- 물론, 같이 뭘 한다는 것 자체가 나쁘다는 얘기는 아니다.
누군가와 함께 뭔가를 한다는 건 정말 멋진 일이다.

혼자 먹을 때 꼭 바쁜 척하는 사람들 있다

괜히 진화하는 척을 하기도 한다

·······
??????

- 다만 그렇다고 해서 누군가 혼자 뭘 하는 걸 이상한 것으로
취급해서는 안 된다는 것. 스스로 창피하게 생각할 필요 역시 없다.

- '저 사람은 혼자 밥 먹네? 친구도 애인도 없는 사람인가 봐' 라고
생각하는 사람은 거의 없다. 있어도 그 사람이 이상한 거다.

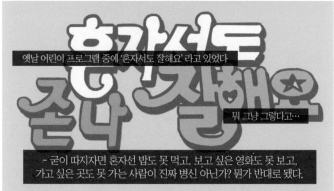

- 굳이 따지자면 혼자선 밥도 못 먹고, 보고 싶은 영화도 못 보고,
가고 싶은 곳도 못 가는 사람이 진짜 병신 아닌가? 뭔가 반대로 됐다.

- 세상에는 같이 하는 걸 좋아하는 사람이 있듯이
혼자 있는 걸 좋아하는 사람도 있다.

그러니까 화장실에서 혼자 밥 먹지 마

내가 먹어 보니까 위생상 안 좋더라

- 단언하건대 이건 절대 이상한 것이 아니다.
원래 본인이 그런 사람이고, 그런 성향을 갖고 있을 뿐이다.

아무 데나 내가 내키는 대로 다닐 수 있고

혼자 찜질방에서 자면 숙박비도 굳는다

- 혼자 배낭 하나만 들고 무작정 여행을 떠나거나

매너가

사람을

만들다

이건 무슨 소리야

사람을 만들려면 일단 패고 봐야지

- 조용하게 혼자 영화를 보고 깊게 빠져들거나

(느긋함)

(완전 느긋함)

- 홀로 느긋하게 밥 먹기를 좋아하는 건 절대 잘못된 것이 아니다.

이 새끼 봐라? 야 너 이리로 와 봐! 어?

야 이거 안 놔? 말리지마!

말리지마! 말려! 말려!

- 되려 누군가와 같이 있을 땐 거칠 것 없이 행동하면서,
혼자 있을 땐 쭈굴쭈굴하게 있는 것이 더 이상한 행동이다.

혼자 왔다고 창피해하지 말고

같이 왔다고 가오 좀 잡지 말자

- 부디 무슨 일이든지 혼자 하더라도 눈치 보지 않고 주지도 않는
문화가 빨리 자리 잡았으면 한다. 우리는 너무 혼자에게 차별적이다.

안구 건조증

나는 지금 슬프다

왜냐하면 나는 지금 눈물을 흘리고 있기 때문이다

　　사람은 살면서 가끔은 명확하게 감정을 표현해야 할 때가 있다. 부장님이 주는 술을 거부할 때, 평소 눈여겨보던 이성에게 진심을 담아 고백할 때, 페이스북 타임라인을 내리다 아주 재밌는 글을 발견했을 때 등등. 그 중에서도 특히 슬프다는 감정을 전달하는 데에 있어 눈물만큼 효과적인 아이템은 없을 것이다. 귀여운 어린 자식이 닭똥 같은 눈물을 뚝뚝 흘리며 '나… 저거… 사줘…' 하면서 흐느끼는데 싸이코패스가 아닌 다음에야 조금도 마음이 동하지 않을 부모는 없을 테니까.

　　어린아이부터 다 큰 성인까지 타인에게 본인의 '슬픔'을 전달하는 것은 매우 중요한 일이다. 감정이라는 것은 사람의 마음을 움직이는 요소이고, 이게 실패했을 때에는 높은 확률로 상대방의 신뢰를 잃을 수도 있기 때문이다. 내가 그랬다. 나는 안구건조증이라서 눈물이 잘 나오지 않는다. 그래서 사람들은 내가 슬픈 줄 모른다. 사실 나는 슬픔과 우울함의 아이콘 같은 존재인데…

중학교 시절 학교에서 큰 사고를 쳐서 선생님에게 불려갔던 일이 있다. 선생님께선 내가 잘못한 점을 지적하시면서 나의 반성을 이끌어내려는 듯했다. 매 한 번 휘두르지 않으시고 말로 조곤조곤하게 타이르던 선생님의 정성에 나 또한 진심으로 반성하는 마음이 들어 그만 울음을 터트리고 말았는데, 눈물이 나오지 않았다. 내 안구는 오뉴월 건기의 세렝게티 국립공원처럼 극심하게 말라있는 상태였던 것이다. 그걸 보는 선생님은 어이가 없었을 것이다. '이게 반성은 안하고, 우는 척으로 상황을 벗어나려고 하는구나. 벌써부터 못된 버릇만 들었군'이라고 판단하셨는지, 나는 정황상 맞지 않아도 될 매를 열 대나 맞아야 했다.

그뿐 아니라 학교 졸업식과 친한 친구가 먼 곳으로 이사 가는 날에도 그랬다. 진짜 너무너무 슬픈데 눈물이 나오지 않았던 것이다. 시간이 지나 얘기를 들어보니 누군가는 나를 감정표현 프로세스가 등록되지 않은 사이보그나 감정이 없는 또라이 정도로 기억하고 있었다. 나는 진심으로 슬픈데 그걸 보여줄 수 없다는 것은 더더욱 슬픈 일이 아닐 수 없다. 하품할 때는 잘만 나오더니…

이게 다 생각해 보면 겉으로 보이는 것만 생각하는 나쁜 사람들 때문이다. 눈물을 흘리지 않는다고 슬프지 않은 게 아니며, 거꾸로 눈물을 흘린다고 해서 꼭 슬픈 것도 아니다. 오히려 이 점을 이용해서 세상을 영악하게 살아가는 사람이 얼마나 많은가. 나는 매 슬픈 순간마다 다소간의 피해를 보고 살고 있는 셈이다. 울어야 슬픔이 아니고 슬픔이 곧 울음이 아닐진대. 부탁하건대 이런 멋진 책을 읽고 있는 독자 분들은 눈물로 상대방의 슬픔을 감지하는 못된 버릇은 버리도록 해보자. 그렇지 않으면 나 같은 눈물고자는 어떻게 이 험한 세상을 살아가야 하겠는가. 흑흑(눈물).

세계화

- 내가 본 우리나라 사람들은 '인정'에 대한 욕구가 아주아주 강력한 사람들인 것 같다.

- 가족, 친구, 집단, 사회… 자신이 속한 모든 곳에서 모종의 인정과 명예를 얻고 싶어 하는 사람이 많은데

- 이것이 국민과 국가 단위로 커져서 대두된 단어가 다름 아닌 세계화되시겠다. 영어로는 글로벌라이제이션…

- 사실 세계화가 우리나라에서만 강조되는 일은 아니긴 하다. 어떤 나라든 다 세계화 걱정을 하긴 하는데

- 유난히 우리나라, '대한민국'이
다른 나라로부터 인정받는 것에
집착한다는 느낌적인 느낌

- 국위선양이나 애국심도 우리나라에
서만 있는 건 아니다.
어떤 나라든 다 모국에 대한 자긍심을
갖고 있는 법이지만

아니야

너넨 아니야 …

- 유난히 우리나라는 이런 애국심이나
국위선양에 대해 조금 비뚤어진
마인드를 갖고 있는 것 같다.

본격 금메달 못 따면 욕먹는 분들.jpg

- 대표적으로 해외에서 활약하는 스포
츠선수를 예로 들 수 있겠다.
'같은 한국인이 타지에서 활약하는 게
뿌듯하다' 정도면 되겠지만

드루와 드루와

- 몇몇 사람들은 '한국인 스포츠 선수'
가 해외에서 활약하는 것 사제가
세계인들이 우리나라를 인정하게 만드
는 수단으로 취급한다는 것

생각해 보면 우리나라 선수가 해외에서 활약해도

'그 선수가 잘한다'지. '그 선수가 나온 국가가 대단하다'
라는 인식을 하긴 어려울 것이다

289

빠가 까를 만든다고나 할까

선수 본인은 전혀 까일 거리가 없는데도

너무 극성인 팬들 때문에 평가절하 되는 경향도 있다

- 덕분에 객관적으로 매우 뛰어나고 존경받을 만한 선수임에도
이런 비뚤어진 애국심으로 인해 평가가 엇갈리기도 한다.

- 이런 분위기를 조장하는 언론도 문제라면 문제다.
소위 말하는 '국뽕'에 심하게 취한 듯한 신문 기사들

※ 국뽕 : 국(國)과 히로뽕의 합성어. 국가에 대한 자긍심에 과도하게 도취된 행태를 이르는 신조어

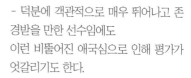

이야 신난다

예에-

- 방한한 해외 스타들에게 '두유 노우 김치? 강남스타일?'이라 묻는 건
너무 자주 우려 먹은 탓에 자국민에게도 웃음거리가 되고 있다.

- '한류 열풍'이 우리나라 언론에서 자꾸 조명받는 것도 나로선
쉽게 납득이 가는 부분은 아닌 게

우리가 다른 나라에서 이렇게 관심을 받고 있다!!!

한류 열풍이다!! 한국 짱!!!!

- 우리나라가 큰 관심을 받고 있어도 해외에서 대서특필 되기보단
어쩐지 우리나라에서 더 호들갑을 떤다는 느낌이 든다는 것

- 역사적 배경 때문인지, 이웃한 국가들과 대한민국을 끊임없이 비교하면서 나라의 수준을 가늠하는 경향도 있는 것 같다.

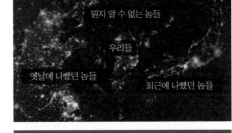

- 우리나라는 이미 경제적으로 세계 최상위권에 드는 나라다.
대한민국과 비교해서 '더 잘 산다'라고 할 수 있는 국가가 얼마나 될까

- 그럼에도 대한민국은 여전히 '세계화'되어야 한다는, 끝없는 강박관념에 빠져 있다는 기분이 든다.

- 이런 분류가 무슨 의미가 있겠나 싶겠냐만은 내가 생각하기에 이미 대한민국은 '세계적인' 국가다.

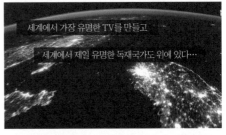

- 굳이 외국인에게 생소한 김치와 비빔밥을 먹이고, 강남스타일 같은 노래를 끊임없이 만들지 않아도 말이다.

- 지금 대한민국이 해야 하는 건,
적어도 내가 느끼기에는
세계로 더욱 뻗어나가는 것보다 스스로
행복해지는 일 같다.

오지랖

오지랖. 사전에는 '웃옷이나 윗도리에 입는 겉옷의 앞자락'이라고
정의하고 있는 단어지만, 요즘 이런 의미로 이 단어를 쓰는 사람은 거의 없
을 것이다. 오지랖이 유명해진 것은 결정적으로 '오지랖이 넓다'는 관용적
표현이 한몫했다. 자신과 상관없는 일에도 참견하거나 훈수를 두지 않으면
못 배기는 사람을 '오지랖이 넓은' 사람이라고 하는 것. 요즘 인터넷에서는
오지랖에 '-er'을 붙여 '오지라퍼'라는 표현도 자주 쓴다고 한다.

꼭 그런 사람이 있다. 본인 일보다는 다른 사람의 일에 관심이 더
많아 보이는 사람. 여기저기 이것저것 캐묻고 다니면서 정보를 수집하는
SCV 같은 사람. '니가 뭔 상관이야', '니가 왜 참견해'라고 쏘아붙이면 내
안 좋은 소문을 퍼트리고 다닐 것 같아서 불안한 그런 사람. 수험생에게는
'대학 어디 갈 거야?', 갓 성인이 된 남자에게는 '군대는 언제 갈 거야?', 복
학생에게는 '언제 졸업할 거야?', '어디 취업할 거야?', 사회초년생에게는 '결

혼은 언제 할 거야?', 신혼부부에게는 '2세는 언제 가질 거야?', 어느 정도 자리를 잡은 부부에게는 '노후 준비는 언제부터 할 거야?' 심지어 황혼을 바라보는 노년층에게는 '언제 죽을 거야' 같은 질문을 버릇없이 던져댈 것 같은 그런 인간…

솔직히 말하면 이 '오지랖'이라는 것은 양면적인 특성이 있다. 좋게 말하면 '정(情)'이고, 나쁘게 말하면 오지랖이 되는 것. 비록 나는 우리나라에서 한 평생을 살아온 토종 김치맨이지만, 우리나라만큼 정과 오지랖이 동시에 쩌는 나라는 보지 못한 것 같다. 구분하자면 지하철 선로에 빠진 취객을 바로 내려가 구출해오는 것, 추운 겨울 벌벌 떨고 있는 노숙자에게 자신이 쓰던 목도리를 감아주는 것이 정이고, 명절날 조카에게 군대 언제 가냐고 묻고 동네 반상회에서 옆집 새댁 남편의 연봉에 관해 깊은 토론을 나누는 것이 군이 말하자면 오지랖의 범주에 속하는 것이라고 할 수 있다.

이 오지랖이 주는 국가적 피해는 실로 막심하다. 그중 가장 크고 대표적인 것이 타의적으로 인생이 규명된다는 것! 대한민국에서는 유난히 삶의 정석이나 확실한 루트 같은 것을 정해놓고는, 그 선로를 벗어나는 사람에게는 끝없이 무언의 압박과 스트레스를 주는 경향이 있다. 학생이면 대학을 가야 하고, 대학을 졸업했으면 취직을 해야 하고, 취직을 했으면 결혼을 해야 하고, 결혼을 했으면 2세를 가져야 하는… 각자는 모두 특별한 인생을 살기 바라면서 다른 사람은 몽땅 평범한 인생으로 통일시키고 싶어 하는 일종의 속물근성은 아닐까 싶기도 하다.

정은 정이고 의리는 의리다. 오지랖은 필요 없다. 그냥 각자 자기 삶을 살도록 내버려둬라. 학창시절부터 하라는 공부는 안 하고 음악을 하든, 남들 다 가는 대학은 안 가고 다짜고짜 일을 시작하든, 다니던 대학을 중퇴하고 갑자기 사업을 한다고 떠들든, 좀 냅둬라. 본인 인생이니까 본인이 알아서 하겠지. 어떤 도전을 하고 어떤 실패나 역경이 닥쳐도 자신이 책임지겠

다 좆까

우린 존나 우리만의 길을 간다

※ 설명충 : 영국의 브릿팝밴드 '오아시스' 소속이었던 갤러거 형제. 존나 자신만의 길을 가는 미친놈들이다.

지. 여기서 필요한 건 '뭘 하든 존나 열심히 해 새끼야', '개 재밌게 사네. 멋지다 임마', '쫄지 말고 해. 니가 하고 싶어서 하는 거잖아' 같은 말이다. 결국 이렇게 선로를 이탈하는 녀석들이 비틀즈가 되고, 대통령이 되고, 스티브 잡스가 되는 거 아니겠는가. 얘네들이 나중에 내가 해줬던 말들을 기억해내서, 자서전에 고맙다고 한 줄 써준다면 더더욱 고마운 일일 것이고.

야구를 시작한 지는 좀 오래됐다. 나는 뭐 하나를 진득하게 하는 스타일은 절대 아닌데, 야구만큼은 중학교 시절 친구와 캐치볼부터 시작해서 아직까지 하고 있는 걸 보면 꽤 신기한 일이다. 하긴 생각해 보면 농구를 하기에 나는 키가 너무 작았고, 축구를 하기에는 달리기도 느리고 발재간도 없어서 운동을 하려면 선택지가 딱히 없긴 했다.

그런데 새삼 느끼지만 야구는 학창시절부터 축구나 농구에 비해서 굉장히 탄압을 많이 받는 스포츠였다. 농구야 농구코트만 있다면 그 안에서 벗어날 일이 거의 없으니 터치를 거의 안 받았고, 축구도 저네들끼리 운동장 갖고 패싸움만 하지 않으면 큰 문제는 없으니까. 거기까진 좋다.

근데 학교 선생님들을 포함한 어른들은 기본적으로 '야구는 위험한 운동'이라는 인식을 뿌리 깊게 갖고 있는 듯 보였다. 운동장 한쪽 구석에서 캐치볼이라도 하려 치면 선생님이나 수위가 와선 '공을 놓쳐서 지나가는 사람이 맞으면 어떡하나?', '야구공은 딱딱해서 위험하지 않느냐?' 하는 얘기를 했는데, 당시에도 그랬지만 지금 생각해 봐도 존나 어이없는 소리였다.

축구는 위험하다. 왜냐하면 헤딩하다 머리가 깨질 수도 있고, 다리를 밟혀서 불구자가 될 수도 있기 때문이다. 사실 농구도 위험하다. 공을 받으려다 손가락이 부러질 수도 있으니까! 근데 왜 야구만 갖고 그러냐. 모든 운동이라는 건 기본적으로 어느 정도의 위험부담을 안고 하는 것이고, 그러니까 더 조심하고 신중해야 하는 것이기도 하다. 그런데 단지 '위험한 운동이니까', '다칠 위험이 조금이라도 있으니까' 하지 말라는 건 진짜 등신 같은 태도다. 이런 논리라면 스카이 다이빙이나 베이스 점프를 하는 사람은 죽지 못해서 안달 난 정신병자라도 된다는 말인지.

'위험하기 때문에 하지마'보다는 '위험하니까 조심히 해'가 되는 게 더 세련된 방법이 아닐까. 사람이 전혀 위험하지 않고 살 수는 없는 법이다. '이승탈출 넘버원'에 의하면 사람은 웃거나, 껌을 씹거나, 선글라스를 쓰거나, 심지어는 가만히 숨을 쉬고 있어도 죽을 위험에 처할 수 있는 생물이기 때문이다. 중요한 건 단지 이 위험을 어떻게 조절하느냐의 문제다. 솔직히 야구는 꽤 위험하지만 진짜 재밌는 스포츠다. 그래서 많은 사람들이 야구를 위험한 운동임에도 좋아한다. 위험부담은 나쁜 게 아니다. 단지 조심해야할 뿐이지. 사는 것도 마찬가지라고 생각한다.

갑질

갑이라고 해서

딱히 뭐 대단한 건 아닐 수 있다

※ 설명충 : 체스에서 '킹'은 잡히면 게임에서 지긴 하지만,
정작 자신은 별로 쎈 말이 아니다. 여왕이 제일 쎔.

　　2015년 갑작스럽게 '갑질' 열풍이 불기 시작했다. 예전부터 끊임없이 있어왔던 일들이고 지적되어온 현상이지만, 사회적인 토픽으로 대두되기 시작한 것은 꽤 새삼스러운 일이다. 너무도 고단했던 한 해를 보내고 난 후라서, 사람들의 불만이 본격적으로 표출되기 시작하기라도 한 걸까. 죽도록 고생을 하고 나니 더 이상은 버틸 수 없다는 의지의 표현인 걸까.

　　우리 사회에는 '갑'이라고 불리는 것들이 있다. 갑을병정무기경신임계의 '십간'에서 따온 개념인데, 계약서에서 관계적으로 뭔가 우위를 점하고 있는 사람을 '갑', 그 반대에 있는 사람을 '을'이라고 부르는 것에서 유래했다고 한다. 흔히 말하는 갑과 을에서 갑은 절대적으로 유리하거나 뭔가 주체적인 입장에 있는 인간이다. 예컨대 집 주인은 갑이고, 세입자는 을이며, 회사는 갑이고, 회사원은 을이라는 식이다. 이쯤 되면 뭔가 계약관계라기보단 계급관계에 가까운 것 같기도 하다. 어쨌든 칼자루나 방아쇠를 손에 들고 있는, 결정권이 있는 사람을 갑이라고 한다는 것이니까.

실제로 갑의 위치에 있는 사람들은 우리 생각보다도 훨씬 많은 것을 할 수 있다. 사실 개나 고양이 같은 동물들도 매번 서열을 가리는데, 사람의 경우는 뭐… 서면으로, 그러니까 계약상으로 본인이 우위에 있다는 것을 명확하게 증명이 된 상황. 본인 마음대로 누군가를 후릴 수 있다는 것은 아주 거대한 자신감과 힘으로 작용한다. 그러나 만화나 소설을 많이 본 사람들은 알 것이다. 거대한 힘에는 거대한 책임감이 따르고, 그걸 잘못 사용할 경우에는 쉽게 타락하고 만다는 것을!

그러나 오늘 우리가 사는 현실에, 여느 소년만화 주인공처럼 엄청난 힘을 갖고 있으면서도 마냥 정의로울 수 있는 사람은 그리 많지 않은 것 같다. 멀쩡하게 이륙하려던 비행기를 다시 착륙시키고, 갑작스럽게 보증금을 크게 올려 은근슬쩍 세입자를 쫓아내며, 하청업체를 달달 볶아 부당한 이득을 취하는 것은 악당들이나 하는 짓거리 아닌가.

좀 더 깊게 보면 우리 사회에서는 갑, 을만 있는 것도 아닌 것 같다. 을의 밑으로 병, 정, 무… 갑과 있을 땐 을이었던 사람도, 병과 함께 있으면 또 다른 갑이 되고, 그렇게 병이었던 사람도 정 앞에선 또 다시 갑이 된다. 사회 전반에 걸쳐 군대에서나 볼 법한 희대의 내리갈굼 시스템이 정착되어 있는 것이다. 참 슬픈 일이 아닐 수 없다. 분명 세계인권선언에서는, 대한민국 헌법에는 모든 사람이 법 앞에 평등하다고 나와 있는데, 법과 계약을 통해 사람의 위아래가 결정되는 상황이라니.

어떤 상황이든, 대체로 '을'의 처지에 있는 사람은 힘들고 고달프다. 숨 한 번 크게 쉬기도, 물 한 컵 편하게 마시기도 어려운 이 시대의 을들. 일터에서, 연애에서, 모든 인간관계에서 누구나 한번쯤은 겪는 '을'으로서의 고뇌. 딱히 해결 방법이 있는 것도 아니다. 단번에 해결되는 일도 아닐 것이다.

문제는 결국 사람들이 사람을 어떻게 생각하고 대하느냐는 것. '갑'이 아니라, '을'이 아니라, 그 사람의 이름을 불러줘라. 동일한 사람으로 불러줘라. 이름이라는 건 부르라고 지은 것이고, 어느 시인의 말마따나 이름을 불러야 비로소 내게로 와 의미가 생기는 것 아니겠는가. 누구나 꽃까지는 못되더라도, 최소한 사람이 될 수는 있지 않을까.

- 원래 우리나라 무속신앙에서의 신은 옥황상제다.

- 어릴 적 읽었던 옛날 이야기에 개근 출연하시던 그 분. 전지전능! 파워풀! 그렇다. 이 분이 우리의 토속 신이다.

- 심지어 이 분은 따지고 봤을 때 우리의 조상님이기도 하다.
단군이 환웅의 아들이고, 환웅이 옥황상제의 아들이니까.

- 그런데 조상님이자 토착신인 옥황상제 생일은 안 챙겨주면서

- 갑툭튀한 웬 서양신님의 생일을 챙기고 있다는 사실은 상당히 기묘한 일이 아닐 수 없다.

- 더욱 웃긴 건, 크리스마스는 정작 진짜 예수님 생일도 아니라는 사실이다. 단지 예수 탄생을 '기념하는 날'이지, 리얼 생일은 아니다.

- 뭐… 좋다. 연말에 공휴일 하나를 거저로 먹은데다 서로 좀 사이좋게 지내라는 예수님의 가르침에도 부합하니까

- 실제로 서양권에서 이 크리스마스가 가지는 의미는 상당하다. 1차 세계대전이 한창이었던 1914년 크리스마스에는

- 놀랍게도 그 직전까지 총 들고 빵야빵야 하던 애들이 참호에서 나와 서로 악수하고 이야기하며 심지어는 축구까지 했다는 것

- 비록 그들이 있던 곳은 피도 눈물도 없는 전쟁터였지만,
정말 크리스마스만큼은 양보할 수 없다는 정신이 있었던 것이다.

- 또 미국에서는 이 크리스마스가 슈퍼파워메가 공휴일이라고 한다.
누구도 이 성탄절만큼은 건들면 안 된다. 상점도 죄다 문을 닫는다.

- 어쨌든 서양에서 크리스마스란 '어떻게든 가족과 보내야 하는'
연중 최대의 명절 중 하나라고 봐도 과언이 아닌데

- 이게 우리나라에 들어오면서 의미가 매우 크게 바뀌었다.

- 사실 우리나라는 성탄절이 공휴일인 뮤일한 동아시아 국가다.
이웃나라인 중국, 일본도 따로 성탄절을 챙기지는 않는데

303

- 이승만 대통령이 독실한 기독교 신자였던 까닭에 야간통행금지가 시행되던 시절에도 성탄절만큼은 예외!

※참고 : 야간통행금지
(밤에 허가되지 않은 사람은 돌아다니지 못하게 하는 정책. 1945년부터 1982년까지 시행됐다. 이 때문에 새벽에 배가 고파도 야식을 사오지 못하는 사람들이 발생해 수많은 사람들이 고통받았다.)

대한민국에서 1년 중 콘돔이 가장 많이 팔리는 날

크리스마스 (2위 석가탄신일)

- 덕분에 우리나라에서는 뭔가 다른 의미의 사랑을 나누는 날이 됐다.

- 그래서 무슨 영문인지 연인이 없으면 비참한 날이라는 인식이 뿌리 깊게 박혀 있는데, 참 이상한 일이다.

- 크리스마스는 원래 가족과 함께 보내는 날이다. 뭐가 문제인지 모르겠다. 무엇이 슬픈가? 어째서 번뇌하는가?

근데 왜 눈에서 땀이 나지?

빌어먹을 …

- 슬퍼하지 마라. 울지 마라. 크리스마스란 원래 그런 것이니까. 부디 평안한 날이 되길 바란다. 메리 크리스마스!

유행하는 건 언제나 조심해야 한다

가령 인플루엔자라든가…

※ 설명충 : 유행(流行)이 '사회 경향'과 '질병 창궐'의 의미를 동시에 갖고 있음을 이용한 말장난이다.

　　지금도 좀 그런 경향이 있지만, 몇 년 전까지만 하더라도 난 '유행'
이나 '트렌드'라는 단어와는 아주 관계가 먼 사람이었다. 괜히 유행하는 것
들을 일부러 피하려고 했던 것 같기도 하다. 뭔가 많은 사람들이 하는 건
바보같이 느껴지고, 왠지 나는 다르고 특별하고 싶었던 심리였다고나 할
까, 지금 생각해 보면 그냥 중2병이었던 것 같다.

　　사실 좀 그랬다. 한참 유행하고 있는 아이돌 노래를 까면 내가 뭐라
도 된 것 같고, 마찬가지로 많은 사람들이 좋아하는 걸 디스하면 내가 좀
더 고급스런 문화를 향유하는 사람이 되는 줄 알았다. 결론부터 얘기하면
내가 했던 생각은 수준이 높거나 했던 것이 아니라 그냥 모난 거였고, 비
뚤어진 거였다. 괜히 남들이랑 어울리지 못하게 되는 바보 같은 생각. 난
사회부적응자였다. 그나마 주금은 척이 든 지금은 생각이 좀 바뀌었지만, '유
행하기 때문에' 그 대상을 싫어하는 바보 같은 생각을 했던 적이 있었다.

이제야 생각이 어느 정도 잡혔다는 생각이 드는 게, 사람에게는 각자에 맞는 취향이라는 게 있다는 것. 내가 자주 듣는 노래가 유행하지 않는다고 해서 그게 내가 그 노래를 좋아하지 말아야 할 이유가 되는 건 아니다. 유행하든 말든 내가 좋으면 좋은 것이고 내가 싫으면 싫은 거다. 내가 입고 싶고 먹고 싶고 하고 싶은 걸 하면 된다.

유행이라고 무조건 싫어하던 나도 문제였지만, 유행을 무작정 따라가기만 하는 사람도 꽤 문제 같다. 특히 인터넷이나 SNS를 보다 보면 유행을 따라가지 못해 안달인 사람이 많은데, '다른 사람들이 다 하는데 나 혼자 못하는' 상황을 유난히 버티지 못하는 사람들이 있다. 벚꽃철이 되면 꼭 진해나 여의도로 가서 꽃놀이를 해야 하고, 성탄절이 되면 반드시 연인과 함께 시간을 보내야 하며, 다른 대학생들이 다 어학연수를 가니까 나도 가야하지 않겠냐는 생각들. 따지고 보면 이런 현상을 언론에서 부추기는 경향도 있다. '올 여름 꼭 가봐야 할 핫 플레이스!', '어머, 아직도 몰라? 연예인도 신는 그 신발!' 같은 거.

내 생각에 유행은 딱 참고할 만한 수준인 것 같다. 너무 뒤떨어지거나 시대착오적이지만 않게 유지하는 정도. 그걸 벗어나서 유행이나 분위기, 혹은 다른 사람에 의해 내 취향과 개성이 결정된다면 몹시 안타까운 일일 것이다. 내가 진짜 좋아하는 것, 하고 싶은 것, 사랑하는 것을 다른 사람의 시선 때문에 못한다면 더더욱 안타까울 것이다. 최신 유행을 떠나서 사람마다 꽂히는 게 꼭 하나쯤은 있지 않은가. 그럼 그냥 그걸 해라. 적어도 너한테는 그게 유행이니까.

지성피부

　　나는 지성피부다. 딱히 지성피부가 되고 싶진 않았지만 태어날 때부터 그랬다고 한다. 이건 내가 어떻게 할 수 없는 부분이다. 나오는 기름을 나더러 어쩌란 말인지. 물론 건성은 건성피부 나름의 불편함이 있겠지만, 지성피부는 진심 귀찮고 짜증나는 속성이다. 일단, 찝찝하다. 아침 일찍 일어나서 얼굴을 깨끗하게 씻어도, 한두 시간쯤 있으면 다시 개기름이 질질 흐르는 피부가 된다. 집이 아닌 바깥에서 잠이라도 자면 그야말로 큰일… 잘 때는 피곤해서 잘 잤는데 일어났을 땐 견디기 힘든 찝찝함이 온몸에 흐르는 것이다.

　　나는 대체적으로 감각이 무딘 편에 속하는데, 얼굴에 기름층이 두겹 세 겹씩 쌓이기 시작하면 나같이 무감각한 인간도 형용할 수 없는 고통을 느낀다. 한 번은 고기를 먹고 난 후 기름이 너무 나왔고, 그 기름이 눈으로 스며들어가 눈물을 흘리기도 했다. 나는 안구건조증이 있는 사람인데…

　　나도 나름 채소도 챙겨 먹고, 운동도 하는 등 체질개선을 위해 노력한 적도 있었는데, 이젠 그냥 포기했다. 모공을 다 틀어 막아도 이 빌어먹을 기름은 반드시 기어 나올 것이기 때문이다. 내가 죽어라 축구해 봐야 메시보다 못하고, 죽어라 농구해 봐야 르브론을 이길 수 없듯 한 번 지성피부로 태어났으면 죽을 때까지 지성피부루 살 수밖에 없는 것이다. 이것이 현실이다.

인간은 노력을 통해 대부분을 극복할 수 있지만, 지성피부는 아니다. 극복할 수 없는 것이다. 몸에 근본적으로 기름기가 많은데, 틀어 막는다고 나오지 않을까? 나오는 족족 제거한다고 그만 나올 것인가? 아니다… 그냥 순응하고 살아야 하는 것이다. 인간은 적응하는 동물이고, 주어진 것에 순응하고 만족할 수 있을 때 비로소 참된 행복을 얻을 수 있다. 나는 이미 포기했다. 포기하는 그 순간이 바로 시합… 아니, 번뇌의 끝이다. 후… 이제 씻으러 가야지.

솔직히 제사상이 제일 허무하다

차리는 데는 십수 시간이 걸리는 데 정작 제사는 30분도 안 됨

맛은 있지만…

※ 설명충 : 각 집안마다 제사 진행에는 차이가 있다. 우리 집은 종묘제례악 같은 거 없어서 매우 짧다.

매년 일정한 날짜에 따라서 기념하는 일을 명절이라고 하는데, 특히 우리나라의 명절 중 영혼의 투톱인 설날과 추석을 '민족 대명절'이라는 거창한 이름으로 부르곤 한다. 사실 스케일적인 측면에서도 '대'가 맞기는 한 게, 다른 명절들은 애초에 쉬는 날인 경우가 없기도 하고(단오, 동짓날 등등) 적어도 3일 이상의 연휴를 보장하기 때문이다.

근데 솔직히 까고 말하면 설날과 추석은 대부분의 대한민국 사람들에게 결코 휴식이 아닌 것 같다. 오히려 몇몇에게는 평일보다 더 힘들고 피곤한 날이 된다. 일단 귀성길부터가 장난이 아닌 게, 대명절이란 우리 가족만 움직이는 게 아니라 대한민국 거의 대부분의 가족들이 움직이는 국가적 행사. 덕분에 좁아진 차 안에서 몇 시간 동안 고통받으며 명절은 시작하는데, 벌써부터 기분이 썩 좋지 않다.

머나먼 길을 억지로 버텨가며 본가에 도착하면 한동안 못 본 친척들의 얼굴이 보인다. 분명 오랜만에 보게 돼서 당연히 반가워야 하는 것인데, 가족들 대부분은 왠지 표정이 좋지 않다. '쓥…'

일단 만나서 서로 인사를 하고 집에 들어가면 하는 얘기는 일단 근황이다. 그동안 얼마나 잘 살았나, 못 살았나를 겨루는 한판 승부. 우리 남편은 연봉이 얼마네, 우리 딸은 대학을 어디 갔네, 예전에 샀던 집값이 얼마가 올랐네… 사회에 나가서 남들과 경쟁하는 것도 피곤할 텐데 한 핏줄끼리도 누가누가 잘 사냐를 따지고 줄을 세우는 걸 보면 우리들 대부분은 정말 스트레스를 사서 받는다는 느낌이 든다. 친척이 못 살면 때를 잘 봐서 도와주면 되는 거고, 잘 살면 나중에 수틀렸을 때 보증서줄 곳이 있으니 더 좋은 것 아닌가. 험한 세상, 가족끼리라도 상부상조 해야지.

여자들은 말할 것도 없이 지옥이다. 다 먹지도 못할 전과 음식들을 찍어내듯이 만들어야 하고, 잔소리는 잔소리대로 듣는다. 여성가족부는 이런 거나 좀 개선하지…

그렇게 무차별 공격을 받다가 겨우 빠져나오면 또다시 귀경길로 차 안에서 몇 시간을 보내야 한다. 결국 집에 도착하면 모든 걸 불태운 기분으로 쓰러지는 것이다. 분명 쉬라고 있는 명절인데 우리는 어째서 더 피곤한가. 휴가도 짜디짠 나라에서 명절까지 이 모양이면 이렇게 살라는 말인가. 전 국민 암보험이 시급한 때다.

＃술

저렴하고 빨리 취할 수 있는 액체

취하지 않고는 버틸 수 없는 세상일까…

학창시절 나는 담배와 술은 일절 손에 대지 않았었다. 부모님이나 선생님 말씀을 잘 듣는 모범생이어서가 아니라 그냥 존나 찌질이였기 때문이다. 굳이 그런 곳에 관심이 없기도 했고. 내가 가장 처음으로 술을 접하게 된 것은 고등학교를 졸업한 이후였다. 고등학교 졸업식이 끝나고 집에 돌아오면서 큰외삼촌이 소주를 두어 병 사들고 오셨는데, 그때 처음으로 주도(酒度)를 배웠다. 윗사람과 술을 마실 때는 오른쪽으로 어깨를 꺾어서 마셔야 한다, 술잔이 다 비워졌을 때 9부 정도를 따라줘야 한다, 술을 마시되 술이 나를 마시지 않게 해야 한다… 같은 것들. 나름 잘 배웠다고 생각한다.

그래서 처음 맛보게 된 소주는, 존나 맛이 없었다. 진심 토할 뻔 했다(많이 먹으면 실제로 토한다). 당최 쓰기만 하고 맛대가리라곤 하나도 없는 이딴 액체를 왜 마시는 걸까? 그런 생각들을 하면서 한 잔, 두 잔씩 억지로 넘기다 보니 금방 머리가 새하얘졌다. 나도 모르게 움직이고 있는 입. 내 주사는 말이 많아졌다가 이내 잠드는 것이었다. 생각해 보면 아주 얌전한 술버릇이지만(난폭해지거나 뭔가를 부수는 것보단 낫지 않은가), 이거 때문에 주위사람들에게 의도치 않은 피해도 많이 끼쳤다. 대학 동아리 술자리를 따라갔다가 갑자기 잠들어버려서 강남에 살던 친구가 1시간 걸리는 거리를 타고 올라와 날 집에다 데려다 준 적도 있었고. 역시 인간은 친구를 잘 사귀어야… 어 이게 아닌데.

어쨌든 나는 소주를 굉장히 싫어한다. 소주는 맛도 없고, 향도 구리고, 숙취도 심하다. 뭣보다 내가 술 때문에 저질렀던 수많은 실수들은 죄다 소주 때문이었다. 내 인생에 하등 도움이 안 되는 놈 같으니… 맥주는 나름 좋아한다. 야식의 대명사, 야구 축구 중계의 필수요소 조합인 치맥이 워낙 강력하기도 하고, 뭣보다 소주와는 달리 '맛'이 있다는 것. 특히 맥주로는 취하기 어렵다는 것도 좋다. 맥주를 마셔서 취하는 것보단 배를 채우는 게 더 빠르니까.

예전에는 그랬다. 특히 대학교 새내기 때에는 분위기에 휘말려 함부로 술을 마시다가 사고를 일으킨 적이 몇 번 있었다. 지금 내가 낀 안경 오른쪽 위에는 살짝 흠집이 나있는데, 술 먹고 넘어지면서 생긴 것이다. 정작 보는 데에는 아무런 지장이 없어서 계속 쓰고 다니고 있지만. 책임지지 못할 술을 마시지 않겠다는 스스로에 대한 다짐 정도로 생각하고 있다.

솔직하게 말하면 아직도 묘하다. 중고등학교 시절 요구르트나 쪽쪽 빨던 내가 어느새 성인이 돼서 술을 마실 수 있다는 사실. 실은 아직도 소주 맥주보다는 콜라나 사이다, 요구르트나 망고주스가 더 달고 맛있다. 이왕 먹는 거 그냥 달고 맛있는 거 먹으면 안 되나. 어른이 되면 쓴 술도 달게 마셔야 하는 걸까.

허구한 날 청춘 운운하는 놈들을 죄다 패버리고 싶다. 벚꽃이 흩날리는 봄날 아름다운 캠퍼스 잔디밭 정중앙에서 먼지가 나도록 두들겨주고 싶다. 내가 이십대인데도 이십대들이 이십대 운운하는 게 짜증나고 빡치는데 나이가 있으신 분들은 오죽할까 싶다. 내가 아마 삼십대나 사십대였다면 툭하면 청춘이니 젊음이니 헛소리 하는 애들을 꿀밤 때려주고 다녔을 것이다. 이렇게 생각하니 새삼 아주 젊은 나이에 꼰대가 된 느낌이라 씁쓸하기도 하지만, 어쩔 수 없다. 진심으로 패버리고 싶은 마음이 드는데 그걸 어쩌란 말인가.

왜 청춘이 싫으냐고 물으면 뭔가 정확하게 딱 떨어지는 이유를 말하긴 어렵다. 굳이 말하자면 그냥 싫기 때문이다. 왠지 이십대가 운운하는

'청춘'의 뉘앙스 자체가 어떤 특권의식 같은 걸 느끼게 해서인지도 모른다. '나이 많다고 유세 떤다'의 반대 개념이라고나 할까? '나이 어린 게 뭐 대단한 건 줄 아는' 느낌이 별로인 것 같다. 지금의 삼십대, 사십대, 그리고 탑골공원에 삼삼오오 모여서 바둑을 두는 어르신들도 다 이십대를 겪었고, 청춘이 어떤 의미인지 어떤 개념이었는지 깨달았거나 아마 깨닫고 있으실 것이다. 그런데 몇몇 이십대들의 '꼰대들은 좆도 모르잖아', '기성세대들이 우리나라의 문제야' 같은 말과 생각들은 같은 이십대 입장에서도 건방지고 오만방자한 소리 같다. 무조건 틀린 거라는 것도 아니고 지금의 어른들이 문제가 없다는 것도 아니지만… 건방지다는 사실에는 변함이 없다.

그냥 존나 그런 게 싫은 것 같다. '야 청춘이잖아', '우린 이십대야 시발', '그냥 해, 우린 개젊다고', '크큭, 끓어오르는 젊음을 주체할 수 없다' 같은 것들. 젊다고 자신이 하는 모든 게 용서될 줄 아는 못돼먹은 녀석들. 세상에 무엇이든 용서될 수 있는 시기 같은 건 없다. 이십대는 분명한 어른이고, 어른은 자신이 한 행동에 정당한 책임을 질 수 있어야 한다. 신체건강하다고 술을 마구 마시곤 길가에 침을 뱉고 토하고 거기다 드러눕고 경찰에게 행패를 부리다 그대로 잠들곤 정신차려 보니 집인데 '하핫 그럴 수도 있지, 난 젊으니까'라고 하는 건 그야말로 등신 같은 짓이다.

그리고 젊을 때 뭔가 많은 걸 해놓아야 한다는 인식도 별로다. '젊을 때 놀아야지', '젊을 때 힘내야지', '젊을 때 노력해야지', '젊을 때 많이 경험해야지', '젊을 때 하는 고생은 사서도 하는 거야', '젊은 친구가 열심히 해야 하지 않겠어?' 뭐 젊을 때 해야 하는 게 이렇게 많냐. 젊음은 한 순간이라며? 한 순간에 저걸 다 어떻게 하냐고. 즐길 거 즐기고 할 거 하고 자기개발 다하고 캠퍼스의 낭만도 즐기고 이성친구도 사귀고 토익에 토플에 텝스에 토익스피킹도 하고 어학연수도 다니고 번듯한 곳에 취직도 하고 돈도 모아서 혼수비용이랑 신혼집 차릴 준비도 해야 하고. 이걸 어떻게 다 해 미친놈들아, 메시 호날두도 못한다.

…뭐???

무슨 수리야 청춘인데 왜 아파

니들이 진짜 고통이 뭔지 알기나 하냐?

※ 설명충 : 늙어서 골병들면 답도 없다. 젊을 때 열심히 몸관리하자. 술 담배만 멀리해도 성공이다.

　'Lost Stars'의 가사처럼 왜 젊음은 젊을 때에 낭비되는가 싶기도 하지만, 사실 지금 이 순간에도 끊임없이 청춘은 낭비되고 있다. 사실 청춘이란 낭비해야만 의미가 있는 것. 원래 낭비됨으로써 가치가 있는 것. 그냥 딱 그 정도의 의미인 것 같다. 낭비해도 되긴 하는데 책임은 니가 지는 거랄까? 그렇다고 아무거나 막 질러서는 안 되는 거. 너무 도취되어서도 안 되지만 감사하긴 해야 하는 거. 그러니까 이제 청춘얘기 젊음얘기 좀 그만 했으면 좋겠다. 젊으니까 아프다는 건 또 뭔 개 같은 소리냐, 생각을 좀 해 봐라. 똑같이 처맞아도 젊을 때 더 아프겠냐, 아니면 늙었을 때 더 아프겠냐? 사실 젊을 때 몸 관리 하나는 잘 해놓아야 한다. 안 그러면 늙어서 골병들기 때문이다. 후… 난 오늘도 숨쉬기 운동 열심히 해야지.

#4

인생은 ━━━

실전이야

틀림과 다름

맞춤법 리뷰는 이미 했습니다

몰랐죠?

틀림 : 다름

- 틀림과 다름. 딱히 맞춤법 얘기를 하자는 게 아니다.

1. 너와 나는 ( )
2. 이 풀이는 ( )

① 다르다 ② 틀리다

맞춤법보다는 어휘 혼동에 가깝다

…미안 나도 잘 모르고 지껄인 말임

- 물론 사람들이 자주 틀리는 맞춤법이긴 하지만,
사실 이건 맞춤법이라기보다는 용법 자체가 다른 어휘다.

12. 리뷰왕 김리뷰에 대한 설명 중 가장 옳지 않은 것은?

① 심각한 고양이 덕후이다.
② 버드나무를 싫어한다.
✔③ 메시와 호날두 중 메시를 선호한다.
❹ 주기적으로 헌혈을 한다.
⑤ 직장도 없는 게 까분다.

문제를 '잘못' 풀었거나

판단을 '잘못해서' 틀린 것이다

- 간단하게 설명하자면 그렇다. '틀렸다'는 '잘못된 것'이다.
시험칠 때 답이 3번인데 내가 4번을 찍었으면 그건 틀린 것이다.

딸기 좋아하는 사람도 한 번쯤 바나나를 먹고 싶을 때가 온다

뭔가 정답이 있는 문제가 아니다. 취향의 문제지

- 반면, 다른 것은 딱히 잘못된 것은 아니다. 내가 딸기 맛을 좋아하는데,
누군가 바나나를 좋아하면 그건 다른 것이지만 틀린 건 아니다.

영어… 잘 못하는데 이 정도는 안다

- Different [ˈdɪfrənt]

: 1. 다른, 차이가 나는 2. 각각 다른, (각양)각색의 3. 색다른, 특이한

사실 스펠링 틀렸을까 봐 찾아보고 썼음ㅋㅋ

- False [fɔːls]

: 1. 틀린, 사실이 아닌 2. (자연 그대로가 아닌) 인조의 3. 위조된

- 영어로 바꿔 보면 확실하게 알 수 있다.
'Different'와 'False'는 용법 자체가 다르지 않은가.

이 상품과 저 상품은 완전히 틀린 거에요 손님~

틀린 건 방금 님이 한 말이 완전히 틀렸어요…

- 우리나라의 경우는 특히 이 두 어휘를 혼동하는 경우가 많다.
실생활에서는 물론이고, 알면서도 틀리는 사람도 있다.

당연히 세종대왕님도 슬퍼는 하실 것이다

이 분 너무 슬퍼하셔서 눈물샘이 마르신 분…

- 문제는 이게 단순히 우리말 사랑이나 맞춤법을 떠나서 사람의 인식에 상당히 심각한 영향을 미치는 요소라는 것

이게 그 이유의 전부는 아니겠지만

적어도 지대한 영향을 끼치진 않았을까 싶다

- 난 우리나라가 유난히 '다른 것'을 포용하지 못하는 사회가 된 것이 이 사소한 어휘 오류 때문이라고 생각한다.

- 단지 다를 뿐인데, 틀린 게 아닌데, 그냥 나와 다른 사람을 이상하고 틀린 것으로 격리시키면서 모든 문제가 발생하는 것이다.

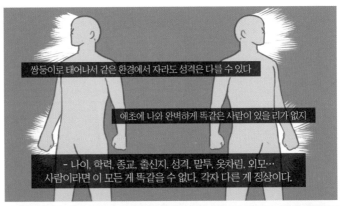

쌍둥이로 태어나서 같은 환경에서 자라도 성격은 다를 수 있다

애초에 나와 완벽하게 똑같은 사람이 있을 리가 없지

- 나이, 학력, 종교, 출신지, 성격, 말투, 옷차림, 외모…
사람이라면 이 모든 게 똑같을 수 없다. 각자 다른 게 정상이다.

대표적으로 종교

뭘 믿든 상관없는데 다른 종교를 틀린 종교라고 비난하는 건 틀린 믿음이다

- 근데 우리는 대부분 우리의 기준으로 사람을 평가하려고 한다.
나와 다른 사람을 틀린 것으로 치부하고, 비난하는 것이다.

사실 다른 나라는 안 가봐서 모른다

그래서 우리나라로 한정지어 얘기함

정상

비정상

- 우리나라는 그런 면에서 좀 병적인 측면이 있다.
본인을 정상의 범위 안에 들여놓으면서 얻는 안정감이랄까

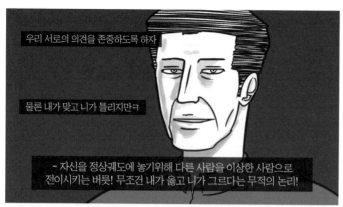

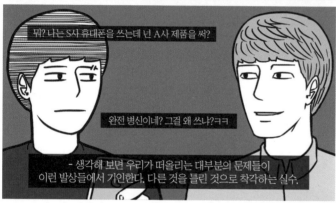

이 얼마나 끔찍하고 무시무시한 생각이니?

- 종교분쟁은 내가 믿는 종교가 유일하게 옳은 종교이며, 니가 믿는 종교는 틀린 종교라는 유치한 생각이 만들어낸 촌극이다.

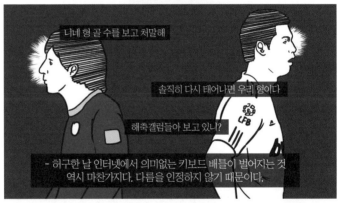

니네 형 골 수를 보고 쳐말해

솔직히 다시 태어나면 우리 형이다

해축갤럼들아 보고 있니?

- 허구한 날 인터넷에서 의미없는 키보드 배틀이 벌어지는 것 역시 마찬가지다. 다름을 인정하지 않기 때문이다.

- 모두가 다른 환경에서 자랐다. 다른 생각을 하며 자랐다. 모두가 다르지만 그게 곧 틀린 것은 아니다.

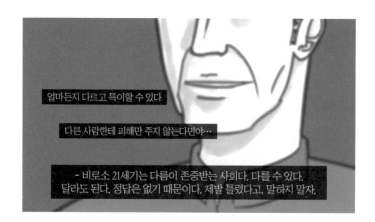

얼마든지 다르고 특이할 수 있다

다른 사람한테 피해만 주지 않는다면…

- 비로소 21세기는 다름이 존중받는 사회다. 다를 수 있다.
달라도 된다. 정답은 없기 때문이다. 제발 틀렸다고, 말하지 말자.

악플

 나는 전직 악플러(악성 댓글을 쓰는 사람)였다. 아주 어렸을 때부터 인터넷을 해오다 보니 온라인상에서 많은 경험을 했고, 거기에 내 뒤틀리고 왜곡된 가치관이 이입되다 보니 무의식적으로 그렇게 됐던 것 같다. 하긴 의식해서 악플을 쓰는 사람이 얼마나 있겠냐만…

 지금 생각해 보면 그냥 스트레스를 많이 받았던 것 같다. 집안은 가난하지, 환경은 안 좋지, 공부도 안 되지, 덕분에 성격은 꼬일 대로 꼬였지, 인생에서 어느 것 하나 되는 일이 없었다. 그래도 얼굴도 안 보이고 서로 이름도 모르는 인터넷에선 내 맘대로 다른 사람에게 폭언을 퍼부어도 됐기 때문에(사실 안 된다. 고소당할 수 있음), 악플을 달아대면서 스트레스를 풀었던 셈이다.

 키배(키보드 배틀, 인터넷상에서 벌어지는 말싸움)도 많이 했다. 페이스 투 페이스로 처음 보는 사람과 이야기 하라고 하면 말 한마디 못할 거면서 어떻게 키보드로는 그렇게 처절하게 싸울 수 있었는지 나도 어이가 없는 일이다. 사실 모든 말싸움이 그렇듯 키배에도 완전한 승자는 없다. 그냥 둘 다 모니터 앞에서 이유 없이 혼자 화를 내면서 손을 부들부들 떨 뿐… 그 힘과 정신력으로 차라리 운동을 했다면 살면서 내세울 만한 특기 하나는 새로 만들 수 있었을 것이다.

 옛날 사람들이 한 말이라고 다 맞지는 않지만, '말'과 관련된 얘기 중에는 여전히 회자될 만한 명언들이 많다. 말 한마디에 천 냥 빚 갚는다든가, 가는 말이 고와야 오는 말이 곱다든가, 한 번 한 말은 주워 담을 수 없다든가. 이것들은 특히 나에게 시사하는 바가 컸다. 이전에 했던 나쁜 말들로 인해서 많이 혼났다. 직장에서도 부득불 나오게 됐고, 내가 생각 없이 던진 말들이 내게 고스란히, 혹은 몇 배로 돌아오는 걸 뼈저리게 깨달았다. 그렇게 욕을 먹다 보니 나는 여태껏 얼마나 많은 사람들에게 얼마나 미안한 짓거리들을 해댄 것일까 하는 생각도 들었고… 쓰다 보니 이건 리뷰냐 반성문이냐. 여하튼 결론은 현실이든 인터넷이든 싸우지 말자는 것이다. 인터넷은 현실에서 할 수 없는 말을 함부로 하라고 있는 곳은 아니니까.

경쟁사회

- 세간에서는 오늘날을 무한경쟁사회라고 한다.

- 각박한 삶 속에서 어떻게든 살아남기 위해 끊임없이 경쟁을 하는 사람들.

- 실로 경쟁에서 이기지 못하면 살아남기 어려운 세상이긴 하다.
이곳저곳에서 치이며 상대방을 밀어내야하는 지금

'경쟁이란 꼭 해야 하는가' 하는 문제에 대해서 많은 사람들이 고뇌와 혼란에 빠져있는 것 같다.

- 그런데 생각해 보면 인간이란 종족은 언제나 경쟁이란 걸 해왔는데

- 사람들이 갖고 싶은 것들은 한정되어 있지만
그걸 원하는 사람과 욕심은 그야말로 끝이 없기 때문이다.

- 맛있는 음식부터 시작해서 미인, 명문대 입학, 높은 지위, 많은 돈,
인기와 명성…

- 이러한 경쟁이 낳는 가장 슬픈 일은 자신의 생존을 위해 상대방이 나가 떨어지길 바라게 된다는 것

- 내가 합격하려면 상대가 불합격해야 한다.
내가 성공하려면 상대가 실패해야 한다.

- 어쩔 수 없이 하게 되는 이런 생각들이 험한 세상을 더욱 쓸쓸하고 고독하게 만드는 것 같다.

- 그런데 사실 경쟁의 본질이 '상대방이 고꾸라지는 것'을 목표로 하는 거냐면 그건 아니라고 생각하는데

- 사람이란 서로 경쟁을 하면서도 그와 동시에 힘을 합치지 않으면 안 되는 동물이기 때문이다.

- 만약 경쟁이 필수적이고 피할 수 없는 것이라면,
적어도 서로를 죽여야 하는 경쟁은 하지 않았으면 좋겠다.

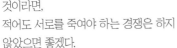

- 왜냐면 타인의 실패가 곧 나의 성공이 되지도 않고,
나의 성공이 다른 사람의 실패가 되는 것은 절대 아니기 때문이다.

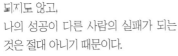

- 내가 노력하고 열심히 해서 얻어내는 성공과
다른 사람의 실패로 말미암아 얻어내는 성공은 다르다.

- 비유하자면 100m 달리기에서 상대방의 다리를 걸어 이기는 것과
끊임없는 연습으로 속도를 키워 이기는 것의 차이라고 할까

- 모든 경쟁이 '다리를 걸어 넘어트려야 하는' 경쟁이라면,
모두가 경쟁을 그렇게 생각한다면 정말 슬픈 일일 것이다.

- 나 빼고, 우리만 빼고 모두가 나쁜 놈이 아니다.
무한히 경쟁을 한다고 해서 상대방이 죽일 놈은 아니다.

- 그냥 나처럼 아등바등 세상을 살아가려는 한 사람일 뿐이다.
'나는 살 테니 너는 죽든가 말든가'라는 말은 너무 차갑다.

- 바라건대 '나는 살 테니, 너도 열심히
살아'라고 말할 수 있는
그런 '경쟁사회'가 됐으면 좋겠다.
너무 거창한 꿈일까.

　　겨우겨우 들어간 대학을 다닌 지 얼마 되지도 않아 휴학을 하고, 서울에서 밀린 등록금과 생활비 충당을 위해 이곳저곳 아르바이트를 전전하던 중 취미로 운영하던 페이스북 페이지였던 〈리뷰왕 김리뷰〉를 보고 한 회사가 스카웃 제의를 했다. 피키캐스트였다. 나는 처음 연락받았을 땐 이게 대체 뭐하는 회사인가 했다. 본인들 말로는 뭐 재미있는 거 하는 회사라고 하는데(그 외에 자세한 설명이 있긴 했지만 길어서 읽지 않았다), 약간 혼란스러웠다. 뭣보다 내가 크든 작든 회사로부터 스카웃을 받을 만한 인물이었나? 다소 어리둥절한 상태로 회사를 찾아가서 얘기나 나눠 보기로 했다.

　　음, 내 생각보다 회사는 작지 않았다. 아담한 3층 건물을 통째로 쓰고 있던 회사(지금은 다른 곳으로 옮겼다). 소위 말하는 스타트업 회사치곤 정리정돈 자체가 굉장히 잘되어 있는 편이랄까. 그때가 여름이라 조명빨도 좀 있었던 것 같다. 어쨌든 2층으로 올라가 회사 측과 인터뷰를 했는데, 좀 놀랐던 것은 나 따위를 만나겠다고 회사의 이사씩이나 되는 사람이 나왔다는 점이었다. 속으로 '뭐지? 난 존나 대체 뭐지? 네가 이렇게 대단한 사람인가?' 하는 생각을 하면서 겉으로는 억지로 태연한 표정을 지어보려 노력했던 기억이 난다.

　　피키캐스트 이사님은 날 만나자마자 갑자기 이상한 소리들을 마구 해댔다. 피키캐스트가 어떤 회사고 어떤 행적을 보이고 있고… 이런 얘기들은 사실 잘 이해가 안됐는데, 요는 그랬다. '그냥 우린 멋진 걸 한다'는 것. 내심 존나 뜬구름 잡는 소리라고 생각했지만, 난 왠지 그 뜬구름 잡는 소리가 굉장히 마음에 들었던 것 같다. 그래서 나는 많지 않은 나이에 한

스타트업 회사에서 회사생활을 시작했다.

피키캐스트는 내 생각보다, 아니 객관적으로 아주 잘 나가는 벤처 기업이었다. 대규모 투자를 받아 본격적인 행보에 들어가기 시작한 피키캐스트는 이제 막 속도가 붙기 시작하는 로켓이었고, 나는 거기에 얼떨결에 올라타게 된 셈이었다. 그리고 나는 내 존재가 회사에 작게나마 도움이 된다는 사실에 난생처음 오묘한 소속감 같은 걸 느낄 수 있었다.

생각해 보면 피키캐스트는 정말 멋진 회사였다. 회사 안에서는 몇 가지 규칙이 있었는데, 첫 번째가 서로를 본명이 아닌 스스로 정한 영어이름으로 부른다는 것이었다. 나는 해외여행 한 번 못 갔다 온 사람이라서 처음엔 좀 어색하게 느껴지기도 했지만, 나중에는 그것이 나이차나 직급을 떠나서 서로를 존중하고 다양하게 의견을 나누려는 의도임을 알고는 금방 적응할 수 있었다. 직원들 역시 하나도 빠짐없이 다들 좋은 사람들이었다. 나이도 어리고, 갑자기 회사에 들어와 다소 건방지게 굴기도 했던 날 친절하게 대해줬다.

내가 피키캐스트에 있었던 시간은 약 4개월 정도에 불과했지만, 그 동안 아주 많은 일들이 있었다. 입사하자마자 아무나 먹으라고 놔둔 초코우유를 막 집어 먹다 대규모 초코우유 나눔 프로젝트를 하기도 했고, 아무도 모르지만 영문도 모른 채 방송촬영을 하기도 했으며, 음원으로 목소리만 듣던 가수를 직접 만나거나 이른 새벽부터 제주도로 끌려가기도 했다. 무엇보다 계속 받아 먹기만 했던 부모님에게 비루하게나마 용돈을 드릴 수 있는 형편이 됐다는 것이 가장 좋았다. 비록 딱 4개월이었지만… 내겐 정말 꿈만 같은 시간이었다.

그렇게 쭉쭉 올라가기만 할 것 같았던 시절. 나는 한 사건으로 인해 회사에서 나오게 됐다. 회사에 들어오기 전, 그러니까 아르바이트를 전전하며 혼자 고시원 단칸방에서 살 때 일간베스트저장소(일베)에서 키보드로 아무렇지 않게 했던 폭언들이 드러나면서 나를 좋아해주던 사람들에게 뭇매를 맞았고, 내 글에는 '재밌다', '웃기다', '약 빨았다' 같은 댓글 대신 '피키캐스트에서 꺼져라', '예전 글 보니까 완전 쓰레기였다', '너 같은 놈은 그냥 죽어라, 자살해라' 하는 댓글들이 달렸다. 아무리 회사에 들어오기 전의 일이라지만 잘못은 잘못이었고, 어떻게 비난받더라도 난 할 말이 없었다. 그러나 이 상황에서 아마 나만 욕을 먹었다면 모르겠는데, 나를 품어준 회사도 함께 욕을 먹었다. 왜 내가 예전에 했던 잘못들로 인해서 회사까지 욕을 먹는가. 나는 회사에서 스스로 나왔다.

가장 먼저 이사님을 만났을 때 내가 물었다. '저는 나이도 어리고, 이렇다 할 스펙도 없어요. 제가 이 회사에 들어가서 뭘 하면 됩니까?' 이사님이 말했다. '그냥 집에서 하던 걸 여기서 하면 됩니다. 피곤하면 주무셔도 되구요.' 그 말 그대로였다. 나는 집에서 하던 일을 회사에서 했고, 이제 다시 원래 자리로 돌아왔을 뿐이었다. 많은 사람들이 '김리뷰는 끝났다'고 했지만 난 살아남아서 이렇게 책을 쓰고 있다. 회사는 내가 나온 다음에도 여전히 승승장구하고 있다. 뱃사공이 한 명 사라진다고 해서 배가 멈추진 않는다. 더 훌륭한 뱃사공들이 와서 배를 더 잘 움직여줄 테니까. 그럼에도 불구하고 내가 회사에 들어갈 때부터 나올 때까지 나를 가장 아껴줬던 이사님은 내가 나올 때 눈물을 흘렸다고 한다. 이사님, 이제 결혼도 하시는데 다 큰 성인이 울고 그러시면 어떻게 합니까…

얼떨결에 들어가 부득이하게 나오게 됐지만, 그냥 나는 피키캐스트에서의 경험이 아주 소중했고 앞으로도 회사가 잘 됐으면 좋겠다는 생각이다. 내가 나오고 나서 버스정류장과 TV에 광고가 나오는 걸 보니 아주 잘 되고 있는 것 같다. 이사님은 꼭 다시 돌아오라고 했지만, 아마도 그럴 일은 없겠지. 피키캐스트와 나는 이혼한 부부관계 같다고 생각한다. 서로 왕래는 하고 사이도 나쁘지 않지만 재결합하기에는 너무 어려운 그런 관계. 그냥 그렇다. 이렇게까지 길게 썼는데 피키 어플에 언급 한 번 안 해주겠나. 이젠 나 혼자 벌어먹고 살아야 하는데…

SNS

※ 설명충 : 저작권 때문에 짤방 같은 걸 넣을 수 없었다. 무료이미지에서 그나마 적합한 것을 올림.

　요즘 사람들은 끊임없이 자신을 표현하고 싶어 하는 것 같다. 내가 어떤 일을 하고 있고, 어떤 생각을 하고 있고, 어떤 것에 관심이 있고, 어떤 물건을 쓰고, 나아가서 내가 어떤 사람인지를 규정짓고 싶어 한다. 이걸 표현할 수 있는 방법이 예전에는 거의 없다가, 내 세대쯤에 와서야 인터넷이 생기고 블로그가 생겼으며 미니홈피, 마이스페이스가 만들어졌다. 사실 이 정도만 해도 '와 개쩌네'라고 했었고, 이것들이 망할 거라고는 생각조차 못했었는데 눈치도 못 챘을 만큼 빠르고 자연스럽게 지금의 SNS(Social Network Service)가 완전히 자리를 대체해버렸다(정확히 SNS라는 용어 자체가 나온 건 꽤 오래됐지만, 여기선 널리 쓰이게 된 시점의 'SNS'를 지칭한다고 치자). 놀라운 일이다.

　트위터, 페이스북, 인스타그램, 오늘날 SNS라고 부를 수 있는 것들은 아주 많다. SNS라는 개념을 정의하는 많은 논문과 사전과 전문가들의

의견 같은 것들이 이미 충분히 많겠지만, 내 생각에 SNS란 그냥 '내 근황을 알리고, 니 근황을 알 수 있는' 네트워크 서비스인 것 같다. 그게 공개적으로 진행되는 것이 타임라인이고, '대체로' 실명으로 운영된다는 게 특징이라면 특징이다. 익명이 불가능한 것은 아니지만, 수지맞는 장사는 아니다. 정보나 근황은커녕 이름조차 안 알려주려는 사람과 친구가 되고 싶은 사람은 온라인이더라도 많지 않을 테니까.

사실 사람과 사람이 얽히고 설켜서 유기적으로 구성되는 것이 사회고, 그래서 SNS를 사회가 어떻게 돌아가는지 볼 수 있는 눈 같은 것으로 생각되기도 한다. 실제로 SNS를 한글 자판으로 쳐보면 '눈'인데, 이건 그냥 우연이겠지. 혹자는 온라인상의 변기라고 표현하기도 한다. 뉴스피드를 보다 보면 상식적으로 이해가 되지 않는, 이상하고 어이없는 일들도 자주 보이기 때문이다. 그런 면으로 보면 사회랑 굳이 큰 차이가 있지는 않은 것같다. 가끔 이상하고 어이없는 일들도 일어나는 것이 우리 사회 아닌가.

SNS를 자주 보면 사람들마다 유형 같은 게 있는데, 본인이 밥 먹고 차 마시고 놀러 가고 여행가고 물건 사고 심지어는 심심한 것까지 매번 올리는 '일기형'이 있고, 사회나 시사에 얼마나 관심이 많은지 매번 다 읽기도 힘든 장문의 글을 올리는 '논객형', 갑자기 끓어오르는 감성을 견디지 못하고 오글거리는 문장을 써서 무슨 의미인지 알 수도 없는 사진과 함께 올리는 '허세형', 자기 얘기는 잘 안하고 재밌고 흥미로운 거 공유만 매일 하는 '개미형', 딴 건 안 올리고 데이트한 거, 뽀뽀한 거, '100일이다 앞으로 더 사랑하자', '200일! 그동안 함께해줘서 고마워', 별일이 없어도 '우리가!! 연애를!! 하고 있다!!!' 같은 글을 올리는 '염장형' 등등… 인간 군상을 보기에 SNS만한 수단이 없는 것 역시 사실인 것 같다.

　　내가 아주 감명 깊게 본 영화 〈아메리칸 셰프〉에는 이런 대사가 나온다. 'SNS잖아요, 원래 그거 절반이 찬성하면 절반이 반대하고 그러는 거에요.' 영화에선 그냥 스쳐지나가는 대사였지만, 나는 새삼 이만큼 SNS를 잘 설명해주는 말이 있을까 싶었다. SNS는 절대 통일되는 법이 없다. 아무리 설득력 있고 맞는 말이라도 꼭 반대가 있고, 아무리 바보 같은 말이고 어이없는 행동이라도 찬성하는 사람이 한둘은 있다. 난 이게 SNS의 약점이자 강점이라고 생각한다.

　　쉽게 휩쓸린다는 지적을 받지만, 쉽게 '모두가' 휩쓸리지는 않는다. 이건 아주 중요하다. 화장실에서 쌀 똥을 SNS에서 싼다며 욕을 하는 사람도 많지만 사람이 사는데 똥을 안 싸고 살 수야 있나. 한참 잘나갈 때 미니홈피가 망할 줄 몰랐던 것처럼 SNS 역시 지금은 잘 나가지만 언제 망할지 모르긴 모르지만, 어떤 경로든 많은 사람들이 서로의 얘기를 주고받는다는 것은 꽤 긍정적인 일 같다. 하물며 SNS 덕분에 책까지 내게 된 내 입장에서야… SNS, 앞으로 더 번창하시길 바랍니다.

#과외

학창시절에는 다들 그런 생각들을 했을 것이다. 말투가 다소 어색하거나 수업방식이 별로인 선생님을 보고, '내가 가르쳐도 저것보다는 잘 가르치겠네ㅋㅋㅋ'라는 생각. 그런데 나이가 들어 누군가에게 무언가를 가르쳐야 할 때가 되면 자연스럽게 그게 겁나 멍청하고 건방진 생각이었다는 깨달음을 얻게 되는 것 같다.

누군가에게 말을 있는 그대로 전달한다는 건 어렵다. 나아가서 뭔가를 가르치는 일이란 더더욱 어려운 일이다. 그러나 나는 자세히 알지도 못한 채 철없이 대학에 들어가서 얼마 지나지 않아 내가 살던 동네에 과외전단지를 붙여댔다. 학력도 변변찮은 인간이 무슨 과외냐고 할 수도 있겠지만, 당장 온갖 물리적 아르바이트에 몸이 고통받고 있었던 나는 눈에 뵈는 게 없었다.

뭘 하든 이 상황보다는 낫겠지 하는 생각에 무작정 과외를 구하려고 발버둥 쳤다. 전단지를 돌리고, 인터넷 과외정보 사이트에 이력서를 올리고…

사실 과외시장에서 남자 선생의 입지는 아주 협소하다. 여학생의 경우 부모님의 입장에서 다 큰 남자 선생과 단 둘이 공부시키기에 아무래도 불안할 수밖에 없을 것이고, 남학생의 경우 두말할 것도 없이 여자선생님을 선호한다. 여자 과외 선생님에 대한 로망이라는 게 있기 때문이다. 나 같아도 과외를 해야 한다면 여자 선생님으로 구할 것이다. 어차피 아무 일도 안 일어나겠지만… 어쨌든, 기본적으로 수요보다 공급이 더 많은 과외 바닥에서 학력도 스펙도 부족한 내 입장은 과외를 구하기 상당히 어려운 것이었다. 그도 그럴 게 서울은 나보다도 훨씬 공부를 잘하는 사람들이 지천에 깔려있는 곳이니까. 나는 경쟁력이 없었다.

그래도 나는 어떻게든 방법을 찾아냈다. 상담을 요청한 몇 안 되는 학부모님들께 내가 제시한 무기는 딱 하나! 나는 초절정 엘리트코스를 초등학교 때부터 밟아온 수재가 아니라, 고등학교 3학년이 되어서야 공부를 시작해 급하게 성적을 올린 케이스였다(이 부분을 학부모님들이 좋아했던 것 같다). 그래서 나는 하위권 학생들의 마음을 너무나도 잘 알고 있으며, 비록 상위권을 최상위권으로 만들지는 못해도 하위권을 중위권 내지 상위권으로 만들 수는 있다는 것. 마냥 학원에 보내는 것보다도 '왜 공부를 해야 하는지'를 가르쳐야 한다 등등 내가 생각해도 기가 막힌 말들을 했던 것 같다. 결국 이 컨셉은 대성공했고, 나는 꽤 오랫동안 과외를 할 수 있었다.

문제는 과외가 생각보다 그렇게 쉬운 것이 아니라는 거였다. 당장 수능 끝나고 책도 한 번 안 펼쳐 본 인간이 누군가에게 뭘 가르칠 수 있을 리가 있나. 그래서 대학 학점은 안 챙기고 짬짬이 고등학교 교재들을 들여다보면서 고등학교 교육과정을 공부했다. 서울권 주요 대학들의 입시결과 추이와 수시논술에 관련한 신문기사들을 쭉 뽑아 읽기도 했다. 알아야 뭘 가르치든가 할 테니까.

물론 설거지를 하는 것이나 하수구 물에 들어가 청소를 하는 것보단 과외가 몸이 편하긴 했다. 뭣보다 '선생님' 소리를 들으면서 돈을 벌 수 있다는 건 정말 축복 같은 일이었다. 사실은 학생들이 갑이고, 내가 을인데. '너네(학생)가 나 자르면 난 밥 굶어야 한다'는 얘기도 자주 했던 것 같다. 솔직히 과외를 하면서 힘든 것은 피지컬보다는 멘탈 쪽이다. 난 근본적으로 병신이지만, 과외라는 건 학생들 앞에서는 언제나 근엄한 선생님을 연기해야 하는 것. '선생님! 이거(내가 모르는 거) 뭐예요? 어떻게 풀어요?'라고 했을 때 당황하지 않아야 하는 것… 이게 상당히 어려웠다. 포커페이스! 과외선생으로서의 존엄함, 지엄함을 잃으면 거기서 끝장나는 거라고 생각했기 때문이다. 난 병신인데, 병신이 아닌 척을 하려고 하니 힘이 들 수밖에.

　　그래도 많은 과외 학생들을 만나면서 스스로 배운 것도 많았다. 내가 별 생각도 안하고 했던 말들을 그대로 실천하면서 노력하는 학생, 뭔가 새로운 걸 가르쳐줄 때마다 눈을 부릅뜨며 나를 노려봤던 학생, 매번 찾아갈 때마다 다과를 준비해오던 학생, 사정 때문에 떨떠름하게 헤어지게 된 학생들까지 매순간이 내게는 배움이고 가르침이었다. 좀 오글거리는 말이긴 한데 다 사실이다. 비록 박봉에 한 번 스쳐 지나가는 인연일지도 모르겠지만, 누군가를 가르친다는 건 오히려 선생 입장에 있는 사람에게 배움을 의미하기도 한다. 그래서 세상의 모든 가르치는 일이란 쉽지 않은 것 아닐까. 이제 다시 하라고 하면 못하겠다.

덕질

역시 덕중의 덕은 양덕이라…

※ 설명충 : 서양의 오덕 문화 퀄리티가 남다르다는 얘기. 덕질도 양놈이 하면 다르다.

　　일본으로부터 '오타쿠'라는 단어가 보급된 것이 어언 십수년이 지났다. 일본에서는 70년대부터 쓰이기 시작한 말이라고 하니 나보다도 나이가 오래된 단어인 셈이다. 오타쿠 문화는 일본에서 온 것 치곤 우리나라에 굉장히 창조적인 형태로 수입됐는데, 오타쿠를 오덕후로 음차 해버리더니 이젠 '덕'이라는 음절 하나만으로도 본질을 전달할 수 있는 놀라운 단어가 되어버렸다. 갓한민국의 로컬라이징(현지화)이란 역시 놀라운 수준이 아닐 수 없다.

　　이전에 '오타쿠'라고 하면 일본 애니메이션이나 서브컬쳐에 관심이 아주 많은 사람 정도의 의미로 통용됐었던 것 같다. 사실 지금도 대개는 이런 용도로 쓰이고 있긴 하지만… 그래도 지금은 덕이라는 단어로 축약되면서 뭔가 더 넓은 카테고리까지 포함하는 용도로 쓰이고 있다. 예컨대 야덕(야구 덕후), 추덕(추구 덕후), 밀덕(밀리터리 덕후), 철덕(철도 덕후) 등, 갖다 붙이는 대로 의미가 통하는 수준이다.

혁혁… 물리짜응…

사랑한다능… 헤헿

※ 설명충 : 아이작 뉴턴. 물리 덕후.

어쨌든 그래서 덕질을 간단하게 말하면 '본인이 푹 빠져있는 분야와 관련한 행동' 정도인데, 나는 예전부터 덕질을 많이 했던 것 같다. 한번 관심이 가기 시작한 분야에 대해선 밑도 끝도 없이 파고드는 습관… 나에겐 야구가 그랬고, 게임이 그랬고, 전자기기가 그랬고, 음악이 그랬고, 만화가 그랬고, 철도가 그랬고… 굉장히 많았다. 내 인생은 매 순간순간이 덕질의 연속이었다고 해도 과언이 아니다. 이 책을 쓰는 것도 리뷰라는 카테고리에 대한, 덕질의 연장이라고 보아도 좋겠다.

내가 사뭇 긍정적으로 보는 것은 '~덕' 문화가 굉장히 부드럽게 받아들여지고 있다는 사실이다. 생각해 보면 당연한 일이다. 뭔가에 관심이 있어서 그걸 계속 집중해서 파고들고, 거기서 행복감을 느끼는 건 너무 자연스러운 거니까. 뉴턴은 물리학 덕후였고, 빌 게이츠는 컴퓨터 덕후였으며, 마이클 조던은 농구 덕후였다. 이외에도 어떤 분야에서 거대한 족적을 남긴 사람은 대부분 그 분야에 대한 지독한 덕후였을 가능성이 농후하다.

모든 것을 잘할 수 있는 사람은 없다. 그렇게 노력하는 것도 힘들다. 바라만 봐도, 생각만 해도 가슴 뛰고 행복해지는 일이 하나라도 있다면 그건 행운이 아닐 수 없다. 많은 사람들이 '하고 싶은 것'과 '해야 하는 것' 사이에서 고민하지만, 내 생각은 그렇다. '하고 싶은 것' 정도가 아니라, '존나 하고 싶은 것'이라면, 그냥 그걸 해라. 하다가 잘 안 되면 어떤가. 그걸 하면서 충분히 행복했을 텐데 뭐.

인간관계

- 어렸을 때, 잘 몰랐을 때는 쉬워보이다가 나이가 들면서 엄청 어려워 보이는 것들이 있다.

- 나 같은 경우에는 그 중에서도 사람과 사람 사이. 인간관계에 대한 어려움을 어느 정도 크고 나서야 조금이나마 깨달을 수 있었던 것 같다.

- 너무 많이 일어나지만, 너무 어렵고 복잡한 일…

- 학창시절 전학을 딱 한 번 간 적이 있었는데

- 정든 동네와 친구들을 떠나는 것이 안타까웠음에도
또 다시 새로운 친구를 만나 쉽게 친해질 거라고 생각했다.

- 그곳엔 어떤 친구들이 있을까, 어떤 사람들이 있을까.
이사 전날 어린 마음에 괜히 잠 못들곤 했는데

- 지금은 새로운 곳에 가고 새로운 만남을 가지게 되는 것이
마냥 두렵거나 공포스러운 일이 되어버렸다.

- 원하든 원하지 않든 사람이 사람을 만나는 건 지금 이 순간에도
끊임없이 일어나는 일

- 수없이 발생하는 만남, 그만큼 수없이 만들어지는 인간관계

- 우리는 왜 이런 인간관계들에 스트레스를 느끼는 걸까

휴대폰도 싸게 못사고…

- 문제는 언제나 신뢰에서 발생하는 것 같다.
워낙 흉흉하고 팍팍해진 대한민국에서의 삶.

얼른 나에게 무릎꿇고 내 발등에 키스해라

이 하등 종족아

- 사람이 사람을 만나 쉽게 친해지지 못하고 경계하고 불신하며
심지어 미워하게 되는 것은

내가 도대체 어디까지 맞춰야 돼?

넌 만날 그런 식이야

됐어, 나 갈래

- 모두 서로를 믿지 못한다는 문제에서 일어나는 것이다.
너무 어렵고 해결이 요원해 보이는 것들도

누나 저 마음에 안 들죠?

왜 눈을 그렇게 떠?

- 알고 보면 그냥 서로를 믿지 못해서 발생하는 경우가 많다.
인간관계란 단지 다른 사람을 만나 서로 믿음을 주는 일이다.

- 세상에서 가장 간단하고 중요한 일,
그럼에도 불구하고 가장 어렵고 난해한
일.

- 오늘도 새로운 사람을 만나면서 또 다
시 생각한다.
그 사람에게 믿음을 느끼는가, 내가 믿
음을 주고 있는가

- 통신(通信)의 한자 뜻은 '통했다고 믿
는 것'이라고 한다.
실제로 통했는지, 전달됐는지는 경험하
지 않곤 알 수 없다.

통할 통(通)에
믿을 신(信)을 쓴다

- 부디 믿을 수 있는 세상이 되었으면
좋겠다.
나를 믿어줄 수 있는 세상이 되었으면
좋겠다.

나는 지금 주말에 이 글을 쓰고 있다. 너무 가혹한 일이 아닐 수 없다. 주중에도 글을 쓰고, 주말에도 글을 써대야 한다는 건… 돈을 벌어먹으려면 어쩔 수 없는 일이긴 하지만, 슬픈 일이다. 돈을 벌어야 욕망을 채울 수 있는 인간이란 얼마나 하찮고 보잘것없는 존재인가를 생각해 본다.

솔직히 너무 했다고 생각한다. 5일을 일하고 이틀만 쉬라니… 주 5일제가 실시된 지도 그리 오래되지 않았음을 생각한다면 이전에는 얼마나 더 끔찍하고 고통스러운 세계였을지 가늠조차 어렵다. 신도 좀 어이없다. 이왕 전지전능한 거, 천지창조할 때 이틀 만에 만들고 이틀 쉬었으면 얼마나 좋은가? 그렇게 열심히 만든 세상인데, 정작 인간이 그걸 느끼고 즐길 시간은 7일 중 이틀밖에 되지 않는다는 사실은 신에게도 슬픈 일일 것이다. 그러게 쉬엄쉬엄 닷새 동안 만들지 말고 좀 빡쎄게 해서 이틀 만에 끝내지…

아니면, 적어도 주말이 사흘 정도만 됐어도 좋았을 것 같다. 업무일 4일, 휴식일 3일 이렇게. 왜냐하면 4 대 3은 이미 사진 해상도로 널리 사용되고 있을 정도로 적절하고 안정적인 비율이기 때문이다. 16 대 9 같은 야비한 비율들도 있지만 나는 4 대 3이 제일 좋은 것 같다.

한 신문기사에서 한국인의 연간 근로시간이 OECD 회원국 중 2위라는 얘기를 들었다. 그나마도 계속 1위를 하다가 주 5일제가 본격적으로 실행되고 나서야 멕시코에게 밀려 2위를 하고 있는 것… 그러나 우리나라의 연간 근무시간이 2,100시간이 넘고, 이웃나라 일본과 태평양 건너 천조국의 연 근무시간이 1,700시간을 상회하는 정도임을 생각해 보면 국민의 행복수준을 위해서라도 주 4일제를 시행해야 한다는 입장이다.

많이 일한다고, 결과물이 많이 나오는 것은 아니다. 더 좋은 결과가 나오는 것도 아니다. 세계에서 손꼽히는 선진국인 독일과 네덜란드의 근무시간이 1,400시간 정도임을 생각하면 더더욱 그렇다. 일을 오래, 많이 시키자는 생각보다, 적더라도 효율적이고 생산적으로 시켜야 시키는 사람도 하는 사람도 행복할 수 있는 길이다. 그러니까 결론은 주말 좀 늘리자는 것이다. 이게 다 행복하게 살자고 하는 짓 아닌가.

스마트폰

스마트폰 발명 후 사람들의 시선이 가장 크게 바뀐 것.jpg

현대판 오아시스

　지금은 바야흐로 2015년(이 책을 쓰는 시점이 2015년이다. 읽는 사람들도 대부분 2015년이겠지. 2016년에도 이게 팔릴 거라곤 생각 안 함)이다. 2010년대가 벌써 절반이나 지났다. 나는 어른들에 비하면 얼마 살 지도 않았지만, 스마트폰을 보고 있으면 세월이 참 빠르다는 생각이 들 수밖에 없다. 우리는 5년 전만 하더라도 대부분 소위 말하는 '피쳐폰'을 쓰고 있었으니까. 휴대폰으로 인터넷을 하는 게 지금은 너무나 당연한 일이 돼버렸지만, 그때만 하더라도 휴대폰으로 하는 인터넷이란 벨소리나 컬러링을 다운받는, 접속하고 있으면 어마어마한 통신료가 나오는 애물단지일 뿐이었다.

　또 떠올려 보면 터치스크린이란 건 기술 교과서나 은행 ATM기에서나 간혹 볼 수 있는 기술이었지, 휴대폰에 접목될 줄은 상상도 못 했다. 난 처음 우리나라에서 터치폰이 나왔을 때도 '어휴, 또 이상한 휴대폰 만드는구나. 만드는 거나 잘 만들지'라고 생각했었다. 내가 그런 허접한 생각을 할 때 물 건너 미국에서는 아이폰이 불타나게 팔리고 있었다(아이폰 1세대는 2007년에 출시됐다). 그 이후 안드로이드를 탑재한 본격적인 스마트폰이 나오고, 싱글코어가 아닌 듀얼코어라고 광고를 때리더니(우리집 컴퓨터가 듀얼코어다) 이젠 핵이 4개니 8개니 하는 폰들이 나오고 있다. 석기시대에서 철기시대로 발전하는 데만 수만 년이 걸렸다는데 이쯤 되면 인간은 대체 뭐하는 생물인가 싶다.

학교를 휴학하고 아주 잠깐 중학교 학생들을 가르치는 재능기부 같은 걸 했는데, 그때 학생 하나가 했던 질문이 뇌리에 남는다. '선생님 어렸을 땐 카톡도 없었는데 어떻게 친구들을 만났어요?' 글쎄, 뭐라고 대답하기가 어려워서 스마트폰 없던 시절의 인간은 초음파를 쏴서 대화할 수 있었다고 얘기해줬다. 어렸을 때라서 잘 기억은 안 나는데, 생각해 보면 나는 진짜로 초음파를 썼었던 것 같다.

휴대폰도 지갑도 하나 없이 어머니께 '놀다 올게요' 하고 혼자 뛰쳐나가선 놀이터나 문방구나 학교 운동장들을 서성거리다 보면 평소 같이 놀던 애들을 어렵지 않게 찾을 수 있었으니까. 요즘은 전화에 카톡에 지도 앱까지 있는데도 만나기 어려운 사람이 있는데. 내가 어렸을 때 친구들을 찾을 때 썼던 그것이 초음파가 아니면 뭐란 말인가.

요즘 지하철을 타면, 8할 정도는 고개를 내리깔고 스마트폰을 만지작거리고 있다. 뭐가 그리 바쁜지는 모르겠지만 다들 손가락이 쉴 새 없이 분주하다. 6인치 정도 되는 작은 창 안에서, 사람들은 어디든 갈 수 있고 무엇이든 할 수 있기 때문이다. '스마트폰에서 벗어나서 세상 밖으로 나와라!', '스마트폰은 우리의 인생을 대신 살아주지 않는다!', '기계문명의 지배는 벌써 시작됐다!' 같은 식상한 얘기를 하자는 건 아니다. 너무 빠르고 똑똑하게 흘러가는 세상, 나 같은 좀병신은 점점 살기 어려운 세상이 왔다는 게 그냥 슬프고 안타까울 뿐이다.

#물

- 생명의 근원, 물.

- 동서양을 막론하고 이 물이라는 존재
는 고대부터 지금까지
인간의 삶에서 가장 중요한 물질 중 하
나인데

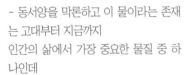

- 왠지 나는 옛날부터 이걸 덜도 말고
더도 말고 '존나 아껴야 하는 것'으로
인식하고 있었다.

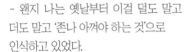

  에전부터 어른들은 내게 물을 아끼라
는 말을 서슴없이 자주 이야기 해오셨
으며

이 얘기가 나온 지 10년이 넘었는데

아직도 갑론을박이 이어지고 있다.

정확히 UN이 정한 건 아니라고 함

- TV에는 우리나라가 'UN이 지정한 물 부족 국가'라며 물을 최대한 아껴서 써야 한다고 말해왔기 때문이다.

생각해 보면 예전에

UN이라는 2인조 가수가 있었던 것 같은데

… 어어?!

- 사실상 물이 부족하다는 얘기는 십수 년 전부터 오늘날까지 계속해서 이어지고 있다는 것인데

야! 물을 그렇게 물 쓰듯 하면 어떡해!

어… 무슨 문제야?

- 여전히 뭔가를 '물 쓰듯 한다'라는 표현이 쓰이고 있는 걸 보면 사람들에게 그렇게 임팩트를 주고 있는 얘기는 아닌 것 같다.

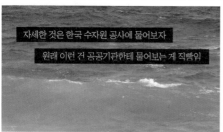

자세한 것은 한국 수자원 공사에 물어보자

원래 이런 건 공공기관한테 물어보는 게 직빵임

- 사실 난 대한민국의 수자원 현황에 대해서 티끌만큼도 알지 못하는 인간이지만

… 뭐?

다시 한 번 지껄여볼래? 뭐라고?

- 그냥 솔직하게 우리나라의 한 국민으로서 얘기하면 딱히 물이 부족한지, 아껴야 하는지는 잘 알지 못하겠다.

- 물을 돈 주고 사 마시게 된 시대라는
걸 강조하지만,
그건 그냥 수돗물이 찝찝해서 마시기 싫
으니까 그런 거지

수돗물도 충분히 음용이 가능한 물이다

맛이 좀 그래서 그렇지 먹는다고 죽진 않음

- 당장 갈증이 심한데 돈이 없어서 물
을 못 마시는
그런 안타까운 경우는 없는 것이다.

사실 물보단 돈이 없어서 걱정이지…

- 굳이 말하자면 물을 사서 마시는 시대
라기보단
물을 사서도 마실 수 있는 시대라고 하
는 게 맞지 않을까

- 수도를 틀면 물이 잘만 나오고, 병원
은행 우체국 등 각종 시설에는
물을 편히 마실 수 있도록 정수기도 비
치해놓으며

급하게 마시다 체하실까 봐 잎을 좀 넣었사온데 …

그렇게 녹차가 탄생하였다

- 여름에는 곳곳에서 분수 줄기가 쭈왁
쭈왁 울리오고,
사람들은 폭포와 수영장을 찾아가면서
물놀이를 즐기는데

"쭈왁쭈왁"

"쭈왁쭈왁"

- 우리나라가 진짜 물 부족 국가가 맞는 것인지,
정말로 물을 아껴야 하는 것인지 알 수가 없다.

물이 부족한 중동에서는
이미 널리 쓰이고 있는 기술이라고 한다

- 후손들을 위해 아껴야 한다고 하기에는 이미 기술력이 너무 크게 발전해버렸다. 이제 인간은 바닷물을 식수로 바꿀 수 있게 됐다.

※ 해수담수화(海水淡水化) : 바닷물에서 염분 및 용해물질을 제거해 식수나 공업용수를 얻어내는 작업

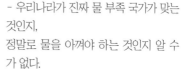

인간… 무서운 종족…!

- 지구상에 있는 3%의 물만이 사람이 마실 수 있는 물이었는데,
이제는 그걸 사실상 극복하는 단계에 와버린 것이다

- 후손들을 위하는 것이라면 당장 강박적으로 물을 아끼기보단
지구상의 물들을 더 효율적으로 쓸 수 있도록 하는 것이

요태까지 그래왔고

- 어쩌면 썩 괜찮은 방법일지도 모르겠다는 생각이 들었다.
혹시 아는가, 또 기가 막힌 방법으로 자연을 극복하게 될지

아패로도 개속…

- 내 생각은 그렇다. 세상엔 물보다도 더
아껴야 할 것이 많다고.
사람 사이의 믿음, 신뢰, 멘탈, 통장잔고,
현질…

하루 8컵 정도 마시면 좋다고 한다

인간이 무슨 바오밥 나무냐ㅋㅋ

- 나는 이미 아끼고 있는 게 너무 많아
서 물까지 아껴 쓸 겨를이 없다.
물 실컷 마시고 건강해져야지. 물은 몸
에 좋으니까.

＃ 아메리카노

　　사실 나는 대학 새내기 때만 하더라도 아메리카노를 못 마셨다. 애초에 쓴맛이 나는 커피 자체를 못 마셨고, 그걸 먹는 사람들도 이해를 못하던 시절이 있었다. 어쩌다 먹게 되더라도 그냥 버리거나 시럽을 쿰척쿰척 넣어서 설탕물처럼 먹었지 그냥 생으로 먹어 본 적은 없었다. 그런데 지금은 잘만 먹는다. 하루 한 두잔 씩은 기본으로 마시고, 사먹는 게 버겁다 보니 갈아놓은 원두를 사서 직접 내려 먹는 지경까지 왔다(정확히 말하면 이 경우에는 아메리카노가 아니다. 그냥 드립 커피).

　　내가 언제부터 아메리카노를 먹기 시작했는지는 잘 모르겠다. 내가 생각하건대 맥도날드에서 맥모닝을 샀다가 세트로 나온 아메리카노에 맛을 들이면서였던 것 같은데 정확하지는 않다. 그냥 어쩌다 보니 잘만 먹고 있었다. 분명 몇 년 전만 해도 써서 못 먹었는데. 나는 비록 흡연자가 아니지만 담배 피는 사람들 말도 들어 보면 담배를 처음 필 때는 굉장히 매캐하고 역했다고 한다. 그냥 피다 보니까 익숙해졌다고… 아메리카노도 비슷한 케이스인 깃 같다.

　　아메리카노는 기본적으로 쓰다. 몇 년 전이었다면 왜 달달한 커피들 놔두고 쓴 걸 골라서 먹냐고 했겠지만 모르는 소리다. 들어간 게 물이랑 커피 원액(에스프레소)뿐이기 때문에, 커피의 향을 가장 잘 느낄 수 있는 형태 중 하나라는 것. 물론 카페에 들어가면 가장 싼 음료이기도 하고(이게 제일 크다), 위장에도 큰 무리를 주지 않기 때문에 만만하게 먹을 수 있다는 점도 좋다.

지금은 완결된 네이버 웹툰 〈선천적 얼간이들〉 중에는 이런 조소스러운 내용이 나온다. '세상 많이 변했군, 태운 콩가루즙이 후식짱을 먹다니' 사실 아메리카노는 맛도 맛이지만, 근본적으로 커피라서 카페인을 함유하고 있다. 요컨대 현대인의 동력은 사실상 카페인! 주 5일 격무로 지쳐가는 사람들에게 값싸고 향 좋고 몸에 부담없고 카페인 수급까지 해주는 아메리카노는 사실상 소울드링크 같은 것이다. 인생이란 본디 카라멜 마끼아또처럼 마냥 달 수는 없는 것… 어쩌면 매일 인생의 쓴맛을 아메리카노 한 잔으로 미리 맛보려는 묘한 심리가 있을지도.

인터넷 쇼핑

기다려라 한국… (바들바들)

※ 설명충 : 미국 최대의 온라인 쇼핑몰 아마존닷컴(Amazon.com). 한국 진출을 노리고 있다.

    인터넷 쇼핑이 본격적으로 서비스된 지 얼마 지나지 않았을 때는 그랬다. 인터넷으로 살 수 있는 것에는 한계가 있을 거라고 생각했다. '솔직히 옷은 못 팔지 않겠냐? 옷은 직접 입어보고 사야 되잖아', '먹을 것도 못 팔지. 어떻게 먹는 걸 택배로 받아서 먹어? 으', '가구도 못 사겠네. 택배로 어떻게 가구를 보내냐고' 음. 2015년 지금. 다 판다. 인터넷에서 옷도 팔고 먹을 것도 팔고 가구도 아주 잘 팔고 있다. 온라인 의류 쇼핑몰로 한 달에 천만 원을 넘게 땡겼다는 사람도 있고, 식품 판매도 점점 TV 홈쇼핑보다는 인터넷 쇼핑을 더 많이 이용하는 추세다. 가구는 DIY(Do It Yourself, 재료만 보내줌. 니가 직접 조립해야 됨) 방식으로 바뀌어 잘만 배송되고 있다.

예전에는 인터넷으로 살 수 있는 게 뭐가 있을까를 생각했다면 지금은 인터넷으로 '뭘 못살까?' 하는 생각이 든다. 인터넷에서 과연 팔지 않는 게 있나? 옷, 음식, 가구뿐만이 아니다. 컴퓨터, 휴대폰, 책, 신발, 대학 과제, 사진, 여행, 주식, 부동산, 광고, 웹사이트, 회사까지. 무엇이든 사고팔 수 있다. 작년이었나, 한 소셜커머스 사이트에서 만우절 기념으로 우주여행 상품을 천문학적인 가격에 판매한다는 이벤트를 한 적이 있었는데, 실제로 우주여행이 가능한 기술력이 있었다면 진짜로 팔았을지도 모르는 일이다.

사실 우리 어머니는 몇 년 전까지만 해도 인터넷 쇼핑에 굉장히 비판적인 분이셨는데, '인터넷으로 무슨 물건을 사느냐'는 입장이셨다. 어머니가 인터넷으로 하는 것은 어쩌다 한 번 온라인으로 고스톱을 치는 것 정도였으니까 당연한 일이었을지도… 근데 어느 날부턴가 어머니가 온라인으로 어떻게 물건을 사느냐고 묻기 시작하고, 그 이후로 우리 집에는 옷과 주방용품과 각종 식자재가 수시로 배달되어오기 시작했다. 지금도 하루에 얼마 정도의 시간을 인터넷에서 아이쇼핑을 하는 데 쓰신다. 기술이 바뀌면 사람도 바뀌어가는 걸까.

그런데 근본적으로 인터넷 쇼핑이 주는 장점이란 어마어마하게 많긴 하다. 일단 중간 상인이 없이 1 대 1로 거래를 하다 보니 중간 마진이 거의 빠지지 않아서 가장 싸다는 것(중개 사이트가 떼먹는 건 있다). 용산 전자상가에 가서 아무리 발품을 팔아도 인터넷으로 사는 게 더 저렴하다. 가격비교도 쉽고, 상품의 상세한 스펙이나 정보도 한눈에 볼 수 있다. 단점은 직접 만져 보거나 먹어 보거나 입어 보고 살 수 없다는 것과 바로 상품을 수령할 수 없다는 것 정도인데, 제품이 마음에 안 들면 교환이나 환불을 하면 되고, 잊어버리고 있다가 내가 샀던 물건을 택배로 받으면 왠지 선물 받는 느낌이라 기분이 좋아지기도 한다. 내가 산 건데? 그래도 기분은 그렇다.

사람의 삶은 가면 갈수록 편하고 세련되어지지만, 그럴수록 그 이전의 방식과 아날로그에 대한 향수가 끊임없이 되새겨지는 것. 생각해 보면 사람이 언제나 '디지털'스럽게 살 순 없다. 딱딱한 이메일보단 직접 쓴 손편지가 필요할 때가 있고, 차로 10분 걸리는 거리를 자전거로 30분 걸려 가고 싶을 때가 가끔은 있는 것이고, 야동을 보는 것도 실제로… 어?

어쨌든 그렇다. 딱히 찾아가지 않아도 살 수 있지만, 가끔은 찾아가서 사는 불편함을 감수하고 싶은 게 인간이랄까… 이번에 집에 내려가면 엄마한테 같이 옷이나 사러가자고 해야겠다. 아, 와이파이 갑자기 왜 안 터지지.

저작권

Jer Jak Gwon…

- 저작권…

사실은 10서클의 화염계열 마법이다

※ 아닙니다

- 나는 이걸 한 문장으로 요약하고 싶
다.

도둑놈 심보류 갑

- '내 필요에 따라서 무시하고 싶은데
나는 보장받고 싶은 것'

- 좀 이기저리라고 생각할지도 모르겠
지만, 내 생각에는 이만큼 적절한
설명이 없다고 생각한다.

- 어떻게 보면 당연한 것이다. 누구나
내 것을 존중받고 싶어 하지만,
그만큼 다른 사람의 것을 존중할 줄 아
는 사람은 몇 안 되기 때문이다.

- 사실 우리가 하는 모든 창작활동은
저작권이 발생하거나
적어도 그것과 관련이 있는 행동들인데

- 이렇게 해서 생기는 저작권이라는 것
이 우리 생각보다 범위가
어마무시하게 넓다. 장난이 아니다.

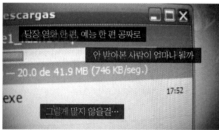

- 그래서 우리는 살면서 적어도 한 번도
저작권에 대해 소홀한 적이 없었다고
말하기 어려운 것이다. 워낙 복잡해야지
그게…

- 더욱 문제는 저작권을 어기는 것을 당
연시하는 풍토다.
저작권을 지키려는 사람을 바보, 호구
취급하는 사람도 많다.

- 저작권 침해가 친고죄가 아니었다면 우리는 매년 세금처럼 수십수백만 원의 저작권 침해료를 물어야 했을지도 모른다.

※ 친고죄 : 피해자가 고소를 해야 공소를 제기할 수 있는 범죄

- 특히 우리나라는 저작권에 대한 인식 자체도 미미한데다,
관련 법규도 일반인이 이해하기엔 난해한 수준이라

- 인식이 부족한 사람들을 이용해 교묘히 합의금으로 돈을 버는 사람들도 꽤 많다. 참 안타까운 일이다.

- 솔직히 저작권이란 게 따지고 들자면 밑도 끝도 없긴 하다.
문장 하나, 사진 하나, 어떤 것도 함부로 쓰기 어렵다.

- 내가 새삼 저작권 리뷰를 하면서 이 얘기를 하는 것도
책을 내면서 저작권이 굉장히 중요하다는 걸 느꼈기 때문이다.

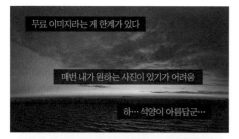

무료 이미지라는 게 한계가 있다

매번 내가 원하는 사진이 있기가 어려움

하… 석양이 아름답군…

- 아까부터 계속 뭔가 애매한 사진들만 올라오는 것 역시
죄다 무료이미지를 썼기 때문이다. 다른 리뷰도 다 마찬가지다.

"불법 다운로드라는 개념을 이해하기 어렵다"

"누군가 내 음악을 불법 복제하고 싶어하지 않는 게 더 기분 나쁘다"

〈윌 아이 엠(will.i.am), 인터뷰에서〉

- 한편 이런 저작권 관련 문제들은 여전히 도마위에 올라
많은 사람들의 갑론을박이 이어지고 있는 상황인데

"야 내 거 갖다쓰는 데 내 이름 정도는 써줘라 알겠지?"

COPYLEFT

대충 말하면 이런 식이다

- 저작권의 독점적인 지위에 반해 카피레프트(Copyleft) 운동도 이루어지고 있다.
조건에 따라 저작물을 공유하는 형태.

아니면 책을 내놓고 돈을 엄청 물리겠지…

creative commons
.org

- CCL(Creative Commons License) 역시 카피레프트 운동의 일환으로
생겨난 것인데, 이게 없었으면 이 책이 아주 늦게 나왔을지도 모른다.

아무것도 모른다고 막 질렀다가

경찰서가서 울고 불고 짜도 별 수 없다

- 결론은 저작권을 최대한 지키려고 노력은 해야한다는 것이다.
당장 법이 그런데, 안 지키면 본인만 손해보는 것이 아니겠는가.

일러스트 작가

이 책에 일러스트 작업을 도와준 작가님은 내가 〈미제사건 갤러리〉를 운영하던 시절부터 최근까지 내 페이스북 페이지에 악플을 다는 악플러였다. 매번 내 페이지에 나를 디스하는 댓글을 달며 유명세를 끄는 모습을 보면서 조금 심기가 불편하곤 했는데, 그 와중에 그림 하나는 재미있게 그리는구나, 하는 생각은 하긴 했었던 것 같다. 물론 페이지 구독은 안 했지만. 지금도 안 했다.

온라인상의 인연은 꽤 오래 됐지만 실제로 만나게 된 것은 비교적 최근의 일이다. 그때는 내가 아직 피키캐스트에 있던 시절이었는데, 직접 만나 내가 출판한 책《완전범죄》에 직접 사인을 받고 싶다고 했던 것 같다. 그래서 인천에 사는 작가와 서울 관악구에 사는 내가 강남에서 만나는 (…) 기묘한 상황이 벌어졌는데, 온라인으로만 몇 번 얘기를 나눴던 사이가 이렇게 오프라인에서 구체화된다는 것은 심히 오묘하고 무서운 일이었다. 내 악플러를 직접 만나게 되다니…

그 이후에 여러 가지 일이 있었다. 알다시피 회사에서 나오고 여러 가지 고초를 겪으면서 두문불출하던 상황. 출판 제의를 받고 출판사에 오가면서 담당 에디터가 일러스트 작가를 구해야 한다는 얘길 한 것이다. 〈미제사건 갤러리〉 시절에도 그림 그리는 분들과 작업을 몇 번 같이 해보긴 했지만, 이건 출판이었다. 내 리뷰 컨셉에 잘 맞는 가벼움과 패러디 능력 같은 게 있어야 했고, 뭣보다 나에 대해서 잘 알고 있는 작가여야 했는데, 안타깝게두 내가 아는 사람 중에 그런 사람은 딱 한 명밖에 없었다. 제길…

그렇게 나는 악플러와 함께 작업을 시작하게 됐다. 능력만 있으면 자신을 디스하는 자조차 중용하는 대인배의 마음가짐으로. 시작할 당시 일러스트 작가는 굉장히 의욕이 넘치는 상황이었는데, 하필이면 대학 재학 중인데다 최근에는 연애까지 시작해버려서(이게 컸다) 아주 바쁜 상황이었다. 그럼에도 불구하고 꾸역꾸역 작업을 소화해내는 걸 보면 프로의식이 아예 없지는 않구나 하는 걸 느꼈다고나 할까?

그런데 작업물을 새벽에 보내는 습관은 좀 그렇다. 나는 그나마 아침에 일어나 밤에 자는 루틴을 충실히 따르는 편이고, 그 안에 하루 분량의 작업을 모두 끝내자는 주의인데, 일러스트 작가는 원래 생활패턴이 그런 건지 아니면 작업과 학업을 동시에 진행하느라 그런 것인지… 아침에 일어나 보면 오전 4시경 보낸 작업물이 내 카톡에 찍혀있는 걸 보면서 괜히 짠하다는 생각이 들곤 했다. 저녁 즈음에 보내서 피드백 받고 밤까지 작업 끝낸 다음에 푹 자면 얼마나 좋다는 말인가. 안타까운 일이다.

뭐 어쨌든 상황이 이렇게 됐고, 나름 충실히 여기까지 작업을 같이 해주었으니 더 이상 욕을 하진 않겠다. 사실 우리나라에서 예체능으로 먹고 살기란 얼마나 힘든 일인가. 정작 본인은 통계학과면서 학과와는 전혀 상관없는 직종으로 커리어를 쌓아가고 있는 걸 보면 나와 비슷한 처지라는 생각도 들고 그렇다. 그래도 카톡 이모티콘 내서 나보다 훨씬 돈을 많이 벌고 있지만. 내가 페이지 규모는 8배 정도 더 큰데…

☰ 지역감정

우리나라는 삼면이 바다고 북쪽은 휴전선이다. 안 그래도 넓지도 않은 한반도가 수십 년전 반으로 쪼개진 후로 완전히 좁아 터진 나라가 됐다. 남한 땅이라고 해봤자 10만 제곱킬로미터가 조금 넘는 협소한 땅. 물 건너 미국 캘리포니아 주의 4분의 1 밖에 안 되는 공간에 5천만 명이 부대끼며 살아가려니 여간 힘든 것이 아니다.

땅은 좁고, 같은 민족끼리는 분단돼 있는데다 먹여 살려야 할 사람은 많으니 서로 돕고 협력하면서 사이좋게 지내야 하는 게 당연지사다. 안 그래도 조빱들끼리 모여 있는데 서로 단결하진 못할망정 서로 싸우기만 하면 그야말로 개조빱이 될 뿐이기 때문이다. 그런데 요즘 인터넷을 보면 우리나라는 개조빱이 맞는 것 같다는 생각이 든다.

369

인터넷 커뮤니티 사이트들을 중심으로 널리 퍼져나가고 있는 지역 감정. 요컨대 영호남 간의 갈등을 베이스로 한 지역드립이 유행한 지도 어느새 수년이 지났다. 솔직하게 까놓고 얘기하자면 초창기 시절부터 나 역시 꽤 오랫동안 일베를 했던 유저였고, 나도 모르는 사이 극단적인 사이트의 성향에 물들어가면서 부끄럽고 후회할 만한 언행을 많이 했었다. 결국 그거 때문에 부득불 회사에서 나오게 되기도 했고. 지금이야 완전히 사이트에서 손을 뗀 상태이지만, 아직도 내가 예전에 했던 생각과 인터넷에서 했던 말들을 곱씹어보면 깊은 후회와 반성을 하게 된다.

사실 세계 어느 나라든 지역갈등은 이곳저곳에서 보이는 현상이다. 그럼에도 불구하고, 적어도 내 생각에 우리나라의 지역감정이란 이해가 안 되는 부분이 많다. 아일랜드와 영국, 혹은 티베트와 중국처럼 분리 독립 문제가 있는 것도 아니고, 일본과 우리나라처럼 깊은 역사적 앙금이 남아있는 것도 아니다. '영호남 간의 사이가 왜 나빠야 하는지'에 대한 당위성을 누구도 제시해줄 수 없다. 정치적 성향이 달라서? 산맥으로 가로막혀 있어서? 불균형적으로 발전해서? 글쎄…

어차피 월드컵 때는 영호남 그딴 거 없고 그냥 대한민국이다

알고 보면 같은 한국이고 같은 한국인임

    그냥 존나 사이좋게 좀 지냈으면 좋겠다. 진짜 살다살다 태어나고 자란 지역 때문에 서로 차별하고 차별받는 건 이 좁아 터진 나라에서 과하게 사치스러운 일이다. 거기서 태어나고 자란 게 뭐 어때서? 차라리 학력으로, 외모로 차별을 하는 건 조금 이해라도 된다. 그건 그나마 노력해서 바꿀 수라도 있는 거니까. 앞으로 평가를 반전시킬 여지가 있는 거니까. 그런데 출생지는 공문 위조를 하지 않는 이상 바꿀 수도, 스스로 부정할 수도 없다. 내가 영남에서 태어나고 싶어서 태어난 것도 아니고, 호남에서 태어나고 싶어서 태어난 게 아니다. 애초에 본인이 선택할 수 없는 영역이었고, 그게 딱히 잘못한 부분도 아닌데 왜 하필 그런 걸로 차별을 하고 차별을 받는지.

    지역감정은 인종차별만큼이나 나쁜 것이라고 생각한다. 태어날 때 본인의 피부색을 결정할 수 없었듯 지역도 마찬가지다. 그냥 그건 태어난 그대로 받아들여야 하는 것이다. 그건 잘못이 아니다. 그냥 나다. 본 디스웨이다. 내가 어쩔 수 없었던 부분, 내가 앞으로 바꿀 수 없는 부분에 대해서 이유 없이 차별을 받고 미움을 받으면 누구라도 기분이 참 더러울 것이다. 걍 이렇게 태어난 걸 나보고 어쩌라고? 유연하게 살 수는 없어도 좀 이성적이고 비뚤지 않게 살아야 되는 것이다. 둥글게까지는 아니더라도 정이십각형 정도로는 살 수 있는 거니까. 이유 없이 차별받지 않으려면 이유 없이 차별하지 말자. 후회할 일들을 하면서 내가 얻은 가장 중요한 교훈이다. 사이좋게 좀 지내자.

인터넷 커뮤니티 사이트

나는 아주아주 어렸을 때부터 컴퓨터와 인터넷을 접하기 시작한 세대다. 그 덕분에 인터넷의 웬만한 커뮤니티는 대부분 경험할 수 있었는데, 놀랍게도 인터넷 공간임에도 불구하고 커뮤니티마다 각자의 성향과 정서가 존재한다는 점을 느꼈다. 요즘 커뮤니티에 대한 관심이 계속되고 있는 바, 내가 각 커뮤니티를 하면서 느낀 점을 여기에 아주 간단히 서술해 본다.

1. 디씨 인 사이드(디씨)

원래 디지털 카메라 전문 사이트였다는 사실을 대부분은 모르고 있다. 시작 의도와는 전혀 다르게 발전해버린 커뮤니티. 간단하게 비유하자면 중국대륙이다. 수많은 갤러리(소수민족)들이 있어 사이트의 성향을 함부로 재단하기는 어렵다. 갤러리마다 관심사, 남녀성비, 나이대까지 천차만별이고, 때문에 아무 갤러리나 막 잡아서 했다간 독이 될 수 있으나 잘 가려서 한다면 대체로 할 만한 커뮤니티 사이트다. 국내 야구 갤러리(야갤), 주식 갤러리(주갤), 해외 축구 갤러리(해축갤)는 되도록 하지 않는 것이 좋다. 정서상 결코 좋지 않다.

2. 일간베스트 저장소(일베)

하지 마라. 난 이거 했다가 인터넷에서 키보드 함부로 놀린 잘못으로 회사까지 나와야 했다. 디씨처럼 시작은 그냥 재밌는 글 모아놓는 사이트였는데, 2012년 이후로 맛이 가기 시작해서 지금의 상황이 되어버렸다. 일베 유저가 모두 병신은 아닌데, 솔직히 대부분은 병신이다(본인들도 인정하는 부분이다). 되도록 하지도 말고 얘들이랑 싸우지도 마라. 인생이 고통스러워진다. 하고 있으면 좀 끊고… 부디 나 보면서 느끼는 게 많았으면 좋겠다.

3. 오늘의 유머(오유)

예전에 오유라는 요구르트 비슷한 음료수가 있었는데 어디 갔는지 모르겠다. 기본적으로 존댓말을 쓰지만 예전만큼 서로를 존중하는 분위기는 아니다. 오히려 말만 존댓말이지 비아냥대거나 조롱하는 경우도 꽤 있고, 간혹 사이트 이용 부심 같은 걸로 자빽하는 경향도 있다. 대체로 부담 없이 폭넓은 연령대가 즐길 수 있는 개그코드를 갖고 있다. 성향이 완전히 반대인 일베와는 오래 전부터 척을 진 사이.

4. 웃긴대학 (웃대)

유머사이트의 조상 같은 존재. 찾아보니 1998년에 만들어졌다고 하는데 여하튼 오래되긴 엄청 오래됐다. 내가 맨 처음 접했던 유머사이트. 디씨와 인터넷 유머사이트의 투톱이던 시절이 있었는데, 영광의 시대는 어디로 가고 이젠 연령대가 많이 낮아져 예전만 못하다는 평이 많다. 그래도 그냥 웃대나 계속 할걸… 제길…

5. 보배드림

자동차 커뮤니티… 인데, 딱히 자동차 이야기만 하는 건 아니다. 일단 기본적으로 연령대가 높고, 남성의 비율 역시 높다. 자동차와 관련해서는 주기적으로 떡밥이 교체되는데, 대부분 전개방식이 비슷비슷하다. 이동수단이 주가 되는 커뮤니티다 보니 오프라인에서 만나는 경우도 많은데, 나는 뚜벅이라서 갈 수가 없었다.

6. 네이트 판

여성 비율이 많다. 흥미롭고 재밌는 썰들이 많이 올라오는 곳이지만, 그만큼 오글거리거나 신빙성이 의심되는 글들도 많아 서로 싸우는 경우도 있다. 어쨌든 진지한 고민상담이나 익명의 장점을 잘 발휘하고 있는 곳이지만 이곳도 연령대가 어려져 물이 흐려졌다는 지적이 나오고 있다.

7. 결론

어떤 커뮤니티든 장점과 단점이 있지만, 가장 좋은 것은 그냥 아무 커뮤니티도 하지 않는 것이다. 그냥 바깥에 나가서 친구랑 노는 편이 신체 건강에도 정신 건강에도 더 좋다. 친구가 없으면 게임이라도 해라.

출판

책 작가의 작업환경.jpg

으… 담당자님… 부디 일주일만 시간을…

※ 설명충 : 아닙니다.

어린 나이에 벌써 두 번째 출판을 하게 됐다. 처음 책을 내고 나서 '다시 내가 출판 같은 거 하나 봐라'라고 했던 것 같은데… 갑자기 회사에서 나올 줄 누가 알았겠는가. 살길은 찾아야 된다는 생각에 얼떨결에 출판을 하기로 했는데 어째 회사 다닐 때보다 더 바쁜 것 같다. 이게 대체 뭔 짓거리냐.

출판을 두 번째 하면서 느낀 것은, 서점에 줄줄 늘어져 있는 책들이 정말 뚝딱뚝딱하면 뽕하고 나오는 게 아니라는 것이다. 그러니까 내 말은. 결코 쉽게 나오는 것이 아니라는 얘기다. 표지디자인부터 책 재질, 일러스트와 저작권 문제, 글씨체와 분량과 가격과 마감날짜와 편집 작업, 그리고 계약서까지 신경써야 할 게 너무나 많다. 우리가 무심하게 보는 책들이 얼마나 복잡하고 어려운 과정을 거쳐서 나오는지 그냥 읽는 사람들은 아마 모를 것이다.

농담 아니고 진짜 힘들다. 벌써 사흘째 잠도 제대로 못자고 원고를 써대고 있는데 죽을 지경이다. 출퇴근 하는 것도 아니고, 딱 정해져 있는 것만 쓰면 되는데 뭐가 문제냐 하겠지만 일단 정해져 있는 양이 너무 많은 데다 출퇴근하는 회사면 퇴근하고 나선 비교적 자유로운데 반해 원고 마감은 그냥 깨어 있는 시간 전체가 근무시간인 셈이다. 밥을 먹어도 편히 먹을 수 없고, 잠을 자더라도 편히 잠들 수 없다.

하루하루 마감 날짜가 다가오는데, 이제 그냥 하루빨리 이 지옥이 빨리 끝났으면 좋겠다. 마감의 중압감에 숨을 쉬기조차 힘들다. 으, 미래의 나는 좋겠다. 아무런 일도 안하고 그냥 멍청하게 책방에 서서 자기가 쓴 책이나 보고 있겠지. 존나 부러운 미래의 나야, 보고 있니? 이 개X끼야… 책 사서 나가라…

퇴사

사실 자의든 타의든 들어갔던 회사를 도로 나온다는 게 쉬운 일은 아니다. 어린 나이에 취직과 퇴직을 아주 빠르게 겪는 것 역시 흔한 일은 아니다. 그런데 그것이 실제로 일어났다…

회사를 다니면서 나름 만족하면서 살고 있었다. 매달 꼬박꼬박 통장에 월급이 꽂히고, 그 돈으로 내 마음대로 뭔가를 할 수 있다는 것. 무엇보다도 밥을 잘 챙겼던 것 같다. 매일 삼각김밥, 컵라면 이런 거 먹다가 회사 들어가서 제육덮밥이나 치킨 같은 걸 먹었으니… 나름 만족이 아니라 존나 좋았네… 빌어먹을ㅋㅋ

그럼에도 불구하고 회사를 나오면서 가장 아쉬웠던 것은, 월급이나 사원 복지보다도 그간 쌓아왔던 인간관계였다. 뭔가 좋은 그림으로 회사를 나왔으면 모르겠는데, 그것도 아니어서… 머릿속이 엄청 복잡했다. 아무리 오고가는 게 사람이라지만, 이건 너무 갑작스럽지 않은가.

그리고 다음날 아침. 지난밤에 알람을 끄고 잤는데, 오후 2시까지 자다 일어났다. 매일 오전 7시에 일어나서 씻고 회사 갈 준비를 했었는데, 이제는 회사를 안 가니까. 이렇게 늦잠을 자도 괜찮다는 게 날 서럽게 했다. 나는 극악의 지성피부라 잠깐만 자고 일어나도 얼굴과 머리카락에 기름이 질질 흐르는데… 난 씻지도 않고 자고 일어나자마자 울었다. 개기름과 눈물이 섞여 이불 위에 뚝뚝 떨어졌다(이때 얼룩이 생겨서 이틀 후에 이불빨래를 맡겨야 했다)

병신… 이런 병신…! 난 내가 병신인 줄 알고 있는 줄 알았는데, 진짜 이 정도로 초병신 상병신 리얼 병신인 줄은 깨닫지 못하고 있었던 것이다. 날 믿던 모든 사람에게 실망감만 안겨주곤, 스스로가 너무 부끄러워서 회사에서 도망쳐 나온 것이나 다름없었다. 내가 한 것은 자진퇴사가 아니라 추악한 도망이었다. 도망왕 김도망으로 페이지 이름을 바꿔야겠다는 생각을 했다.

시간 지나 지금 하는 생각은, 다시는 퇴사를 경험하고 싶지 않다는 것이다. 아니, 다시는 도망치고 싶지 않다. 내가 한 잘못들 앞에서. 으 진지하게 끝내니까 오글거리네.

눈

- 원래 내가 살던 지방은 눈이 많이 오
는 곳이 아니었다.

당연하다

남쪽으로 갈수록 따뜻해지니까

- 그래서 나는 '눈이란 게 이렇게 많이
올 수도 있는 거구나'
하는 걸 서울에 올라와서야 비로소 깨
달았던 것이다.

강원도 : ????????

- 사실 아무것도 모르던 어린 시절엔
눈이 오면 마냥 좋았었는데

다가오지 마라… 닝겐…

요즘은 눈이 내리면 그냥 기분이 좋지
않다. 왠지 쓸쓸하다 같은 게 아니라
그냥 순수하게 화가 난다.

한낱 기상현상에 진심으로 빡침

이 분 사실상 분노조절장애

- 눈이 내리면 일단 온 세상이 하얗게 변하다 보니까,
몇몇 사람은 눈이 내리면 깨끗해진다는 인식을 갖고 있기도 하는데

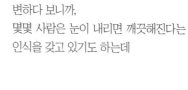

어머니… 이곳은 극지방입니다…

- 전혀 아니다. 진짜 몰라서 하는 소리다. 이건 쓰레기다.
하늘에서 내리는 쓰레기, 재앙, 디제스터, 카타스트로피…

- 당장 내릴 때는 예뻐 보이고, 낭만스러울지 몰라도
이게 녹았다 다시 얼기를 계속 반복하다 보면

발 한 번 잘못 디디면 그대로 넘어진다

신발에 아이젠박고 슈퍼 가야 함

- 겁나 무시무시한 빙판길이 된다. 사람들의 신발자국과 흙이 뒤엉켜서
색도 검게 변하며, 경사까지 있다면 그냥 지옥이다.

젊으면 금방 회복하지만

나이 들고 넘어지면 골병들기 십상이다

- 그나마 젊은 사람이라면 몰라도 나이가 지긋하신 어르신이나 어린 아이들은 넘어지면 크게 다칠 수도 있다.

- 남일도 아니다. 당장 택배 배송도 엄청나게 느려질 확률이 높다.
내가 주문한 옷, 음식, 청바지, 보풀제거기, 내일 안 온다고 생각하면…

어쩔 수 없는 일이긴 하지만
사람 마음이란 게 그렇지 않다

- 수많은 알바 중에서도 배달 알바를 하는 사람은 죽을 지경이다.
아마 전생에 지은 죄를 되돌려 받는 느낌이랄까 뭐 그럴 것이다.

- 항상 고통받는 군인은 눈이 와서 더더욱 고통받는다.
그냥 극기훈련이 스페셜 극기훈련으로 진화!

난 누군가

또 여긴 어딘가

- 정말 추워지고 눈 내릴 때 더 고통받는 것은 원래 없고 힘든 사람들이다.
하얀 쓰레기 때문에 팍팍해지는 삶…

그러나 이 분

든든한 히말라야 패딩 입으신 분…

- 한 번 내리면 여러사람 귀찮고 짜증나게 만드는 눈.
이러니 눈이 내릴 때마다 나도 모르게 슬퍼하지 않을 수 없는 것이다.

나도 모르게 눈물을 흘릴 뻔 했다

물론 진짜로 흘리지는 않았음 안구건조증이라

으 겁나 오글거리네…;

- 단지 보기 좋고 멋져 보인다고 해서 좋기만 한 것은 아니다. 어쩌면 눈이 귀찮고 번거롭게 느껴지는 시점이 바로 어른이 되는 순간은 아닐까.

농구

내가 가장 오래했고, 그만큼 좋아하며, 그래도 다른 것에 비해 좀 잘한다고 할 수 있는 종목은 야구지만, 솔직히 야구보다도 재미적인 측면에서 보면 농구가 더 우선순위에 있는 것 같다. 야구란 게 해본 사람은 알겠지만 잘되는 날과 안 되는 날의 격차가 매우 크며, 준비할 것도 상대적으로 많은데다가(돈이 엄청 든다) 제대로 플레이를 하려면 사람도 아주 많이 필요하기 때문이다. 또 워낙 정적인 스포츠고 포지션마다 절대적인 비중의 차이가 있어서 냉정하게 말하건대 '언제나 모두가 땀을 흘릴 수 있는' 운동은 아니다.

그런 면에서 농구는 포지션을 따지지 않고 한 명 한 명이 죄다 힘들다는 것이 야구와는 다른 점이다. 사실 공을 던진다는 점 하나만 같지 완전히 다른 종목이다. 다섯 명이 뛰면 다섯 명 모두 힘들다. 공을 갖고 있지 않더라도 겁나게 집중하고 뛰어다녀야 하는, 몹시 피곤한 운동이기 때문이다. 공격과 수비 어느 것 하나 쉬운 것이 없다.

내가 농구를 시작하게 된 것은 대학교에 입학한 후였는데, 야구를 하다가 팔꿈치를 다쳐서 한동안 야구를 할 수 없게 되자 그 대안으로 선택한 것이었다. 근데 이게 생각해 보면 병신 같은 점이 내가 공을 던지다 다쳤는데 그걸 재활한답시고 또 공을 던지는 스포츠를 택한 셈이다. 그 결과 효과가 있었는지 없었는지는 잘 모르겠지만 어쨌든 팔꿈치는 잘 나았다, 또 다른 취미도 하나 얻었고.

어렸을 때부터 많이 봐왔던 〈슬램덩크〉도 도움이 됐다. 난 〈슬램덩크〉와 〈드래곤볼〉은 최소 20번씩은 정독을 한 인간인데, 지금은 책을 굳이 들고 읽지 않아도 내용을 기억해낼 수 있는 경지에 이르렀다. 〈슬램덩크〉에 나오는 불후의 명대사들. '리바운드를 제압하는 자가 경기를 제압한다!' '왼손은 거들 뿐…', '넌 가자미다!', '고릴라 덩크!!!!!!!' 같은 것들이 내게 농구를 향한 열정, 즉 베스킷볼 스피릿을 심어줄 수 있었다. 어렸을 땐 그냥 재미로 읽었는데, 이젠 농구 지침서가 된 셈이다. 아무리 봐도 고릴라 덩크는 할 수 없었지만…

좀 아쉬운 것은 내가 신장이 결코 큰 편이 아니라는 것이다. 아마추어 농구, 특히 길거리 농구에서는 키가 사실상 절대적인 이점이 되는데, 나는 키도 안 큰데 드리블이든 슛이든 겁나 초보자 수준이어서 매우 어려움을 겪고 있다. 그래도 가끔 키가 작은데도 양민학살을 벌이는 사람들을 보면 그냥 연습부족인 것 같다. 그럼에도 불구하고 농구는 굉장히 성장하는 재미가 있는 스포츠다. 하루 종일 드리블 연습만 하면 다음날 드리블은 뭔가 더 손에 감기는 느낌이 들고, 슛도 혼자 계속 던지다 보면 가끔씩 깔끔하게 들어가는 쾌감에 전율이 일기도 한다.

그 뿔 잘 다룬다는 마이클 조던도 매번 슛을 성공시키지는 못했다 (눈 감고 자유투 넣기는 했지만). 평생 농구공을 수백만 번 던지며 연습한다고 해도, 100%에 끊임없이 수렴할 수는 있으되 100%가 될 순 없을 것이다. 아쉽긴 하지만 뭐 상관없다. 던지면 무조건 들어가는 스포츠라면 쉬워서 할 맛이 나겠나. 어렵고 힘드니까 재미있는 거지. 날씨 좋을 때 후줄근한 옷차림으로 농구공 하나만 들고나가면 되는 농구의 후리함이 난 마음에 든다. 인생은 후리하게 살아야 하는 것이다.

어머니

　　지금까지의 내 삶을 한 마디로 하면 '다른 사람에게 미안한' 삶이었다. 솔직히 까고 말해서 분명 누군가에게 도움을 주는 삶은 아니었고, 살아오면서 계속 다른 사람에게 미안한 일들만 해왔던 것 같은데 그중 가장 미안한 사람을 꼽으라면 당연히 어머니다. 사실 이건 대부분이 그럴 것 같지만. 나는 왠지 더욱 그렇다.

　　다섯 살 때 아버지가 돌아가셨다. 다섯 살 이전의 기억이 남아있는 사람이 얼마나 될까? 난 어제 있었던 일도 잘 기억을 못하는 인간이라 살면서 아버지에 대한 기억이 단 하나도 남아있지 않다. 나에게 아버지란 그냥 서류상으로, 사진상으로만 있는 그런 존재다. 게다가 나는 외동아들이었다. 아버지가 돌아가시고 세상에 남은 것은 엄마와 나 뿐이었고, 내게 부모님은, 아니 가족은 어머니 하나뿐이었다.

　　근데 아버지가 없어서 내가 딱히 힘들거나 어렵다는 생각은 하지 못했던 것 같다. 있다가 돌아가신 거면 모르겠는데, 그냥 나에게는 처음부터 아무 기억도 없는 존재였으니까. '있으면 어땠을까' 하는 생각은 있었어도, '왜 일찍 돌아가셨을까', '왜 나는 아버지가 없을까' 하는 생각은 안 했다. 오히려 힘들었던 건 다른 사람들의 시선이었다. '아버지가 없다'는 사실만으로 사람들은 나를 완전히 다른 눈빛으로 봤기 때문이다. 힘들고 불우하게 자랐겠다, 어머니가 많이 힘이 드셨겠다, 혼자 많이 외로웠겠다… 우리 가족을 불쌍하게 만든 건 내 상황이 아니라 '나와 어머니를 불쌍하게 바라보는' 사람들이었다. 내가 스스로 불행하게 살아왔다고 생각하지 않는데도.

누구보다도 힘든 건 어머니였을 것이다. 어머니의 꿈은 만화가였다. 고등학교 시절부터 그림을 그리셨던 어머니는 '만화를 그려서 뭘 하겠느냐'고 하는 할머니 때문에 꿈을 접고 일을 시작해야 했다. 그러다 아버지를 만나고, 나를 낳고, 얼마 가지 않아 아버지가 돌아가시고, 내가 다 클 때까지 홀로 버텨 오신 셈이다.

스무 살 당시의 나는 어머니와 함께 살아온 날에 염증을 느끼고 있었던 것 같다. 빨리 이 고리타분한 삶에서 벗어나고 싶고, 어디든 떠나서 혼자 뭔가를 해보고 싶다는 마음에 급하게 서울로 올라왔다. 그런데 내 생각보다 나는 더 어리고 보잘것없는 존재였다. 어머니 없이는 당장 빨래도, 설거지도, 쓰레기 분리수거도, 밥 챙겨 먹는 것 하나까지도 어려움을 겪는 그런 존재. 난 병신이었고, 난생 처음 내가 병신이라는 생각과 좌절감에 학업도 일도 어느 것 하나 제대로 하지 못했다. 어머니는 빚을 내서까지 나를 대학에 보내주셨는데.

그래서 난 빌린 학자금과 생활비를 충당하기 위해 휴학을 한 후 일을 시작했고, 그 뒤로 많은 일들이 있었다. 그럴 때마다 어머니가 하신 말씀은 그 뿐이었다. '나는 너를 믿는다'라는 말. 그건 실로 놀라운 말이었다. 아무것도 할 수 없다고 생각되고, 눈앞에 걱정거리가 산재한 상황에서도 나는 위대한 어머니의 말 앞에 금세 정신을 차릴 수 있었다. 일을 병행하면서 1년 동안 작업해 출판한 책 《완전범죄》의 수익금(인세)을 모두 피해자와 관련 단체에 기부한다고 했을 때도 어머니의 태도에는 변화가 없었다. '없는 살림에 네가 무슨 기부냐, 미친 것 아니냐'라고 할 법도 하신데도, '네가 하는 모든 행동에는 이유가 있겠지, 넌 잘하고 있다'라는 말뿐이셨다.

기껏 보내놓은 대학에선 학사경고를 받고, 갑자기 휴학을 하더니 회사에 들어가고, 책을 내고, 그 책의 인세를 죄다 기부한데다 이젠 다시 회사까지 나왔다. 내가 생각하더라도 정신이 나간 행동들인데 어머니는 오죽하겠는가. 그럼에도 불구하고 이 세상 모든 '어머니'의 생각이란 나약하고 어린 자식의 도리로는 이해할 수 없는 모양이다.

 아무리 헤아려도 끝을 알 수 없는, 무한한 헌신에 감사하고 또 감사하며 이 시간 자식을 생각하는 모든 어머니에게 이 리뷰를 바친다. 미안하고 사랑합니다. 어머니.

389

390

패러디 출처

목차 일러스트
1장 정의란 무엇인가, 마이클 샌델, 김영사, 2010
2장 아프니까 청춘이다, 김난도, 쌤앤파커스, 2010
3장 내 아들아 너는 인생을 이렇게 살아라, 필립 체스터필드, 을유문화사, 2001
4장 인생은 선택이다, 진연강, 맑은샘, 2014

일러스트 트레이싱 출처

(T : 트레이싱)

경영학과
3. '너는 왜 사는걸까?' 패러디 ⓘ
7. 쇼생크탈출 패러디 ⓘ
8. By Maurizio Pesce, flickr (CC BY)
15. By Maurizio Pesce, flickr (CC BY)
9. 드래곤볼 프리더 패러디 , 일부 ⓘ
10. 미분귀신 패러디
11. By netstrolling, flickr (CC BY)
12. 대학내일 ⓘ
17. 치킨 흑인 패러디 , 일부 ⓘ
18. 21. 이제동 패러디 ⓘ
22. 스타크래프트 저그 엔딩 패러디

국산과자
11. 악동뮤지션 All-IP 패러디 ⓘ
18. 투팍 패러디 ⓘ

대학
5. Fuck this shit ! 패러디 ⓘ
12. SBS '학교의 눈물' 판사 패러디 ⓘ

막장드라마
4. 장포스 패러디 ⓘ
7. 아내의 유혹 장서희 패러디 ⓘ
8. MBC '사랑했나봐' 박도준 패러디 ⓘ
15. 16. MBC '모두다김치' 김치싸대기 패러디 ⓘ
18. 항암제 짤방 패러디

배고픔
1. By Charlie Wollborg, flickr (CC BY-SA) ⓘ
2. 이전 국내야구 갤러리 띵박 - 파오후 쿰척쿰척 패러디
10. 삼국지 조조전 패러디 ⓘ
11. 포켓몬스터 패러디 ⓘ

변비
1. 최시원 레이저 패러디 ⓘ
2. 드래곤볼 손오공 패러디

3. 퍼거슨 패러디 ⓘ
4. by Mnh, en.wikiedia (Public Domain)
6. 성룡 WTF 패러디
8. By Allan Ajifo, flickr (CC BY)
18. 빌리 헤링턴 패러디 ⓘ

수능
9. by 고영탁, ko.wikipedia (CC BY-SA)
13. 원피스 루피 기어2 패러디 ⓘ
15.16. 셰클턴 패러디 (Public Domain)
18. 원피스 루피 기어3 패러디
19. 내일의 죠 패러디

수험생활
9. By Keith Allison, flickr (CC BY-SA) ⓘ
11. 귀귀 '정열맨' 패러디

신경치료
10. 야인시대 의사양반 패러디 ⓘ
15. 오늘안 치과 ⓘ
20. 광주 남구 노인복지관 , 일부 ⓘ

장염
18. 엘리자베스 여왕 '빵이 없으면 케이크를 먹으면 되지!' 패러디 (Public Domain, T)
19. 도박묵시록 카이지 패러디 ⓘ
21. 귀귀 '열혈초등학교' 닥터P 패러디
25. 요기 베라 패러디 ⓘ
27. 야인시대 의사양반 패러디 ⓘ
32. 박완규 고해 패러디 ⓘ

조별과제
1.2. 마르크스 패러디 (Public Domain, T)
7.8. 대학내일 ⓘ
9. 오아시스 패러디 ⓘ
10. '다 좋은데 말이야 자네만 없으면 좋겠군' 패러디 ⓘ
12. '맛의 달인' 라면 삼총사 패러디 , 일부 ⓘ

틀림과 다름
7. by 장대인, flickr (CC BY) ⓘ
16. 먼나라 이웃나라 패러디 ⓘ
17. 메시 호날두 패러디 ⓘ

편의점 알바
4,6,23. 마리오 패러디
7,19. 카카오프렌즈 프로도 패러디 ⓘ
8. MOBiLETURK ⓘ
9. 태연 두뇌풀가동 패러디 ⓘ
22. 롤 인벤 '열혈트롤러' ⓘ

혼자하기
5. 참 잘했어요 패러디, 일부 ⓘ
8. 혼자서도 잘해요 로고 패러디 ⓘ
13. 황해 하정우 먹방 패러디 ⓘ

MT
1. 제주도 뜨레비 호텔
6. 스펀지밥 패러디
9. 블루헤븐 유한아 ⓘ
11. 류산 ⓘ

13. 황정민 조승우 지진희 여행사진 패러디 ⓘ
16. 도박묵시록 카이지 패러디
21. '인간의 욕심은 끝이 없고, 같은 실수를 반복한다.' 패러디 ⓘ

기타 삽화
- 오아시스 패러디 ⓘ
- 사랑과 전쟁 장수원 패러디 ⓘ
- 예스맨 짐캐리 패러디 ⓘ
- 말죽거리 잔혹사 김광규 패러디 ⓘ
- 나루토 '록 리' 패러디 ⓘ

391

세상의 모든 리뷰

1판 1쇄 발행 2015년 6월 3일
1판 2쇄 발행 2015년 6월 10일

글 김리뷰
그림 김옥현

발행인 양원석
본부장 김순미
디자인 박재원
해외저작권 황지현, 지소연
제작 문태일, 김수진
영업마케팅 김경만, 임충진, 송만석, 최경민, 김민수,
　　　　　　장현기, 이영인, 송기현, 정미진, 이선미

펴낸 곳 ㈜알에이치코리아
주소 서울시 금천구 가산디지털2로 53, 20층 (가산동, 한라시그마밸리)
편집문의 02-6443-8842　　**구입문의** 02-6443-8838
홈페이지 http://rhk.co.kr
등록 2004년 1월 15일 제2-3726호

ISBN 978-89-255-5650-5 (03810)

RHK 는 랜덤하우스코리아의 새 이름입니다.